"字码头"读库

原乡记忆

◎ 素素 著

大连出版社

素 素

中国作家协会会员,辽宁省作家协会副主席,大连市文联副主席,大连市作家协会主席,《大连日报》高级编辑,大连大学硕士生导师。

散文《佛眼》获中国作协全国散文大赛一等奖。散文集《独语东北》获中国散文学会首届冰心散文奖、中国作家协会第三届鲁迅文学奖散文奖。散文集《张望天上那朵玫瑰》获第三届中国女性文学奖。散文集《流光碎影》获新闻出版总署第二届"三个一百"原创图书出版工程奖。个人获辽宁省第四届优秀青年作家奖、大连市政府文艺最高奖金苹果奖等。现已出版《佛眼》《永远的关外》《流光碎影》《旅顺口往事》等十多部散文集。

留住阅读和写作的心
——"字码头"读库总序

滕贞甫

网络时代,很多人似乎慢慢丢掉了阅读的习惯,在市场力量的推动下,消费性的写作也成为了当下的文学主流。

大连是个现代化的海滨城市,在这里工作和生活着一批全国知名的文学作家。他们中间有恪守文学表现时代传统的50后、60后作家,也有表现人物成长和个人生活、侧面展现历史的近70后作家。"字码头"读库推出十二位作家的经典文学作品集,包括作家自选的中短篇小说集、散文集、随笔集。这些作品关注和表现的题材十分

丰富，涵盖了历史、现实、农村、工厂、部队、知识阶层、都市时尚生活、现代女性和新人类。写作方面各具特点，有简捷明快、以故事情节引人入胜者，也有的以对人、事、物细腻的描绘和铺陈见长。如，孙惠芬对北方乡村农民及民工人物内心的丰富变化的细腻描绘，马晓丽对部队生活的深刻体验及对人物内心世界的深广、丰富的描述。陈昌平的小说让小人物走进历史，他书写普通人不同历史时期的卑微心理和悲凉人生，在貌似松弛的叙述中透出内在的凌厉无比的锋芒。

该读库作品的另外一个特点是既有故事情节，又能把这一故事讲述得娓娓动人，叙述得有技巧。津子围的小说宁静、平和、自由、开放，没有过多的笔墨渲染心理分析，而是在委婉地讲述着一个个故事，那些现代性的感受和先锋思考，在他的作品中深深地隐匿于个性的皮肉之下。

"字码头"读库中的散文和随笔也有着鲜明

的特点。邓刚、素素、宁明，他们的作品从不同的角度思考着"文革"、知青、改革、文化、历史、社会、人生问题，这些问题同时也是社会关注的焦点，他们力图通过他们的作品回应着历史、现实提出的问题，引领和解答着人们的思考。宁明的飞行散文有着重要的拓展与探索意义，不仅填补了国内散文创作领域书写飞行题材的空白，还为零距离状写蓝天体验提供了文本借鉴。

"字码头"读库与中国社会的发展进程相一致，从中我们找回了历史与记忆，找回了哲学的思考，她承载着当代文学的审美追求，展示着中国文坛梦的趋向与特征。她不仅是对文学资源的一种深度挖掘和发现，同时对当下中国文化的空间、文化的积淀、文化的推动，具有双向的拓展和深化作用。网络时代，我们更加相信，品质上佳的作品还会让人不自禁地想多读些书，让人静下心来投入写作，因为系统的阅读、精致的写作

最终是让知识体系完整而不是碎片化。

最后寄语读者、作家:请留住你们阅读和写作的心。

(作者系中共大连市委宣传部常务副部长、大连市文联主席)

目录

YUANXIANG JIYI

辽 南 　　　　　　　　　001
鱼香与米氛的缠绵　　　002
老复州的沧桑　　　　　018
深蓝之城　　　　　　　030
大云书库的拥挤与空荡　064
老妈烟史　　　　　　　091

关 东 　　　　　　　　　145
绝唱　　　　　　　　　146
痴迷的逃亡　　　　　　159
永远的关外　　　　　　167
消失的女人　　　　　　179
空巢　　　　　　　　　191
女人的秋千　　　　　　208

中 原　　　　　　　　215

佛眼　　　　　　　216

奔去是为了回返　　222

高原反应　　　　　230

井冈山的标语　　　241

海 外　　　　　　　　253

欧洲细节　　　　　254

最后一片野性草原　303

布鲁日的红　　　　309

韩剧里的客厅　　　314

创伤记忆与读城伦理　321

辽南

我常常被它感动,我又每每为它悲哀。我知道,我与它之间始终有什么隔着,然而,我却想用我的一生与它厮守。

鱼香与米氛的缠绵

一

我敢断言,在这个农耕大国的方圆里,叫郭家村的地方不止成百上千个。然而,在旅顺口的前史里,郭家村是一个至关重要的细节,不论谁写旅顺口,都无法忽略过去。

郭家村的确切位置,在辽东半岛最南端的老铁山下。从空中看辽东半岛,它很像一片荷叶斜卧在碧波之上。在它的左手边是黄海,在它的右手边是渤海,而在两个海的交汇处,就是辽东半岛南端海拔最高的老铁山。

在我眼里,这是一座母性的山。它背南面北,将两个海的风浪无私地挡在了身后,在数千年的岁月中,从未把头扭过去,永远是裹紧了衣襟,小心地呵护着自己的卵巢,以不停歇的分娩,让一个又一个村庄在它的膝下炊烟缭绕。郭家村,也许是它的第一个孩子。或者说,在旅顺口的生命里,郭家村是初升的太阳。

那是个上午,我从太阳沟的一家小宾馆出来,驾车往老铁山方向驶去。太阳沟最大最直的一条街,叫斯大林大街。一路西行,就出了市区。再向前,拐过鸦户嘴,老铁山已近在眼前。春日的阳光,在路面上洒下一片暖意,感觉是老铁山释放出来的体温。

我想,郭家村是现在这个村庄的名字,五千年前的那个村庄,肯定不叫现在这个名字。只是五千年前的村庄叫什么,今天的人已无从知道罢了。

郭家村。专业点儿说,应该叫郭家村遗址。它当然不在老铁山的最高处,而是在半山坡的一条沟沿儿上。这是先民的生存智慧。沟里流淌着甘露般的淡水,站在锅灶旁边向不远处望去,就是可以打鱼晒网的渤海湾。第一个决意留在这里的人,既是说了算的族长,也是资深的风水先生。

其实,郭家村是一个与考古有关的话题。

一位在中国属于泰斗级的学者说,中国的考古最早是受西方影响,20世纪10至30年代,他们就在中国搞田野调查,几乎与此同时,几个留学欧美的日本学者也在大连做着同样的调查,他们的名字叫鸟居龙藏和滨田耕作。

我在阅读里知道,这位学者的话还不够准确。1895年秋天,以鸟居龙藏为代表的几个日本考古学者,就登上了辽东半岛。在辽阳和大石桥,他们发现了汉代遗址;在析木城,他们发现了大石棚,在盖州和熊岳,他们发

现了石矛头；在貔子窝和金州，他们发现了无数的石斧；在旅顺口的老铁山，他们只不过发现了积石冢，而不是村落。

然而，正是这片积石冢吸引了鸟居龙藏，自此就对旅顺口盯住不放。1905年，日俄战争的硝烟尚未散尽，他就匆匆地来了一次。1908年，他又来了一次。于是，在地下沉寂了五千年的郭家村，在公元20世纪见到了天日。

尽管许多人不愿意面对这个事实，可是中国近现代考古的第一铲，的确由日本学者在辽东半岛刺入地下。

二

郭家村的故事仍在继续。

考古专家把学问写在了书里，老铁山依然以一个老祖母的姿态，呵护着这里的日子。郭家村的村民们把错错落落的房院安插在了沟底，主要是沟北坡阳光充足，土也肥沃，他们更愿意把这样的好地方留给庄稼。

20世纪70年代初的一个春天，村民们正在小北山种地，犁尖突然刺到了异样的硬物，翻出来一看，不过是几块红色的土疙瘩。再往深处犁下去，竟有一些碎或未碎的陶罐、石斧、骨针、纺轮、鱼钩以及别的什么。掌犁的村民们立刻张大了嘴巴，还以为触犯了谁家的祖坟。原本正常的田间劳动，随即变得战战兢兢起来。

没过多久，一支庞大的考古队入驻小小的郭家村。于是，这些外来的专家们在这里待了足足两年。离开不多久，就有消息传了回来，五千年前，小北山就有人在这里居住。其实是已有的定论，只不过这次的结论，出自中国自己的考古专家，它的意义就在于，让这个事实得到了印证。

中国的专家说，那几块土疙瘩，其实是红烧土，说明早在五千年前，小北山就有先民在这里聚居，最后是不小心引发的一场大火，把这个好不容易聚拢起来的村庄给烧成了废墟。

与此同时，专家们还有一个发现，相隔了千年之后，又有一支先民选择了这里。就是说，纵使千年之前的那场大火让一切化成了灰烬，也还是残留着味道的，否则后来的人不会准确无误地重蹈旧辙，把自己的村庄建在了别人的村庄之上。只是相同的悲剧在相同的位置上再次上演，也是一场意外的大火，将这个四千年前的村庄毁于一旦。

这两次灭绝人性的大火，说明了一个问题，不论是五千年前，抑或是四千年前，即使冰期早已经结束了，辽东半岛的冬天也不知要比现在寒冷多少倍。正因为这样，蜷缩在小北山上的郭家村先民才要把灶火烧得很旺。他们住的其实是地穴居或半地穴居。穴居，说明冬天漫

长而寒冷,更说明他们对火有天然的依赖。想不到地穴和柴火在给了他们千年的温暖之后,突然间便吞噬了所有的世态炎凉。

纠结的红烧土,幸存的陶罐、石斧和骨针等,其实是那两场大火的说明书。两个千年的村庄,已没有了立体的样貌、完整的形体,与大火一起,被岁月给压扁了,单薄得像两页纸,上面却没有文字。今天的阅读者,只能通过零碎可见的实物,给它们命名。好就好在,灶边的许多东西,都还识认得出。

我知道,与黄土高原上的半坡村相比,郭家村实在是算不上什么。之所以如此郑重地写它,只是因为它在天寒地远的辽东半岛,在名不见经传的老铁山之隅。虽然脆弱,虽然简陋,却称得上辽东半岛先民的生命之巢、精神之殿。在小北山,俯身抓起一把泥土,我的内心仍然充满了感动。

三

只有考古专家能拨开时间的纤尘,复原出五千年前和四千年前郭家村人的日常生活。那天上午,站在小北山的地垄间,感觉有许多陌生的景象,从泥土的下面朵朵片片地飘浮而出。

当年的居住空间,可以想见有多么地逼仄。然而,即使再狭小,男人们也要尽可能地独运匠心,将上天赋予的好强天性舒张开来。他们把地基打成了方形之后,再把四个直角削成半圆。一看就知道,并非是空间不够,而是曲线更有美感,五千年前的男人,就会在实用之外,享受形而上的趣味。我想,他们天天出海打鱼,应该是受了浪花和波纹的蛊惑。

这无疑是一支有些浪漫情怀的先民,他们的小心思,如雪泥鸿爪,即使有时间的灰尘遮蔽,也点点滴滴地闪烁。

在一座房址内,摆放了几只小陶猪。也许是女主人捏给孩子们的玩具,大火烧起来的时候,她只顾抱上孩子,没有来得及带走孩子的爱物。小陶猪体态滚圆,表情生动,足可见猛犸象和披毛犀消失之后,在山林和原野上奔跑的,只是些毛短质滑的动物了。小陶猪还透露给我们一个信息,五千年前,在斑鹿、麂子、貉相互追逐的时代,猪已经从野生动物群体里分离了出来,被郭家村先民驯养为可爱的家畜。他们之所以把猪饲喂得这么肥硕,说明这里已经有了耕作和种植,秋后收获的米粮,罐满囤足,给多少猪吃都绰绰有余。

五千年前的小猪,不止一种存在形式。另一座屋子的主人,是把一只肉猪的骨架埋在了房基下。由此可见,在图腾崇拜时代,猪在先民的眼中,还有宗教般的神性。彼时,尽管飞禽走兽数不胜数,他们对猪却情有独钟,

因为相信灵魂不灭,食尽了猪身上的肉,再把骨架埋在屋里,一样保佑全家吉祥。至少在四千年前,就有了这样的信仰和村俗。

生存是一种挣扎,也是一次历险。这个过程既磨砺了他们,也让他们保留了野性之美。我发现,在那些挨紧的房址里,出土最多的工具是镞。石镞、骨镞、牙镞、蚌镞,只是质地各异,用处却一样,不过是为了猎获。相隔了两个千年的村庄,坐落在小北山上,不远处就是浩瀚的渤海湾,当各种各样的镞从他们手中飞出去,不是射中了山林里的兽,就是射中了大海中的鱼。可以说,这是一种从精神到肉体的奢侈。渔与猎,先民们为生存而跳的舞蹈,一定极具观赏性,只可惜今天的人无缘在场。

四

对四五千年前的郭家村,以前主要是通过阅读来了解它,当然也在博物馆的展架上看过出土的实物。记得,最令我感动的东西,还数那一篓炭化了的米粒。这是四千年前的故事。失火之前,有人把它放在了墙角,也许是留作明年的种子。过火之后,变成了黑色的籽。

关于这一篓米粒究竟是什么作物,至今仍有争执。先是考古专家说,这是粟,也就是小米。农业专家后来却给纠正说，它不是粟，而是黍。黍是学名，就是俗称的大黄米。有人附和说，是啊，郭家村人包粽子，包的就是大黄米。不论是粟或是黍，总而言之，它是迄今为止辽东半岛南部发现最早的一种谷物。就是说，遥遥四千年前，郭家村的先民就吃上了喷香的米饭。

在这里，我就叫它黍吧。它的原产地，其实不在辽东半岛，而是在长江流域，当年由携带者将它装入行囊，登舟过海，最后在老铁山岬登岸。当黍的种子在郭家村扎下了根系，不知播撒了几度春秋之后，又有另外的携带者把它装入行囊，并渡海一路向东走去。辽东半岛之东，即是朝鲜半岛；朝鲜半岛再东，则是日本列岛。蒲公英一样的黍，便沿着海岸，不断地停泊，不断地上岸。在黍的路线图上，郭家村的意义，就在于它在岸边，最先接住了行走中的黍，不只是繁衍了它，还把它送上了更远的征途。

在辽东半岛，谷物再次出现的时间，已是千年之后。它们的名字叫粳稻和高粱，也是来自长江流域，扬帆浮海，辗转而至。这两样不同的种子，停泊在大连湾西北岸，那地方叫大嘴子。上个世纪 80 年代，考古专家在这里发现了炭化的粳稻和高粱。

这是一个重磅新闻。在中国的东北，大嘴子高粱，至今仍是发现时间最早的高粱，而且至今仍还是东北人饭桌上的主食之一。粳稻比高粱走得远，它和黍一样，

不只在朝鲜半岛西部和南部的平原沃野上撒着欢儿疯长,也在日本九州岛的北部铺出了一片金黄。

郭家村距大嘴子很近,都在辽东半岛南部,历史上同属于金州。大嘴子遗址,比郭家村晚了一千年,五谷丰登的日子,也比郭家村先民晚享受了一千年。

在看见米粒的时候,我还注意到了另一样东西,即一只陶质的小舟。按今天的叫法,就是船模。它的艏部前突上翘,这应该是用来劈波斩浪的;舟底加工平整,这可能是用来保持稳定的;两舷等高外凸呈弧形,这大概是用来作平衡的;内里是一个大通舱,这也许是用来装鱼或货物的。尽管都是猜测,可我认为这是对的。

史书上说,在辽东半岛,这样的小舟还是第一次发现。关键在于它的造型,把以往的小舟们都盖过了,它不动声色地告诉我们,早在四千年前,郭家村先民就告别了原始的独木舟,改撑由多木拼列而成的舢板。这太有颠覆性了,历史由此而改写了,郭家村遗址想不出名都难。我想,四千年前,郭家村应该是先有了最好撑的船,然后生在江南的最好吃的黍就被它给载了回来。于是,这里就成了鱼米之乡。

走在小北山上,我隐隐地闻到了数千年前的鱼香和米氛,它们一定是听见了我的脚步声,浓浓地升腾上来,故意让我心馋。

辽 南

五

读中国移民史,可知迁徙者大都以黄河流域为起点,分别朝三个方向流去,于是就有了闯关东、走西口、下南洋的说法。其实,迁徙是一种无奈。下南洋的被称为客家人,他们是改朝换代的牺牲品,出身非富即贵,往往是隐名埋姓,为避国难而出逃。只有走西口和闯关东的是穷困潦倒者,或是一群乞食者。比如关东,这里有大片的土地,还有人参和金矿,来的人也最多。

郭家村先民,并不是辽东半岛的土著,而是最早的闯关东者。因为在他们的船舱里,装的是大汶口文化或龙山文化。上岸之后,他们没有扔下捕鱼的功课,也没有丢掉手中的农具,只是背倚青山,面朝大海,以村庄的方式,记下了自己的漂泊与停留。

地理之近便,决定了移民之数众。老铁山岬是辽东半岛的最南端,庙岛群岛是山东半岛的最北端。尤其是庙岛群岛,如一架铺了大半的栈桥,眼看就要抵达对岸,却突然改主意停下了。即使这样,它还是方便了闯关东者,肉眼已经望见了对面的老铁山,只需撑船驶过剩下的一半海路,就可以上岸了。

可是船太小,将在哪里上岸具有相当的不确定性,遇上西北风,也许就刮到了朝鲜半岛,遇上东南风,也

许就刮到了辽东半岛。如果真是这样,老铁山下的郭家村,就可能是东南风给成全的。

移民者是最有生命力的人群。每一场大火之后,那些无家可归的先民不知去了哪里。也许并没有离开,而是就在附近不远的地方,重新搭起煮饭的灶台。其实,当时间又过了一个千年,在老铁山的西北麓,果真就繁衍出了更多的村庄。它们的名字叫于家村、刁家村、尹家村。当然,这也是现在村庄的名字。1930年,日本学者将考察结果写成一个考古报告,题目叫《南山里》。南山就是老铁山,只是当地村民都习惯叫它南山。考古报告说,在南山里的这几个村庄下面,埋着三千年前的村庄。就是说,郭家村不过是一个开始,在它之后,由于移民者的陆续到来,村庄在辽东半岛南部海岸已呈密集之状。

记得那天,看过五千年前和四千年前的郭家村,我就去了三千年前的于家村。它在一个半岛式的坨子上。坨子头有一条壕埂,专家们在那里发现了红烧土,便十分肯定地说,在这条壕埂下,隐匿着一座青铜时代的村庄。

壕埂一直呈裸露状横在那面山坡上,至今也没有做什么保护,还在充当一块耕地的壕埂,将下面这一块地与上面那一块地错落成梯田的形状。我知道,这不是一条普通的壕埂,而是一面历史的巨墙,将几千年的岁月悬垂在这里,让后来者抚摸和审读。我这才知道,原来泥土与树木一样,也有生命的年轮,只要看质地和颜色,就知道它有多老了。一层土与一层土的叠压也不是平直的,而是呈水一样的曲线,留下了风吹过的痕迹。

其实也对,千年万年,正是风的手,把泥土卷扬起来,将岁月和日子一页一页深埋,将历史和村落一点一点垫高。原想让后来的人遗忘,却被后来的人撞见。也许是命定,现在和过去,总要以什么方式,总会在某个时刻,彼此遭逢或相认。

与我一起来的朋友是考古所所长,指着于家村的这条壕埂,就像老师指着一块黑板。他说,这里总共排列着五座房址,而且都是单室,半地穴居,室内地表是红烧土硬面,屋顶有檩椽,四周和中央以柱为骨架,以草拌泥涂抹。这样的房址在别的地方也有,于家村人的精明之处,就是在红烧土下面加铺了一层防潮的木棍。

我说,临海的于家村当然是潮湿的,这家的主人居然能想出用树棍防潮,应该算是一个发明,可我怎么没看见木棍呢?他说,木棍已经朽烂掉了,现在只能看到这一排排整齐的空洞。

我的确看见了这些空洞。在空洞之间的夯土里,露出了一块猪的左下颌骨,上面的牙齿整齐而雪白,甚至还带了一层釉光。我接着抠,又抠出了几只鲍鱼壳,个个硕大完好,看那壳内壁的光泽,就像有人刚刚吃过扔下的。

可我知道，这分明是三千年前的遗物。我想，这家的女主人那天一定很高兴，男人出海捕捞所获甚丰，等他也等得太久，所以船一靠岸，女主人就大摆接风酒宴。那应该是少有的一顿美餐，桌上有大个的鲍鱼，有新宰的猪肉，还有家酿的米酒。于是，男主人喝醉了，或许女主人也喝醉了，要不房子怎么会被火给烧着了呢？地上怎么会遗落那么多陶器的碎片呢？

距这条壕埂不远，就是坨子头积石冢。这样的积石冢，在老铁山脊以及黄海与渤海沿岸，星星点点还有几十处。朋友说，这是人烟逐渐稠密的象征。他是对的。

冢是另一种形态的村庄，或者说，冢是数千年前那个村庄的一部分。

坨子头的积石冢，大大小小有几十座，自东向西排列。冢底有的铺海卵石，有的铺石块。冢内的人骨，颠倒叠压，交错拥挤，看来属于丛葬式墓冢。最大的冢，居然埋葬了二十多个人，应该属于氏族冢。我就想，在这个坨子上，光死去的人就有这么多，可见那些活着的生命曾制造过怎样的喧闹和繁荣。

六

那天午饭前，我沿着原路回到了郭家村，主要想吃一顿他们的农家乐。

辽 南

我知道，只要到了旅游季节，郭家村几乎每一家的锅灶都不闲着。我吃饭的这一家，院子里有一棵巨大的柿子树，树下一张圆桌。围坐在桌边的却只有我是外人，另外几位都是本村的老者，他们平时就喜欢聚在一起吃喝。此刻，酒已满上了，菜也摆好了，还有时鲜的水果。见我这个人挺随和，他们的酒兴越发高涨，顺嘴就跟我说起了郭家村现在的故事。

村里有两大姓，一个郭姓，一个韩姓。郭姓来得早，就叫了郭家村。每逢过年，韩姓都要给郭姓拜年，郭姓却不让韩姓看到祖宗家谱。年深日久，就透出了风声，说郭姓并不是他们的真姓。这就神秘了。在那个年月，漂洋过海，隐名埋姓，一定是遭了灭门之祸。于是，南山里就成了郭姓的避难地。在韩姓未来之前，郭姓尚可以在这里过着太平的日子。因为来了异姓邻居，郭姓的祖宗家谱就只能秘不示人了。

也许就是郭姓的封闭，影响了郭家村的格局。这么多年，村里的成分始终没有多大的改变，至今仍只有郭、韩两大姓，至今仍散发着在别处见不到的古朴之风。

我来的这个农家乐，主人就是郭姓，坐在我旁边的也是一位郭姓老者。我很喜欢听他说话，既不是文言，也不是一般的白话。比如，他说心里难过，只用一个字：寒。他说自己孤独，也只用一个字：寒。说别人让他受了委屈，还是一个字：寒。那个中午，他把这个极有张

力的汉字反复用了好多遍,却没有病句,而是一种会心的准确。

村庄真是一个奇迹。它居然在同一个地方,螺旋而上,花儿般地盛开。在郭家村四千年的村庄之上,其实还有三千年的村庄。此时的郭家村已不孤单,旁边有于家村、刁家村、尹家村与之为伴呢。老铁山下,南山里,这里的土有多厚啊,一层又一层的村庄,竟然五千年盛开不败。向时间的尽头回望,我只能这样说,是大自然与历史一起修炼了这个神秘之所。

可是此后的几天,当我在老铁山以北的渤海岸边多转了几个地方,却隐隐地感到了一种紧张。全域城市化,正在中国的大地上飞速演进,旅顺口也不例外。我发现,村镇的行政建制已经发生了变化,曾经分散的小自然村,已经三三两两地被合并了起来,过去的这个乡那个镇,如今统统都改叫了街道,原来的这个村那个屯,也都全部改叫了居民组。江西和长城两个镇,现在连名字都没了,被旅顺口经济开发区取而代之。

城市化就像数千年前的一场大火,正在这里欢快而热烈地燃烧着。我止不住地开始了想象,当村庄和它的名字一起被烧成灰烬,当村庄的院落和屋舍一起被它焚为瓦砾,人类对村庄乡镇的记忆是不是又要像郭家村遗址那样,过了几千年之后,也需要挖地三尺方可略知端倪呢?

辽 南 ●

那些日子，我几乎转遍了旅顺口尚还可见的村庄。在我心里，紧张逐渐地已经变成了害怕。由于害怕它们突然间蒸发了，更想提早一点儿去和它们告别。于是，我看到了这样一幕，所有的村庄都在写村史。这可能是他们唯一能做的事情了，至少在村庄消失之前，可以用文字或影像的方式，把村庄的音容笑貌留下。

这也许是迟早的事情。那么，我就用这篇文字，为曾经站立在地面上的村庄祈祷吧。除此而外，我要对这些村庄说一声谢谢。正因为它们在这里存在过，而让旅顺口的历史有了时间的长度，有了生命的香火气。

老复州的沧桑

在旧时文人的笔下，曾看到过几许关于复州的文字。

比如，蒲松龄在《聊斋志异》里讲过复州的鬼故事，这可能是文人最早涉及复州的写作。又比如，鲁迅在《中国地质略论》里也把笔触伸进了复州，那是因为复州及金州的矿藏被俄夷抢夺了，他不得不说给中国人听。再比如，梁启超写过章回小说《新中国未来记》，他在写近代中国铁路时牵扯到了复州。

然而，据我所知，这几位大文人从未来过复州，他们只在文字里远远地遥望到了复州。他们眼中的复州，其实是复州地区，而不是复州城。我倒是在《复县志略》里，读到了一些出自复州本土文人之手的诗句，虽然是咏赞复州八景之类，不关多少痛痒，却让我感到一丝亲近。

去复州城那天，遇上了难得的小雨。走在街上，我没有打伞，雨很小，似有似无，并不影响我看什么。只是复州城已变得十分陌生，那条笔直宽敞的中心大街，

辽 南

大街两边砖木结构的出檐瓦屋,屋后一条条狭长而神秘的胡同,早就悄然而逝,不知所终。

我知道,这在当今的中国属于正常。中国大地上许多著名的古城都被建筑队拆除掉了,更何况一个小小的复州城呢。可是,在小雨中,我还是不依不饶地到处寻找着,想看见我记忆中的那个复州城。这种阴湿的天气,让我格外地怀旧。

在我的记忆里,复州城是距我老家最近最繁华的一座城。我很小就听村子里的老人们谈论它。有的是很早以前去过,有的是最近刚刚去过,去也不是做什么大买卖,无非是挑一担干烟叶子卖,或者去骡马市买一头纯种的复州牛回来。然而,老人们聚在一起说复州城的时候,就像现在的人说去了趟北京,或出了趟国,有一种夸耀的意思。

比如,他们说复州城与别的州城不一样,只有南、北、东三个城门,没有西门。主要是城西有一座骆驼山,传说山上有鬼,一是阴气重,二怕鬼叫门。也有人说山上有胡子,怕他们下山来抢城里的财宝。无论什么原因,反正是只有三个门。东门叫通明,南门叫迎恩,北门叫镇海。

再比如,他们说复州城外有一座永丰塔,塔下有一座永丰寺,寺本来是个清净之地,可前面却是一个杀人场。民国的时候,二十多个反袁世凯的革命党人在那里

被杀了；国共拉锯的时候，还有一个共产党的区长也在那里被杀了。

还比如，他们说早年的时候，复州城的衙门管辖的地盘很大，都管到海对面的山东了。后来复州城却越变越小了，以至于变成了一个公社，包括我老家在内的许多村子也都不归它管了，等等。

在乡下，老人的嘴就是教科书。然而，复州城毕竟是一座城。对于生活在城周围的乡下人而言，它是个话语中心，乡下人的心情，乡下的生活，都跟着它转，就像太阳和葵花的关系。

第一次走进复州城是1973年深秋。复县文化馆与旅大市群众艺术馆联合举办一个农村歌曲创作班。办班地点选在复州城。那一年我十八岁，在我仅有的游历里，还从未见过这样古色古香的一座城。它不像得利寺、松树、万家岭、许家屯那种铁路沿线的小镇，它也不像瓦房店那样具有现代工业气息的县城。小镇和县城都有一点儿喧闹，这里却是梦一样地寂静。它的寂静好像是被四周那厚厚的城墙给围出来的，被那一条条胡同小巷给裹缠和深藏起来的。它的寂静也许还与那个不讲商业的年代有关，城里居然没有想象中的那种大大小小的店铺，除了居民住宅，就是公家机关，城内气氛一点儿也不复杂。

创作班其实没住在复州城内，而是在城南的五七干校。每天吃过晚饭,全班的人都要出去散步。所谓散步,就是从苗圃干校的院子里出来,沿着一条柏油路往北走,一直能走到古城南门。城门外有一条护城河,河两边住着人家,过了河,沿着人家门前的一条小道,就可以走进城了。

几次散步下来,城里的各个角落就被我们走遍了。一条南北大街,一条东西大街,在城内画了一个十字。南北大街两边,排列着一条条小胡同,把古城装扮得像一个穿中式布衫的老人,中间的大街是前胸的开襟,两边的胡同则是开襟上的布纽扣,根本不用担心会走迷了路。有一天傍晚,我钻进了东大街南角的一条胡同,这条胡同叫王弄,复州城里的胡同,都叫什么什么弄。我姓王,所以在王弄里转了半天,像要认亲似的。记得王弄每户人家都有一个四方小院,一个造型古朴而又讲究的院门。因为天晚了,各家的院门都严严地关着,里面没有任何声响。转到最后,也没有去敲谁家的门。

创作班办了长达一个月。班里有专门写词的,有专门谱曲的。我写完了词,市群众艺术馆的高老师就在班里找人给配曲,词和曲都完成了,我和曲作者就放开嗓门试唱自己写的歌。这是创作班白天的生活。到了傍晚,大家吃完了饭,马上就像出笼的鸟,一边唱自己写的歌,一边向南城门走去。进了古城,大家自动就闭上了嘴。因为天已经黑了,城里的街巷胡同太窄了,有一点儿声

响就会传到两边人家的院子。所以，只要进了城，大家就像鬼子进村一样，悄悄地进去，再悄悄地出来。以至于我在写这篇文字的时候，仿佛又在那种熟悉而古怪的寂静里重新走了一回。

这一次来复州城，我看见的却是古城即将隐遁的背影。

城已经拆得差不多了。我用自带的小相机，首先照下了那座残存的东城门。不知为什么，当年拆城的人拆到这儿停下了手中的铁铲，给古城单单留下了一个东城门。门是城的眼睛。它仿佛是在告诉我，城的这颗心还在跳。

所谓的东城门，其实只留下了一个门洞，如今有人在门洞内设了一家小卖部，我去的时候，有几个男人正在里面玩扑克牌。门洞剩下的地方刚好够走我一个人。从门洞走出去，外面是个瓮城。瓮城的城圈虽残犹在，朝南的出口已被堵上了，整个瓮城内只住了一户人家。一问，原来这家人祖上就是看护东城门的，由于世世代代守着东城门，这家人也就世世代代地住在瓮城里，即使改朝换代了也没搬出去。过去的房子太小，又属于公家，如今翻盖成了大房子，只这一个大房子，就把瓮城差不多塞满了。也许就因为城门与瓮城是连着的，瓮城与守城人的房子也是连着的，拆城门就等于拆这家人的老宅，于是就拆不动了。此后，这家人的日子便过得十分安稳，过去的东城门通向一条走人马车辆的官道，如今只走他们一家人。他们是古城的典故，是古城的新话本。看着这家人，我在心里笑作一团。

自东城门内一条小街向北走不远，我看见了一截百多米长的旧城墙。墙上的砖，墙基的石，仍能让人感觉出它当初的高大和雄壮。我问一位老者，它为什么没拆呢？老者指了指城墙上另建的小房子，说，不叫这个水塔，你以为还能留着它呀！

雨还在淅淅地下，从城墙的砖缝里生长出的几丛灌木，在小雨中显得格外生动。时间已是中午，几个放学的男孩子把自行车一扔，不管雨不雨，比赛似的往墙上爬，释放那些无处使用的力气。

在南北大街，我已经看不到往日那两排布纽扣似的胡同。它们都被拆除了，代之而起的是一幢幢鲜艳的大楼商厦。我不相信这是真的，结果在边边角角找到最多的是回民家的老院子。也许因为它们与城中心还有一段距离，也许因为他们的回民身份，让这些院子留下来了。我看见，每座院门的上方，仍嵌着那个写有哲合忍耶文字的牌子，大概因为它们像一幅幅神秘的图腾，让拆迁者不敢轻举妄动。如今在这些院落里进进出出，我也揣着十分的小心。后来，我去了甜水井巷四十五号，终于在这里看到一幢前出檐后出厦的老房子。它在一个大院

子里，没有大门，只在朝街东的方向开了一个小耳门。院子里有几棵老枣树，房子看上去很破败，也许很快就要拆了。这家的男主人会唱花旦，八十多岁了，每年春节都上台，最拿手的是唱《霸王别姬》。见我要采访他，忙去里屋拿出戏装行头，跟我说话动不动就翘起了兰花指，惹得老伴儿直用眼睛挖他。我想，他就应该住在这样的院子里，翘着兰花指，唱着虞姬，咿咿呀呀地为古城配着销魂的曲子。

至于东西大街，它可能是最有古意的一条街了。因为西大街有一座横山书院，还有一座清真寺，东大街有一座基督教堂，还有一家胜利皮铺。我在这里故意放慢了脚步。横山书院，我将在另一篇文字里专门写它，这里暂且不提。由于不是礼拜日，清真寺和教堂的门都关着。所以，我只好走进了皮铺。

它看来是古城所剩无多的老字号，门口挂着一个用皮条做的幌子，那种油乎乎的旧，不知它有多少年月了。那天，皮铺的主人正在给儿子办喜事，门上还挂着两匹红。挂红原是乡村的习俗，不光是娶媳妇，生孩子、房子上梁，也都要挂红。很久没见过这种场面了，如今它却飘扬在复州城里。我忍不住就走进去看稀罕，却见家里只是一些刚吃完酒席的老亲少友，新郎和新娘坐车拍婚纱照去了。站在堂屋地上，我发现正对着门口有一个红漆斑驳的老式柜台，以前只在《林家铺子》那类老电影里见过，原以为它只属于商铺荟萃的江南古镇，冷不丁在复州城里见到它，还有一点儿不适应。其实，城和镇都是商业的产物。皮铺的老式柜台，不过是给古城曾有过的繁荣做个注脚。

最后去了南街。因为这里有一座没被拆除的复州衙。虽然已不是州衙的全貌，却可以看出是清代的州衙。它现在所占的面积只有三千平方米，原是一座清代风格的硬山式建筑，由正门、前堂、后堂、东西院街舍等组成。

坐在院内的石凳上，我想起了一件事。小时候曾听伯父说，清朝末年，我家祖上曾有人在复州衙里做税官。有一次，本家的一个人去复州城卖烟叶子，被横行城里的地痞敲了竹杠，于是就去衙门里找税官告状，税官果真就替这个本家出了口恶气，以后再进城就没有人敢欺负他了。据说，做税官的这一支人，一直就住在复州城里，不知是否就住在我当年转过的王弄。前几年，老家的族人张罗着修编祖谱，便想到了复州城里这一支人，就叫几个小年轻的去城里认亲，想不到还真就给他们找到了。论一论支，排一排辈，在宗谱里都各自找到了归属。后来，我在大连给母亲过八十岁生日，复州城这一支人还派代表来喝了老太太的寿酒。

也许因为自家曾有人在这个州衙里当差，那天我在石凳上坐了很久……

在来复州城之前,我曾在史书里翻找有关它的记载。史书上说,汉代曾在辽东设置十八县,其中辽东半岛有两个县,一个是沓氏县,一个是汶县。沓氏县在半岛南境的金州,汶县则在半岛北境的复州。复州之名,源于辽代。一千多年前,地处大东北的渤海国曾经是大唐版图上的一个方国,当年曾被称为海东盛国。公元907年唐朝灭亡,渤海国紧接着就被契丹取代。那是公元926年,辽太祖耶律阿保机灭渤海国之后,为绝后患,将其强宗大姓数千户移至辽阳南部,以分其势,使之不得相通。于是,大批的政治移民就从渤海国的扶余城被强行迁至今瓦房店境内,并设治扶州。这样做还觉得不够,为了让渤海人忘却故乡,公元938年,辽太宗以同音字"复"代替"扶",改扶州为复州。

与扶余城同一种命运的还有南苏城,住在南苏城的渤海人也做了亡国奴,被迁至今金州境内,设治苏州。公元1116年,女真人占据了辽东,改设东京路辽阳府,将苏、复二州合并为复州,原苏州降为复州所辖的化成县。所谓的渤海人,就是肃慎氏后裔靺鞨人,也就是女真人的祖先,女真人灭辽之后,实际上是为自己的祖宗出了一口恶气。公元1216年5月,化成县从复州辖下独立出来,改叫金州。以此看来,金州这个名字,比复州晚叫了二百年。

复州城最初是一座土城,修筑于辽兴宗(1031—

1055年）年间，至今已有近千年历史。辽之所以选择在这里建城，大概因为此前已有一座唐代建的永丰寺。永丰寺在城的东门外，为了与寺有个照应，在寺旁建起了一座塔，塔随寺而取名，叫永丰塔。明洪武十四年(1381年)，因受倭寇袭扰，朝廷在辽东建置卫所，于是重新修筑复州卫土城，使它更坚固一些。此时，州、卫并存，皆驻复州城内。明洪武二十八年（1395年），辽东军情越来越紧迫，于是就下了一道废州存卫的谕旨，由卫所兼管民政。明永乐年间，复州土城改成石城，将石城改为砖城，则是在清乾隆时代。乾隆四十五年（1780年），复州城石改砖工程告竣，知州陈铨喜不自禁，写诗一首，以作纪念。这首诗在当时就被镌刻在一方石碑上，如今仍镶嵌在州衙的墙壁内。现在，它成了复州古城的镇城之宝。

面对即将消失的古城，人们能想到的补救办法，就是做个还原式的沙盘。在复州镇政府大楼里，我看到了它。主持制作这个沙盘的人，叫金延年，当时是镇文化馆馆长。他在城里召集了十几个年近百岁的老人，让他们坐在一起回忆复州古城旧时的模样。王弄，高弄，衙门弄，甜水井弄，就是这些老人靠着记忆，一一地给排列了出来。听金馆长说，连一口井、一畦菜的位置都准确无误。沙盘上最显眼的标志是寺庙，方圆不大的古城，竟有大大小小三十多座。关帝庙，三官庙，二郎庙，药

王庙,天齐庙,文庙……多得数不过来。这并不是全部,在古城墙外,还有玉皇阁和龙王庙,可见当初香火之盛,人气之旺。不知积攒了多少年的太平,将它添得如此丰满。在那些庙之间,还有一座大宅门,叫晏公府。我问晏公是何许人也,金馆长就回答不上来了,只说反正看样子他在复州城里地位很显赫,也许是一门望族,也许是一个贤士,这只是个猜测吧。

金先生告诉我,复州城四周的城墙始拆于公元1976年。那个下令拆城墙的人,对这块乡土一无所知。他那次是从省里下来视察农业,进城吃午饭的时候,车子在石板路上颠簸了几下,向外面一看,居然是古城作的怪,就说,这怎么像走进阴曹地府了?于是乎,在他走后的第二年,即"文革"结束之前,复州城终未能躲过这一劫。金先生说,复州城人,现在想起来就骂,就后悔。也是,如果当初能顶住,能不参与那场拆城运动,能把古城一直留到今天,复州城可就值大钱了。

但是,一切俱晚矣。在那样的年代,拆掉复州城是正常的,保留复州城却是匪夷所思的。复州城能苟延这么长时间,也是因为它由中心变为边缘。民国二年(1913年),复州改为复县。民国十四年(1925年),仍在州衙内办公的复县公署,由复州城迁到瓦房店。这都因为上个世纪初南满铁路通车了,处于铁路沿线的瓦房店已经从一个简陋的大车店,迅速膨胀成一个大城镇,进而成为县治所在地。此后,复州城则因偏离铁路而成了角落。这对它安知不是件好事呢,与它并存的金州古城因为在铁路线上,后来就被拆得面目全非了。

如今,复州古城的大街上虽也盖起了现代的或仿古的楼房,各色牌匾和广告条幅虽也横横竖竖,花花绿绿,可古城里面并没有我想象中的那种拥挤和混乱。我在那些楼的门口走过的时候,也没有人来强拉我买东西,或者把直销宣传单往我手里送。给我的感觉,这里毕竟做过州衙,所以,在古城人的身上,仍保存了一种难得的高贵和矜持。

深蓝之城

记得很久以前,一个北京的朋友跟我说,我真受不了你们大连人,见面还没说上几句话,就会单刀直入地问,你到没到过大连?全世界好像就大连这一个地方该去,没到过大连就等于没出过远门,没见过世面。

我能理解这个朋友的愤怒,在他看来,如果问你到没到过北京,可能是正常又正常的事情,如果问你到没到过大连,就属于无知甚或是无礼。可是大连人不管这些,大连人恰恰就是要这么问,不但要问北京人,还要问上海人,问广州人,问所有没到过大连的人。

其实,在这场普通的对话里,你到没到过大连,只是说出了前半句,后半句故意留给了被问的人,如果被问的人不主动说出来,他们马上就会把溜到嘴边的话说出来,我们大连很美!

我们大连很美——几乎是大连人的口头语。即使他们从未离开过这个城市,即使他们出去游走了很多地方,他们仍然固执地认为,我们大连很美。热爱自己城市的方式有 N 种,大连人表达热爱的方式就是这种。

因为在大连读书，我已在大连居住了三十多年，至少算半个大连人。这么多年来，大大小小也算走过了不少个城市，不论走到哪一个城市，总要拿大连跟眼前这个陌生的城市相比较。我得承认，在当今这个城市与城市已经渐渐变得无法区分和识别的时代，我的确生活在了一个因为风情独具而始终不能被遮蔽了的城市，自然也就不由自主地生出了普通大连人常有的优越心态。

青泥洼的故事

可以说，不管我以什么方式叙述这个城市，都得从青泥洼开始。

记得，住在这个城市之后，有很长一段时光，只要我从火车站走出来，或坐着公共汽车从青泥洼那一站下来，我就会东张西望。这里是城市最繁华的商业中心，目光所及，都是城市中心最常见的景象。灯红酒绿。人喧车攘。一切都固定不变，一切又都在快速流转。于是，猛然驻足的我，便像漩涡里的一块石头，既是阻碍，也被围困。

我的站住不动，既是在辨别脚下泥土的颜色，也是在确认那两个水洼的位置。我知道，它们是青泥洼的由来，或者说，它们是青泥洼的原稿。在城市还没有发生的时候，大连湾南岸这个地方就叫青泥洼。在城市已有

了一百多年历史之后,那片青色的泥土,虽早已被时间之轮碾轧在柏油马路的下面,那两个清清的水洼,虽早已变成两个公园里的湖和池塘,青泥洼这个名字却依然在叫。我突然明白,正是这看上去并不起眼的三个字,让这个城市永远地保持了一种水分,一种潮湿的诗意。

古书上对辽东半岛最早的记载,开始于末次冰期结束之后。彼时,辽东半岛与山东半岛同属于潮湿的"胶辽古陆"。古陆上面有一个大湖,湖边曾栖息着冰后期的长毛动物,叫猛犸象和披毛犀。庄子在《逍遥游》里说:"北溟有鱼。"这个"北溟",指的就是胶辽古陆上的大湖。后来由于地球气候变暖,冰融雪化,大湖慢慢变成了海洋,胶辽古陆最终也沉入了水下。于是,就有了渤海湾,就有了辽东半岛与山东半岛的隔海相望。这其实是地球变迁带来的演化。在公鸡形状的中国版图上,辽东半岛南部的大连正好处在雄鸡嘴巴的位置上。在它低头觅食的时候,那尖尖的嘴巴只差一点儿就要碰着山东半岛。

大连地区最早的生命消息,聚集在瓦房店的古龙山洞里。上个世纪80年代,考古专家在这里发掘出至少17000年前的兽骨,其中最多的一种动物,被考古专家命名为大连马。在兽骨堆里,考古专家还发现了人工打磨过的石器,于是就有了古龙山洞里的牧马人之称。

在此后一万多年的时光里,因为天寒地偏,人烟稀少，再加上战争和掠夺，一场厮杀过后，只留下一片焦土。文明的种子总是刚刚播下去，就被那一支支强悍的马队给踩踏得一片狼藉。然而，在小珠山和郭家村遗址，在牧羊城和张店城废墟，在老金州和老复州旧地，那些留有祖先指痕的灶台和陶罐，那些可以想象出来的房屋和城堡，不论它们站立在那里，还是早已坍塌成碎片，或者被岁月封埋在地下，都在以耐人寻味的表情，以及在倒下或消失之前的种种姿态，被来到这里访问乡土的我辨认和抚摸过，我还给那一组文章取了个名字：从山洞开始。

有关青泥洼的记载，最早始于东汉。公元190年，曾发生了一个震惊中原的大事件：趁董卓之乱，辽东太守公孙度父子背弃东汉王朝，自封为辽东侯、平州牧。这一场对中原的叛离，居然长达半个世纪。在此期间，曾有一个叫邴原的大才子，不知他在山东的北海郡惹了什么祸，坐一叶帆船，从山东半岛来到了辽东半岛。当年他停船上岸的地方就是青泥洼。然而，它当时的名字叫"三山"。

书上说，邴原那次并不是一个人来，跟他一起来的还有另外两个大才子，一个叫刘政，一个叫管宁，他们被并称为"辽东三贤"。整个事情不止于此，书上还说："原在辽东，一年中往归原居者数百家，游学之士，教授之声，不绝。"对于辽东，这可是少有的热闹了。这

里原本属于边缘地带，原本就没有士大夫文化，公元之初，由于从中原来了一群狂放不羁的大才子，便给这块苦寒之地带来了一股陌生而清新的书香。

由东汉再往后翻，就到了隋唐之际。在中国历史上，那是一个极其特殊的时期，中原先后是隋唐两大王朝统治的天下，偏远的辽东却属于高句丽割据的时代。这个糟糕的局面自然惹怒了中原皇帝，他们不断地往辽东派兵，以征讨高句丽这个顽固不化分子。据《新唐书·高丽传》载："诏陕州刺史孙伏伽、莱州刺史李道裕储粮械于三山浦、乌湖岛……"在这段文字里，三山已不知不觉地改叫"三山浦"。上岸的也已不是文人才子，而是级别不小的将军。当将军们把运来的粮草和兵器卸在了三山浦，就说明它不是个简陋的小码头，而是个具有战略意义的港口，它已与那场僵持了几百年的战争息息相关了。

"青泥"两个字，最早见于贾耽的《边州入四夷道里记》："登州东北海行……北渡乌湖海，至马石山东之都里镇二百里，东傍海堧过青泥浦……"彼时，贾耽是大唐中叶贞元年间的宰相，当他乘船由海西向海东而来，大连湾南岸这美丽的一隅便自然而然地映入了他的眼帘，并被这位大唐宰相写下了历史性的一笔。这是一个值得铭记的时刻，叫了几百年的三山浦，此时已改叫"青泥浦"。从此，大连湾南岸不但有了一种不同于别处的颜色，还有了一丝在别处闻不到的气味。

自明代开始，青泥洼第一次出现在官方编制的地图上。大连湾南岸这美丽的一隅，被正式地标记为"青泥""青泥岛"或"青泥海口"。总之，颜色没有变，气味也没有变。可以看见的变，就是在这里出海和上岸的船帆非比往常地多了起来，说明村庄也就在离岸不远的地方。

以文字的方式见称"青泥洼"，开始于盛京将军耆英呈给清政府的奏折。那是十九世纪中叶，在中国的东海岸已先后发生过两次鸦片战争，英国人的舰船已由南向北开到了渤海湾和大连湾，这里已被列强们争相看好。盛京将军大概在巡查海防的时候，望见了大连湾南岸的小渔村，并感到正有一片不祥的阴云在它的上空盘旋。于是，它被送到清朝皇帝的御案前。

几十年后，在辽东半岛南部，果然就接连发生了两场战争。当战争的硝烟在大连湾南岸散去，这个名叫青泥洼的小渔村，就被一个名叫大连的城市覆盖了。如今的它，已经像一个寓言，注释着城市的前尘，像一棵老树的根系，盘缠在城市的底部。如果把城市编成一本书，它应该是这个城市的扉页。

原乡记忆

西伯利亚大码头

一座城市的出现,可能是一场偶然发生的事件,也可能是一场必然发生的事件。大连属于后者。1894年的甲午战争,不但震碎了坐落在岸上的村庄,也震碎了这里固有的宁静。有一天,当俄国人在旅顺口站住脚之后,便决定在大连湾选址建码头。于是,在原本只匍匐着几个小渔村的大连湾南岸,因为建了一个码头,而有了一座城市。

关于码头,在大连流行两种叫法。官方、媒体以及在码头上班的人,一般都叫它"海港",也有人叫"大连港"。那些只是去码头坐船或接船的人以及普通的市民,则一直习惯地叫它"码头"。在我看来,叫海港比较书面和正式,也比较工业,马上就会让人联想到岸壁上的吊车和堆积如山的货物。叫码头则朴实家常一些,隐约还有一股原始荒凉的气息,"码头"突出的不是机器和物资,而是在船与岸之间上上下下的人和包裹。所以,相比之下,我更喜欢叫它"码头"。

在某一本书里,我曾看到这样一则记载,19世纪末,俄国太平洋舰队开进旅顺口不久,新沙皇尼古拉二世便在一份《政府公报》中宣称:俄国决定,从现在起,将修建一座西伯利亚最大的码头,通过这个码头的中介,

辽 南

大连港湾将把旧大陆的两个边陲联结起来。

西伯利亚。辽东半岛和大连湾,也被划在西伯利亚地盘之内。记得,我最早是在俄罗斯小说和诗歌里读到"西伯利亚"这个词语。在我的印象中,所谓的西伯利亚,就是遥远和荒凉,就是无边无际的森林,就是皑皑厚厚的雪原,就是十二月党人的流放地。去了西伯利亚,就等于去了绝处,去了死亡之所。

西伯利亚大概的位置在乌拉尔山以东、白令海峡和日本海以西、黑龙江以北。这片鄂伦春人的森林,自公元17世纪康熙时代开始流失,一直到19世纪中叶还在被吞卷。鄂伦春猎人最后被驱赶到了贝加尔湖以南,他们身后的大片森林被哥萨克们用俄语字母标上了地名,它们被细分为西西伯利亚、中西伯利亚和东西伯利亚。

然而,建一座西伯利亚最大码头的计划,就在那个公告发布之后开始了。俄历1898年4月9日,一个名叫贝尔盖茨的土木工程师,奉命从俄占的海参崴来到了俄占的旅顺口,他此行的任务就是为这个大码头选址。在旅顺口,贝尔盖茨看好了旅顺口军港西部不远的地方,他认为在那里建一座大码头十分合适。所谓的大码头,就是商业码头。贝尔盖茨毕竟是个土木工程师,而不是军人或政治家。他为商业码头所选定的位置,立即就遭到了军政两方面的反对。

于是,贝尔盖茨来到了大连湾北岸。勘察的结果却令他失望,这里容易被长驱直入的南风侵袭,淤泥会一点点地堵塞港口,在这里建码头有太多的麻烦。有那么一会儿,贝尔盖茨将目光由大连湾北岸移到了南岸,并像疯了一样径直向南岸走去。直觉和经验都在告诉他,大连湾南岸是一座天赐的良港,再也没有比南岸更好的选择了!他马上把这个消息报告给维特大臣,维特大臣的电报则立刻就飞向了遥远的圣彼得堡。就这样,1898年6月10日,尼古拉二世正式发布敕令:在大连湾南岸建码头和城市。尼古拉二世说,这是上帝的旨意。

据记载,关于这座商业码头的名字,也曾引起过一场争论。杜巴索夫将军说,码头的名字一定要张扬俄国的国威。维特大臣却说,俄国在远东的局势尚未稳定,不易叫过于刺激的名字。事实上,俄国自1860年占据海参崴之后,就把它原来的中国名字改为俄称,叫符拉迪沃斯托克,俄语的意思是"控制东方"。未免有点儿露骨了,已经让其他几个列强心生怀疑。所以,维特这一次就想做得含蓄些,他给这个码头取的名字是"达里尼",俄语的意思是"远方"。谁都知道,自16世纪以后,俄国人一直在走向远方,而且已经习惯于走向远方。19世纪末,他们在远方又将有一个名叫达里尼的码头。

显而易见,如果没有萨哈罗夫们的贪污和私吞,达里尼码头也许会建设得更快更好。据记载,1904年年初,

辽 南

整个码头虽只完成了一期工程——修起了三座码头,一条防波堤,还有一座灯塔,然而,它对外却有一个响当当的称呼:达里尼自由港。在碧蓝的港湾里,已开始停靠五千吨级的货轮,并有数十个国家的旗帜在港湾的上空飘扬。

自由港。这其实是尼古拉二世对其他国家的一个承诺。1897年12月,在"三国干涉还辽"之后,俄国太平洋舰队突然占领了旅顺口,当时即遭到许多国家的质疑。尼古拉二世只好解释说,俄国只是租借旅大,时间只有二十五年,为了给大家提供方便,将很快在这里建起一座自由港,各国的商船可以在这里自由出入。

可是,尼古拉二世所描绘的好景并不长。1904年2月8日午夜,达里尼码头二期工程正要启动,日俄战争爆发了。由于俄国人把重兵都部署在旅顺口,金州和大连湾一带和炮台堡垒很快就被日本军队攻破。5月27日深夜,达里尼市长萨哈罗夫接到旅顺口要塞司令斯特塞尔的急电,让他一定要在天亮之前,组织达里尼的俄国居民全部撤往旅顺口,还叫他把达里尼码头炸掉。

那是一场十分匆忙的爆破,只损坏了一小部分岸壁。有人说,这是因为达里尼码头修筑得还算坚固;还有人说,这是因为萨哈罗夫不忍心炸毁自己亲手建起来的码头。事实上,最主要的原因是斯特塞尔让他炸掉的地方太多,而达里尼市内却没有足够的炸药。总之,这个码

 原乡记忆

头不过伤了些皮毛，还可以继续使用。5月30日，当萨哈罗夫与最后一批俄国居民刚撤离了三天，日本第二军的军舰未打一枪一炮就在码头靠了岸，士兵们上岸后还列出了整整齐齐的入城队形。

整个日俄战争，前后曾持续了一年。1905年2月11日，日俄之间的战争结束不久，达里尼市就被日本人改叫"大连市"。达里尼码头则被改叫"大连埠头"。接着，日本人即对外宣称，大连埠头依然是一个自由港。

在此后的二十多年里，日本人一边修补被萨哈罗夫炸坏的岸壁，一边对原码头进行修改和扩建，相继建起了候船厅、埠头事务所和大栈桥。当这三座大型的岸上建筑矗立起来，大连港的格局和风貌就基本上定型了。

1945年8月23日，也就是苏军进驻大连的第二天，他们就宣布大连埠头局解体，中文名改叫"大连中苏自由港"，俄文仍称"达里尼自由港"。"中苏"只是一个说法，港长及各部门的要职全都由苏方担任。直到1951年1月1日，大连港才正式收归中国政府。

就是说，在大连港的历史上，它曾三次被宣布为自由港。一次是1899年，由沙皇尼古拉二世宣布；另一次是1906年，由日本殖民统治当局宣布；再一次是1945年，由苏军宣布。本世纪初，大连市政府做出了一个重大决定，把港口从大连湾搬迁到大窑湾，把大窑湾建成东北亚航运中心。这是一个新口号，虽然叫东北亚

航运中心,而不叫自由港,对于沧桑百年的大连港,也是一次历史性的改变。

敖德萨式城市

萨哈罗夫既是达里尼市的市长,也是达里尼市的规划者。当年,他成立了一个建筑事务所,并由他担任所长兼总工程师。他还给自己配了两个助手,一个叫契姆,专门负责建码头;另一个叫特莱廖辛,专门负责建市。1899年秋天,当码头工程启动以后,码头背后的城市也开始切入了正题。

码头背后就是城市,这是一种在欧洲常见的空间模式。萨哈罗夫并没有遵照中国本土的传统建造城市,而是偷了一个大懒,把黑海岸边的敖德萨复制在了大连湾岸边,码头在前,城市在后,港城一体。

整个达里尼市,被他划分为三个市街:行政市街、欧罗巴市街、中国市街。所谓的行政市街,就是达里尼市政厅所在地,也就是这个城市的政治中心。所谓的欧罗巴市街,就是俄国人以及外国人生活区,另外还是这个城市的商业中心。所谓的中国市街,就是中国人聚居地,当然是被隔离或排斥在中心之外的非中心。

在萨哈罗夫时代,对中国市街没有任何动作,不过是一个纸上的设计方案。萨哈罗夫最先建起来的是行政

市街，欧罗巴市街只不过完成了土地整理。彼时，在这两个市街之间有一条天然的深沟，上面架了一座木桥，民间叫它"俄国街木桥"。它不但是南北交通的枢纽，还是两个市街的分界。向北看去，既是行政市街的延伸，也是它的装饰。向南望去，它就像一支音乐的前奏，将人引入欧罗巴市街中心的圆形广场。

我在当年的旧照片里看见，上个世纪初，名叫青泥洼的小渔村已经变成了废墟，有成千上万的人在海边忙着建码头，还有成千上万的人在临海的山坡上忙着建市。俄国街木桥以北，成了一片工地，每天都是尘土飞扬，夯声震天。在俄国街木桥南那块凸凹不平的空地上，则停满了等着做桥北生意的马车和人力车。

当行政市街的建设尘埃落定之后，背海向南的市政厅大楼，便在街的尽头矗立起来了。街的两侧，则是一座连一座的官邸和官吏住宅，以及铁路公司和轮船公司的大楼。与这些高大体面的建筑物相比，俄国街木桥显得仓促而简陋。从当时拍下的照片上看，它更像是临时搭起的木架子，根本就配不上欧味十足的俄国街。所以，日本人占领了这个城市之后，不假思索地就拆除了俄国街木桥，把它改建成一座文艺复兴式的石桥。

石桥的设计者叫前田松韵。1905年以后，日本有许多建筑师来到大连，他们是一群崇洋媚欧的人，把近代西方古典风格几乎是照搬到了大连街上。前田松韵就是这群人中的一个，而且是最早来大连的一个。他模仿的手法非常娴熟，把原来的木结构桥梁和桥墩全部掀掉，把桥基、桥柱、桥栏、桥头一律都改用花岗岩砌筑，并在上面精心雕刻出文艺复兴式花纹。石头到底比木头耐用抗磨，直到现在，这些石质的花纹仍像当初一样清晰生动。俄国街木桥改成石桥以后，名字也改了，叫"日本桥"。日本桥改叫"胜利桥"，则是1945年以后的事。这名字一直被叫到今天，桥的面貌也没有什么改变，仍是一座文艺复兴式石桥，桥上面仍在走大小汽车货车和行人，桥下面仍在走一列列入库或出库的客货车车厢。

俄国人在大连待了七个年头。萨哈罗夫虽然在图纸上规划了三个市街，实际上只建成了行政市街。市街是个区域概念，所谓的行政市街，不单指市政厅门前这条街，整个胜利桥北这一片，当年都属于行政市街的范畴。市政厅门前这条街，只是行政市街里的一条主街。在主街之外，还有许多小街。现在的光辉巷，当年就曾是达里尼市政厅官吏住宅区。俄国人请的是德国建筑师搞设计，巷子里都是只有一两层或两三层高的独立式小楼或洋房，它们明显地带有德国民居的特色，每一幢楼房的式样都互不重复，却彼此和谐呼应。建筑的立面装饰十分精美，那些木制的门廊个个严谨而浪漫，屋顶细节处的小造型，既别致又巧妙。另外，每家都有一个院子，花墙内外种满了蔷薇、绿藤和乔木。整个住宅区内，被

纵纵横横的小巷划分开来,巷距却只有几步宽,给人一种亲切而不是疏离的感觉。在十字形巷口,还有一间小广场,四周的小楼都把门窗朝向它,看起来就像是中国式的场院。当年那些官吏们去市政厅上班,只需几分钟就可以走到办公室。

1904年2月10日,即日俄开战的第三天,市长萨哈罗夫接到命令,让他迅速安排达里尼市俄国官吏的家属返回国内,几天之后,女人和孩子就走光了,每家只剩下了成年的男子。5月27日深夜,最后的撤退开始了。由于全部车辆被军队征用,撤退的男人们只有徒步走到旅顺口。这片曾经人声喧哗的住宅区,终于成了空巷。其实,它是大连建市的第一个住宅区。这些小巷和楼房能原汁原味地保留到现在,也许与它们后来做了铁路职工宿舍有关。这几十年,整个城市最看不出变化的地方,除了军队营房,就是铁路职工宿舍。当初接管这个城市的时候,他们优先占了最好的地脚,住上了最好的房子。这么多年过去,别人的房子早已不能住了,他们的房子依然还很结实。只当所有的人都换上了新房子,才显出他们的房子破了。所以他们也出去买新房子,把旧房子租给那些收破烂的南方人。于是,这片曾经优雅斯文的高级住宅区,一点点地变成了脏乱差的死角。

虽然是在死角里走,仍能看出建筑原有的精致,仍能想象出以往生活的洁净。最近我听说,市里已经决定成片保护胜利桥北的建筑原貌,想把这片官吏住宅区做成上海新天地那样的商业模式,以此留住城市之初的记忆。我想,当这片小巷子真的灯红酒绿起来,胜利桥就会拥挤了,许多人会向桥北摩肩接踵地走去,他们也许还想知道桥北过去的故事。也是,没有过去的故事,也就没有现在的故事。

俄国街木桥。日本桥。胜利桥。过去的名字叫起来恍如隔世,现在的名字听起来仍觉得亲切。在这个城市,它的确是一座可以越过却不能忘记的桥。因为它通向这个城市的第一个市政厅,第一条市街,第一个住宅区。我知道,这个城市有许多东西是从胜利桥北开始的。直到现在,在大连人的嘴边,还时不时夹杂着许多俄语和日语单词。大连人喜欢穿布拉吉和挽霞子(俄语与日语的音译),喜欢喝啤酒、吃寿司,喜欢在桌几上铺十字绣或钩针编织的白色台布,喜欢收拾家拖地板,喜欢在海滩上架遮阳伞吃野餐,也都与这条市街以及这座桥密不可分。

广场美如花朵

大连是一个盛产广场的城市。从建市开始,到1945年之前,大连的广场基本上可以分为两个部分,一部分是30年代以前的广场,一部分是30年代以后的广场。

30年代以前的广场,建在城市东部。30年代以后的广场,建在城市西部。宏观地看过去,由东向西,既是大连的广场史,也是城市的编年史。

我在前面说过,这个城市的东部最早被俄国人划定为行政市街和欧罗巴市街,日本人占领后,也并没有改变了这个旧有的格局。城市东部,当年有东大连之称,其实就是外国人居住区。当年的殖民者们故意地以这种方式,把城市和人群划分出内外和亲疏、尊卑和贫富。不论俄国人还是日本人,因为把最好的东西都部署在东部,城市的东部就被他们搞得像巴黎一样热闹。东部当年最大的一个热闹,或者说热闹的中心,在俄据时代叫尼古拉广场,在日据时代叫大广场,也就是现在的中山广场。在这个大热闹之外,还有一些小热闹。它们像葵花一样,围绕在大热闹的四周。这些小热闹是:敷岛广场,即现在的民主广场;西广场,即现在的友好广场;朝日广场,即现在的三八广场;英吉利广场,又叫千代田广场,即现在的二七广场。此外,还有南广场和北广场,前些年还可以看见这两块闲置的空地,现在已经全部被新盖起来的建筑物给埋在了地下。

我一直认为,中山广场是这个城市的封面,不用翻开内页,就知道它姓甚名谁。建市之初,在城市与码头的关系上,萨哈罗夫照搬的是敖德萨,在城市本身或细部的处理上,萨哈罗夫模仿的是巴黎。路易十四被称为太阳神，法国人因为崇拜自己的皇帝，而将巴黎设计成一颗匍匐在地上的太阳。萨哈罗夫几乎是照葫芦画瓢，在欧罗巴市街中心，设计出了一个直径有二百多米的圆形广场，并以沙皇的名字来命名，叫"尼古拉广场"。广场的中心是一片开敞的空地，萨哈罗夫想在这里建起一座大教堂。环绕着教堂和广场，再建歌剧院、音乐厅、银行、交易所等公共建筑。而在这些建筑之间，则是呈放射状的街道。如果广场是太阳，这些街道就是光芒。

据记载，包括尼古拉广场在内，萨哈罗夫曾设计了五个类型的市街：主要大街、林荫街、海岸街、街和小路。在横贯尼古拉广场的莫斯科大街之外，主要大街还有基辅大街、弗拉基米尔大街、萨姆索诺夫大街、乌伊茨泰大街。其次，则是萨姆逊斯基林荫街、圣彼得堡海岸街等。街和小路，就属于主要大街、林荫街和海岸街的枝蔓了。

就是说，在萨哈罗夫的规划图上，这个城市将被彻底地欧化：建筑的基石，不是中国式的青砖，而是欧式的花岗岩和混凝土；建筑的式样，不是中国式的大屋檐，而是欧式的廊柱，不是方形的院子，而是圆形的广场。包括那些大街和小巷，也不是中国古代的棋盘式格局，而是由圆形广场呈放射状的蛛网式道路。总而言之，萨哈罗夫的目的，就是要把达里尼建成一个让中国人感到陌生的城市，让那些坐船来观光或探亲的俄国妇女和孩子，那些俄国太平洋舰队上的士兵，从达里尼码头一上

岸,就可以沿着莫斯科大街,直接走入圆形广场,走入这座熟悉的具有怀乡色彩的城市。

然而,圆形的尼古拉广场以及广场四周的建筑,在萨哈罗夫手中还只是一个大致的轮廓,一个纸上的蓝图。它们刚刚有了一个名字,就因为日俄战争的爆发而黯然休止。我是后来知道,在广场上陆续建起来的欧式老建筑,没有一座出自萨哈罗夫时代,大部分是日本建筑师设计建造。因为早在明治时代,日本就已不再把自己当成中国的学生,而是"脱亚入欧",转身去西洋求教。许多人学成归国后,适逢日本对俄战争获胜,并重新占领了大连。趁此机会,他们纷纷地聚拢到这块全新的土地上,当时被称为"渡海建筑师"。

于是,上个世纪初的大连,几乎变成了渡海建筑师们的试验场,或者是东洋学西洋的第一本作业。这是一场轰轰烈烈的复制和模仿。一时间,在大连的广场和街道上,哥特式、巴洛克式、文艺复兴式鳞次栉比,争奇斗艳。由于欧洲近代古典主义的建筑在同一背景上不断叠加,这个城市完全被涂上了异质文化的色彩。

1914年7月,为庆贺日本第一任关东都督府都督大岛义昌的六十三岁生日,有人在尼古拉广场正中给他竖起了一座立姿铜像,并且栽了六十三棵松树。自那一天起,尼古拉广场就改了名字,叫"大广场"。据说,民间也有人叫它"大铜人广场",还有人叫它"八国广场"。

我想，叫八国广场，大概因为广场上的建筑样式繁多，或者附近驻有许多外国领事馆的缘故吧？

大广场改叫"中山广场"，当然是在日本投降之后。自叫了这个名字，就没有再改过，也许今后也不会再改了。其实，走进中山广场，最吸引我的不是它背后有什么故事，而是那些如今仍团团围坐在广场四周的建筑。它们每一座都很经典，每一个细节都有出处，每一个符号都代表着某种风格。所以有人说，在这个城市，中山广场像一枚圆形的图章，镌印在城市的中央。还有人说，中山广场是一座露天的建筑博物馆，正因为它是一个优美的建筑群落，保存得又相对完整，所以，它至少在外形上给这个城市定了基调，定了风情。

上个世纪 20 年代以前，正因为城市东部建了这么多广场，整个东部好比一只秋天的石榴，被广场给撑得笑逐颜开。东部叫广场搞得太热闹了，很快就变得拥挤和逼仄起来。再这么建下去，东部就快倾斜得站不住了。于是，大连城市的天平上，就有了一个西部。西部的热闹，也与世界的变局有关。上个世纪 30 年代，发生了许多影响人类文明进程的重大事件。其中之一，就是建筑革命。由于现代工业急剧发展，建筑艺术与功能、建筑材料与结构、建筑技术与形式，便不再是手工业时代的笨重和多样了，而是一切都可以做成模具，一切都可以做成批量，所有的产品都越来越趋向统一。于是，就爆发

了一场颠覆性的革命。革命者居然是一向古板的德国人。他们对欧洲几千年不变的传统突然发生了质疑，主张放弃建筑外表的繁琐和虚饰，让简洁明快的线条在建筑的立面大行其道。

事实上，这些德国建筑师早在20年代末就开始了探求。他们知道，这场革命在欧洲老家是行不通的，守旧的欧洲贵族们只知道哥特式、巴洛克式、维多利亚式，而不知道什么叫现代国际式。德国建筑师便从欧洲出走了，他们几乎是集体去了美国。虽然在当时的欧洲贵族们眼中，美国就是乡下，但他们偏要让现代国际式站立在乡下的风中。

德国建筑师首先选择了美国中部的芝加哥。几年之后，他们便让密歇根湖边如雨后春笋般疯长起一片摩天大楼。事实证明，他们成功了。一直到现在，那些摩天大楼仍倒映在美丽的湖水里，成为芝加哥城的标志性建筑。去芝加哥的人，一定都要坐在湖边那片草地上，凝神眺看对岸的高楼大厦。当把眼睛看酸了，再以那片经典的现代国际式楼群为背景拍照片，洗出来一看，个个都像是明信片里的人。后来，这种摩天大楼便弥漫到了纽约的曼哈顿岛。于是，曾经被欧洲人贬损的乡下，变成了世界上最摩登的城市。

这个思潮很快就风传到了日本。彼时的日本，正因为战争而导致经济匮乏，他们对殖民地的建设已经捉襟见肘，建筑质量也越来越差。德国人创造的现代国际式简直有点儿雪中送炭的意思，或者说让他们暗自欣喜。他们借坡下驴，非常体面地就改了弦易了辙，马上向繁琐浪费的哥特式和巴洛克式告别，向经济而又简约的现代国际式靠近。

正因为如此，在大连的街头，一场新的模仿开始了。模仿的地点在城市的西部。曾经由俄国人竖起的那道华洋分处的篱笆，一下子被日本人自己给打开了。他们决定，从小岗子破烂的中国市街南侧进入西部，在长者町一带建起一个全新的城市空间体系。长者町原是一块低洼地，东面地势低，西面地势高，此前一直被当作堆放木材和煤炭的货场。日本殖民当局却将这里确定为新开发的西部中心。

西部中心最具代表性作品，即长者广场，也就是今天的人民广场。它是一个与东部的圆形广场相对应的方形广场。在城市由西向东走去之后，正是这个方形的长者广场成了城市版图上的新地标。几年之后，关东州厅新厅舍、关东州地方法院和关东州厅警察部，就先后矗立在这个方形广场上，让原来潮湿泥泞、蚊蝇乱飞的长者町，转眼间成了日本关东州政治中心所在地。长者町的三座官厅建筑，不啻是一块酵母，在城市西部乃至于东部，催生了无数具有现代国际风格的中小建筑。细看这些建筑，它们都属于简单的几何体，层数不高，体积

不大,设计一般是平直的屋顶,光板的墙面,横向的连窗,外墙多作马赛克贴面,拐角多作圆角,正立面上部多加小旗杆之类的小品装饰。当这种简洁而经济的建筑一座一座出现在大连街头的时候,能看出初来乍到的小心和羞涩,却没有水土不服的感觉。

长者广场也像是城市的另一个胎盘。因为它的存在,大连有了一个全新的西部。如果说,30年代以前,东部是以大广场为首的几个圆形广场的组合,它所呈现的是多核放射状道路;那么,30年代以后,西部便是以长者广场为中心的几个方形或矩形广场的组合,它所呈示的就是中国人习惯的棋盘式市街。如果说,东部还多少留有俄国人设计的影子,西部则是日本人独立完成的工程。

在西部的小广场里,只有花园广场仍在叫当初的名字。实际上,已经看不出它是一个广场,更像是一个街心花园,虽有那么多车从这里穿过,依然十分幽静。从花园广场向西,就是高尔基路,如今那里悄然形成了一条酒吧街,街边那一排高大的梧桐树,像天然的隔音板,为休闲的酒吧挡住了喧嚣的市声。作为那里的常客,我除了喜欢爱伍伍纯正的美式咖啡,还喜欢从花园广场一路流过来的静谧。我发现,任何的车,开过花园广场,走到梧桐树下,都像教徒受洗了似的高贵起来。

当年的大正广场,已改叫解放广场。自上个世纪20年代起,它外面被沙河口工厂区包围,里面被道路纵横穿插。现在,四周的大工厂陆续地搬迁撤离了,广场只剩下了交通枢纽的功用。另外,西部还有一个黄金广场,即今天的五四广场;一个三春广场,即现在鞍山路与东北路交会的地方;一个回春广场,即今天的五一广场。它们和长者广场基本属于同一个年代,同一种风格,在西部方形棋盘式布局里,个个都是其中的一分子。当年,正由于它们的存在,一方面证明了西部的广场并不比东部少,另一方面也证明了西部并不比东部寒酸。虽然西部再怎么努力,事实上还是比不上东部繁华。

纵观大连近代城市建筑,竟然有三道不同的层次。第一道建筑层次,发生在1898年至1904年之间,俄国人在胜利桥北建造了一批近代古典建筑,这些建筑属于纯粹的欧式,因为它们毕竟出自俄国人之手;第二道建筑层次发生在1905年至1930年之间,日本人在城市东部中山广场附近建造了一批近代古典建筑,这些建筑也是欧式,因为设计者是日本人,所以它们属于复制的欧式,模仿的欧式;第三道建筑层次发生在1931年至1945年之间,日本人在城市西部人民广场一带,建造了一批现代国际风格的建筑,这是日本人对欧美的另一次模仿。

有一次,记得是一个白天,我从上海乘飞机回大连。这是我第一次从空中俯瞰大连,也是我第一次以这样的角度看中山广场和人民广场。我发现,这一方一圆两个

广场，像两个巨大的脚窝，深深地踩在大连的胸脯上，不但让我看见了空间的差异，也让我看见了时间的距离。

当然，由人民广场再向西看去，还有星海广场。我认为它是城市的第三个脚窝。时过半个多世纪后，城市又继续向西走去。因为有了这个新跨度，便有了这个新广场。因为有了这个新广场，这个城市在空间上更加均衡。总之，我从机舱里向下看，广场个个美如花园。

挽霞子和布拉吉

在央视新闻和国际频道，每天都在固定的时间里插播几段城市形象宣传片，国内大大小小的城市，都想通过电视画面在全国人民面前露露脸。大连的广告语只有八个字：浪漫之都，时尚大连。据说，不少城市都想把"浪漫之都"的美名冠到自家头上，结果还是叫大连抢先注册了。于是，"浪漫之都"几乎就成了大连的代名词。

在大连诸多的浪漫元素里，爱穿无可置疑地排得上第一。我一直认为，大连是一个爱穿的城市。尽管这句话可能有语病，爱穿的应该是人，而不应该是城市。可当爱穿成为一个城市的集体性追求，给它这样的命名也不能算错。

在大连，不论是男人女人，还是老人小孩，他们血液里似乎就被上天给注入了爱穿的基因，吃什么可以将就凑付，穿什么却一点儿也不能马虎。走在大连街上，即使你对这个城市一无所知，当有人迎面而来，或者擦肩而过，你立马就会根据穿着，分辨出哪个是大连人，哪个是外地人。我在这个城市生活了三十多年，此间发生在我身上的最大变化，就是被这个城市毫无商量地改造成了一个爱穿的女人。

穿是文明的标志，爱穿则是人的本性。谚曰：佛要金装，人要衣装。可是大连人的爱穿，有点儿超出了普通人对衣装的一般性需求。曾有很长一段时间，我对大连人的这个喜好不能理解，觉得他们在衣着打扮上过于刻意，甚至带一点儿扭曲。穿好像不只是为了美，还为了别的什么。究竟是什么，我想了很久，仍然很迷惑。

那是上世纪80年代中的一个夏天，城市晴朗的天空中忽地掠过一片喜悦的鸽群。在城市中心的劳动公园露天剧场，一个以服装命名的节日宣布诞生。作为一个报纸副刊编辑，我马上意识到自己要做好必要的功课。于是，在节日的进行中，我便试着去寻找答案。当我把大连历史的袍角小心地掀开，这个城市爱穿的秘密便楚楚如摄了。

大连是一座半岛城市，也是一座近代城市，在它身上浓重地投有外来文化的影子。百年以前，它由一个宁静的小渔村剧烈地演变为城市，城市的统治者却不是本土的中国人，而是俄国人和日本人。在半个多世纪的时

间里，这两个外来者在占据这个半岛的同时，也在这个城市的街道两侧布满了异域风格的洋房别墅，广场花园，工厂学校，图书馆博物馆等等。

这个城市在居住上更是典型的殖民地色彩，华洋分处，贫富有别。

然而，地理上再设藩篱，阶级间再形同水火，毕竟在一个城市里生活，人和人抬头不见低头见。再说，那些目光寒冷的绅士，傲气十足的女人，无论如何得有人给他们拉洋车。而那些拉洋车的苦力，自然就记住了俄国女人领口很低的"布拉吉"，俄国男人束腰很高的毛呢大氅，更知道日本男人喜欢穿白色的"挽霞子"，日本女人如果出门，一定要板板正正地穿上和服，打着阳伞。洋人身上的穿戴当然不止这几个样式，还有别的一些说不明白的花里胡哨的东西。苦力们埋头拉着洋车的时候，谁也不敢有什么奢望，当他们有朝一日做了城市里的工人阶级，这些关于穿的记忆便与他们所受的屈辱混杂在一起，潮水般地涌将上来。在大连讨生活的苦力们，大多来自于山东河北，齐鲁燕赵人的品性就是要刚强，爱面子，不能受窝囊气，这一点天下人都知道。所以，翻身做主之后，他们最急于做的一件事，就是要改变自己的穿。树活一层皮，人活一张脸。生而为人，无论如何要穿一身体面的衣裳，也好在大街上挺胸抬头地走路。

真要感谢那个开始于夏天的节日，我终于知道，大连人对穿的期许和渴求，与他们曾经生活在一个由别人主宰的城市里有关，对他们而言，也只有用这种极端爱穿的姿态，才能把生命中的严重缺失加倍地补偿回来。就是说，因为大连人的内心受过伤，所以衣裳穿在他们身上，不只是为了美，更为了尊严。于是，他们以一个男人或一个女人应有的尊严，将爱穿氤氲成了一个城市的性格，以及一个城市的风俗。

在大连街头，曾流行过一句非常有趣的城市民谣：苞米面肚子，料子裤子。这里面既有自我批评或自我解嘲的意思，也有自我勉励或自我号召的意思，更可以看成是大连的城市宣言：我们大连人就是爱面子，我们大连人永远认为穿比吃重要。据我所知，这个民谣最早流行于60年代初，那是一个饥肠辘辘的年代，可就在这么性命攸关的时刻，大连人饿死也不说熊话，也要穿料子裤子，这是何等的浪漫！

料子裤子是个泛指，它其实把一切的穿都包括在内了。我曾经想，大连人为什么不说阴丹士林蓝布裤子，偏偏要说料子裤子呢？琢磨来琢磨去，不外有两点，一是料子裤子质地高档，做工考究，价格昂贵，拥有一条料子裤子的人特别体面；二是大连人喜欢穿料子裤子，喜欢洋文化所散发的气质，他们一致反对帝国主义，却一致不反对料子裤子。大连留给许多人的印象是洋气，其中就包括大连人的穿戴洋气。

 原乡记忆

料子裤子，也叫洋服裤子。80年代初，凡男女青年结婚，一定要花重金买一块深蓝色的哔叽料子，去裁缝店做一套洋服西装，分开了叫，就是洋服上衣，洋服裤子。婚礼结束后，便把它们小心地压在箱底，遇有重大场合才拿出来穿一下。大连人喜欢穿洋服，大连街上的私家裁缝店也多。80年代中后期，随着大连服装工业迅速崛起，就很少有人光顾半手工半机器的私家裁缝店，而是要穿大工厂大车间里制造出来的成衣。记得那时候，在大连街上漫步，一不小心就可能走到一家国营服装厂的大门口，给我的感觉就是上海织布的厂子多，大连做服装的厂子多。

听大连人日常说话，汉语里经常会夹杂着些俄语和日语，而他们说得最溜道的外来语，肯定是身上的穿。男人们管衬衣叫"挽霞子"，女人们管连衣裙叫"布拉吉"。即使大连厂家产的连衣裙和衬衫有中文名字，大连人也改不了嘴，还是习惯地叫"挽霞子""布拉吉"。唯一的例外，就是"碧海牌"大衣。日子过得好了，手头的钱宽绰了，挽霞子布拉吉料子裤子都有了，就想再置办一件料子大衣。大家的眼睛一齐盯向了碧海牌大衣。记得当年，有一个专门为碧海牌大衣做广告的男模特儿，不管走到哪里都能看到他笔挺而有力地站在那里，碧海牌大衣广告发布的密度之大，简直可与30年代上海月历牌上的香烟广告相媲美。广告果真产生了巨大的轰动

效应，整个城市的男男女女老老少少，每人至少拥有一件碧海牌大衣。80至90年代，是大连服装工业的辉煌岁月。除了碧海牌大衣，还有亚瑟王衬衫、玉兔牌童装，简直让进京拿奖的大连人腿都跑酸了。

"氓之蚩蚩，抱布贸丝。"早在三千多年前，中国人就这样吟咏着，可见布和丝与城市早有深缘，并一起从古老走到如今。这么说来，大连人的爱穿，也不能全算到外国人的账上。再说，时光过去了这么多年，外来文化旧有的影响已经很稀薄了，而大连人爱穿的热情之所以仍然未减，还应归功于每年一届的大连国际服装节。我始终认为，服装节是一种方式，一种技巧，它用布的质地，布的光芒，把一个爱穿的城市呈现在世界面前，把一个城市的爱穿喧张到了高潮。

我就想，这世界已有许多城市被时间的尘埃掩埋得无影无踪了，还有许多城市演变得只能隐约看见一角废墟或遗址。如果大连在什么时候也不幸成为陈迹或传说，一定会因为它曾经是一个爱穿的城市，一定会因为它有过一个服装的节日，而像意大利半岛上的庞贝城那样，吸引无数的人前来考古和观瞻。

卖海蛎子的女人

其实，这是一部小说的名字。作者是上个世纪80

年代非常有名的大连作家达理夫妇。他们来自中国首都北京，大连街头鲜美的海蛎子味，给他们提供了一种完全陌生的经验，于是就有了这么一篇地道的大连风情小说。所以，在这段文字里，我把他们笔下的海蛎子当作最能代表大连的文化符号。

大连是城市，也是码头。因为是码头，吸引了源源不断的登陆者。登陆者的身份，一方面是带着枪炮和钱袋汹汹而来的占领者，一方面是背着孩子卷着铺盖乞食而至的打工者。我曾经给大连的文化构成粗略地划分出三个层面。一层是土著文化，它们是自古以来就在北方进行游牧游猎活动的少数民族，如今在大连的周边地区，还有许多满族乡或满族镇。另一层是移民文化，移民者们大多由山东半岛渡海而来，所以大连最早的市民百分之八十以上籍属山东，在外国人说了算的大连，他们统被称为华工或苦力。还有一层是外来文化，或称殖民地文化，外来者或殖民者，自然是俄国人和日本人。前者在此盘踞了七年，后者在此经营了四十年。西洋风，东洋雨，浸淫了将近半个世纪，直到今天，它们的文化遗存既沉积在城市的底部，也悬浮在城市的上空，让大连在外观上给人一种血统复杂的混合感。

正是这种显而易见的混合感，不但规定了这个城市的文化品质，也影响着这个城市的集体人格。尽管大连人虚荣心极强，我还是想以笔为刀，在这个城市脆弱的肌体上尖利地划它几下。即使大声地喊疼,我也不会停手。

我认为,大连是一个喜欢包装的城市。如我在前面所说,没有哪一个城市的男人女人像这个城市的男人女人这样讲究穿戴打扮。这个城市虽不盛产名牌服装,却盛产名模。这个城市的女人虽漂亮,脸上却总让人感觉少了些风雅,虽一个比一个爱打扮,却算不上美,只能说"浪"。在美与"浪"之间,的确有不小的距离。美是果实,"浪"是空壳;美来自内心,"浪"却有虚荣的成分。这个城市的女孩之所以走不远或根本就走不出去,是因为那张漂亮的脸蛋长不出大米。一个喜欢包装的城市没有大美可言,华衣盛服虽然体面,却无法遮掩内心的虚弱。大连人其实早就觉察出了,可大连是一个具有别样传统的城市,很难改掉这个毛病。

我认为,大连也是一个流行杂志式的城市。在浪漫之后,虽然还缀有"时尚"二字,可我认为叫"时髦"更恰切,时髦与时尚还有相当的距离。在我看来,时尚具有独创和领新意味,时髦却只是对时尚的呼应和追赶。因为大连人不制造流行,然而在别处流行过的东西很快就能在大连流行。大连人口袋里的钱包并不鼓胀,却是最大的买方市场,男人女人都喜欢逛街,一周不逛街,就觉得跟不上形势。男人带着老婆或女友上精品店购物的时候,出手阔绰又大方。大连人的眼睛和耳朵好像格

外敏锐,总是逡巡别处。男孩女孩,一会儿哈日,一会儿哈韩。男人女人,一会儿哈北京、上海,一会儿哈广州、深圳。有钱人哈得就更远,哈美哈法哈意。凡是好的新的东西,大连人一律毋庸置疑、不假思索地接受,而且很快就能风靡全市。大连街上跑的尽是好车,大连人买汽车就买最好的,这一点没一个城市敢和大连相比。大连人既瞧不起北京人的穿戴,也瞧不起北京人开的车,挺体面的人,开个破车满城跑,掉价!

我认为,大连还是一个都市与乡土并存的城市。大连人当然有许多可贵之处。比如爽朗,爱干净,听话,知足,悠闲,有集体荣誉感,爱自己的城市,等等。然而,大连至今仍有一个奇怪的风俗,就是有许多市民每逢初一或十五的晚上,蹲在十字路口烧纸。烧纸的老人是因为少小离家,一直与爹娘隔海相望,只能以这种方式遥寄对祖宗家族的孝心和思念。烧纸的也有年轻人,那是因为老人去世了,老人在世时留下话语,让后辈人忘了什么都不要忘了烧纸。这是典型的移民者心态,虽然可以理解,可大连是一个讲究卫生的城市,新的城市法规不得不加上一条特殊政令,不许市民在十字路口烧纸,违者将处以多少多少罚款。然而当那个日子到来,第二天早上你看吧,十字路口照样有东一堆西一堆黑色的纸灰。大连人热衷于烧纸,却不热爱阅读。我一直把热不热爱阅读看成是市民与农民的本质区别。北京、上海、南京、广州有市民,那里的市民非常关心新闻,因而那里的报纸卖得很火。大连极少有人对报纸感兴趣,大连人不阅读并不是已经有了足够的阅读无需再读,而是压根就没有阅读的习惯。说得明白些,大连人没有内心生活,喜欢靠世俗的经验说话办事。我和我的同事有过几次站在街头卖报纸的经历,我看见许多大连人白给他一张报纸他都绕开你走,他们就是不想看字,不想知道什么。坐电车、晒太阳、在商场的座椅上等人或休息,他们就那么木呆呆地干坐着,脸上空洞无物。没有阅读,就没有寻找,没有惊奇,没有想象和创造,所以大连人心甘情愿熟能生巧地跟在别人后面模仿着行走。

有人或许会不理解,一面说大连多好多美,一面又说它这个不好那个不美,这是为什么。我只想说,我不是这个城市的背叛者,我也是这个城市的一分子。别人可能是大街上的观光者,我却是在后面捡喝空的汽水瓶扔掉的瓜子壳的那个人。三十多年的时光里,我常常被它感动,我又每每为它悲哀。我知道,我与它之间始终有什么隔着,然而,我却想用我的一生与它厮守。

大云书库的拥挤与空荡

我要写的这个人,曾经在旅顺口住过十几年,这里至今还有他的一座故居和一座书库。旅顺口距大连市内只有半个小时的车程,可我对这一切知道得太晚了。

那是1996年春天,我读了一系列与东北有关的书,这些书以前我从未读过,如果不是为写一本书做案头准备,我可能永远也不会翻开它们。就这样,我在一本书里与这个人不期而遇。

这个人并不是那本书的主角。那本书的主角是中国最后一个皇帝,书的名字叫《我的前半生》。按这个人对皇帝的心情,皇帝应该把他视为重臣或知己,可他在这本书里简直就被自己曾死心塌地追随的皇帝写得不怎么样。记得当时我并不是要写这个令人讨厌的皇帝,而是要写那个既让我喜欢也让我忧伤的名叫婉容的皇后,那个最后的而且已经消失得踪影全无的女人。

读这本书,还让我意外地获知,这对帝后曾在旅顺口小住过,而这个被皇帝耍弄过的人却早在皇帝来到之前,就把所有的家眷都搬到了旅顺口,不论这位清朝的

辽 南

末帝决定来旅顺口，还是离开旅顺口去做伪满洲国的皇帝，都与这个人有关，我对他就格外地注意了一下。

十多年前，我在报纸上开了一个《访问乡土》专栏，主要是想把撒向东北的目光收回到我所居住的辽南。在我眼里，东北是铺展在我背后的大乡土，辽南却是蜿蜒在我家门口的小乡土。于是，我再一次与这个人遭遇。如果说，在前面读过的书里，这个人还是影影绰绰的，在我后来读的书里，他的面目就越来越清晰了。

有人告诉我，这个人的孙子仍住在大连，退休前在吉林大学教书，一个著名的辽史专家，曾写过一本回忆他祖父生平的书。只是年事已高，耳朵听话不真切，跟他说话十分困难。不知为什么，我没有急着去访问这个人的孙子。有一天，当我决定要去访问的时候，却听说他刚刚去世。这消息让我心里一震，觉得这可能是永远也补不回的遗憾了。有人说，这个城市缺少名儒。可我认为，这个人就是，包括他的孙子，也是。

在我的印象中，这个城市没有多少像他们这样的家族，虽然这个人早已作古了，我至少应该听他的孙子亲口说点儿什么。据说，这个人孙子在世的时候很寂寞，去世的时候也很寂寞，火化那天，这个城市加上他所有的亲属，也只有三十几个人参加告别仪式，他所在的吉林大学却来了八十多人。这或许也不奇怪。他是这个人的孙子，他的名字叫罗继祖，他祖父一生中最错误的选

择是在这个城市完成的,这个城市对他的祖父自然就会采取一种态度。也许,这个城市没有表示什么态度,然而没有态度本身就是一种态度。所以我想,他的寂寞是可以想象的,也是可能发生的。

没过多久,有人邀我为一本老建筑图册撰稿。在翻看那些旧照片的时候,一下子认出了这个人留在旅顺口的故居和书库,为了让我了解每幢建筑背后的故事,还附了一张这个人的照片。他是一个留着雪白的长胡须的老人,戴着那个年代的旧文人喜欢戴的细边眼镜,脑后拖着一根清朝男人的发辫。我第一次看见这个人。他的目光过于严肃,嘴角的线条也过于执拗,脸上还有一种很深的忧郁,它将一个人的失意和淡漠,都写在了里面。

这个人就是罗振玉。

4月的一个下午,风很大,空气很干,我去了旅顺口的太阳沟,并直接找到了洞庭街十二号。去这条街得走一段由南而北的上坡路,洞庭街就斜横在半坡上。站在街头向南望去,可以看到旅顺口深蓝的海。我想,罗氏把宅院建在这里,也是因为这里既避风朝阳,又是观海的好地方吧?

沿街向前走不远,就看到了照片里那两座陈旧的欧式建筑。它们前后错落,各自独立。我知道,前面一座是罗氏故居,后面一座是罗氏的书库。中间那块空地,既是书库的前庭，也是罗宅的后院。单看这样一组建筑布局，就能感觉出罗氏当年是有意将书库与住宅隔开。以男主人的角色，为的是防火和安全，以读书人的心怀，求的则是纯粹和宁静。

我先去了罗氏故居。这是一座两层高的灰色小洋楼。上个世纪20至30年代，这种和风欧式的民居建筑，在大连市内和旅顺口比比皆是，几乎成了一种流行的风景。罗氏故居不是单体，而是一组。小洋楼居中，左右还有附属于它的许多间欧式坡屋顶洋房，从楼与屋的相互簇拥就可以想见，当年这里住的是一个几世同堂人丁兴旺的大家族。

楼门前的石阶很高，这是地势的关系。罗氏晚年住在这里，不知他出入家门是否感到了不便。反正我拾级而上的时候，都有些呼吸不匀了。站在门前，想极目远望，却见楼前刚刚盖起了一片花园小区，看海的视野被阻挡了。确切地说，罗氏故居在洞庭街一巷十二号。小巷南侧就是崭新的花园小区，小巷的北侧只剩下这座破旧而孤零的罗氏故居。

住在这个小城的老人，都知道旅顺口当年住过一个罗振玉，对保留至今的罗氏故居，他们仍然叫它罗公馆。其实，罗氏早在1940年就病故了。五年后，当苏联红军以解放者的姿态进入旅顺口，罗氏故居与所有可以占用的房屋一样，都成了苏军的战利品。又十年后，中国

 原乡记忆

军队接管旅顺口，罗氏故居也随之转手。然而，它仍是军产。只是不知从哪一年开始，这里变成了海军某部下级军官的家属宿舍。

　　也许因为房间太多，楼上楼下住了数不清多少家。这是一个没人管的地方，住在这里的大概官阶太小，楼内的卫生很差，走廊放满了破烂的物什。因为是白天，楼内没有一点儿人声，每一扇屋门都严严地关着，而且每家门上都挂着一把明锁，让我想起了70年代的集体宿舍。因为看不见房间里面，我在走廊里兀自发了一阵呆。

　　记得来之前有人告诉我，罗氏故居是市级文物保护单位。可我发现它的内外墙和门窗没有一点儿修缮过的痕迹，楼门前也没有文物保护单位铜牌或石碑。门洞是敞开的，楼梯也是敞开的，我很容易就走了进去，也很容易就走出来了。

　　楼门前，一边有一棵高大的银杏树。我知道，这是罗氏当年所植。罗继祖曾在书里写过这座故居，他说：因地段狭窄又分成几个小院落，每个院子窗下都种点儿花树，因为祖父很喜欢种树种花，住宅西楼院内种过几棵龙爪柳和一棵大樱桃树，墙上满是爬山虎，西楼大门头上种的是一架紫藤……

　　这是罗公馆当年的景象。藤树互缠，花草相衬，推窗便有萤蝶飞进。如今，那片曾经的葱茏都衰落了，只

剩下了两株亭亭如盖的银杏。在4月的下午,它们的存在,让天上的风刮得更响。

罗氏给自己的书库取了一个名字,叫大云书库。大云一词,由罗氏喜欢读的《大云无想经》而来。我想,那经里的境界,必是与罗氏相通,因而拿它给自己的书库命名了。

大云书库最早建在日本。彼时,罗氏全家都住在日本的京都,与他同住的还有王国维一家。罗、王几乎每天都坐在大云书库里辨识甲骨,考证彝器,校点古书。自日本回国数年后,当他最终选择在旅顺口安家,便在这里给自己重建了一座大云书库。

它在罗氏故居后面,故居是两层楼,书库是三层楼。只是四周没有裙楼,占地面积也就没有故居那么大。我注意到,在书库侧面的墙上,倒是挂了一块铜牌,上面写着:罗振玉大云书库旧址。不是文物保护单位,而是大连市的重点建筑。

我至今也想不明白,书库与故居只相隔不过几十米远,它们原本是一体的,为什么主人的故居是文物保护单位,主人的书库却只是地方性的重点建筑呢?像罗氏这样上了《辞海》一级条目的人物,如果在人文气息浓厚的地方,比如他的祖籍淮安,这两座建筑怕早就被当作稀罕之物圈管起来了,而不会被割成了两块,受到的

原乡记忆

是两种待遇。

其实,不止是被名之为文物保护单位的故居,已经破烂得甚至比不上一座普通的民居,就是这座称不上文物却名扬海内外的大云书库,也早已不见当年的气质和模样了。常听大连人说,这个城市文化土层薄。对罗氏留下的文化遗产如此轻贱,算不算是一种文化的奢侈呢?

将大云书库定为重点建筑,与让我给这本图册撰稿在同一时间。大概是突然间听说了这座书库的巨大价值,知道了里面的藏书非常珍稀难得,书库当年被政府接管之后,藏书曾被分藏在北京、沈阳和大连的公家图书馆里,有的藏书至今还是这几家图书馆的镇馆之宝,对它总算有了一点儿敬畏之心吧?

书库与故居不是一个整体,去书库不能从院内直接到达,得走出洞庭街一巷绕到另一条街上,才能找到它的正门。这条街最高的建筑是后建的海军某部招待所,大云书库实际上变成了它的附楼。在书库与主楼之间,有一座天桥式长廊将它们紧紧地连在了一起。所幸书库建筑独立地站在那里,外观造型也没有变,白泥墙面,灰瓦屋顶,正门入口突出的外廊,廊上女儿墙券出的露台,并没有被修改过。虽与招待所并立在一起,仍能看出它固有的简朴和内敛。

然而,书既不在,库也就无从谈起了。它现在的功

用就是海军招待所。我小心地推开了书库左侧的偏屋,这里已改作招待所的厨房,里面散发出一股逼人的油腥与菜汁混合的味道。书库楼前原有的门廊,也被封成了一间小仓库,里面堆着米袋面袋和尚未拆封的啤酒饮料。我知道了,要想看书库里面的样貌,只能走那扇显然是后来打开的小门。

可以看出,当年的书库内部与它的外观一样,朴素而单纯,带着罗氏做学问的求实风格。的确,这里原本就不是富人的宫殿,而只是读书人用来藏书的地方。可以想见,罗氏当年总是踏着红漆地板,扶着木制楼梯,一层一层地走上来,然后站在窄窄的小走廊向两边看,看那一间间通透而宽大的藏书室。这也是罗继祖回忆祖父与书库时写到的景象。

现在的书库,一楼已经改成了一间大教室,黑板和讲台下面,摆着一排排简陋的木桌椅,大约有二三十个地方渔政干部坐在那里,正在听一位业余讲师上课。于是,就想上二楼和三楼看个究竟。走廊很暗,地板踩上去咯吱咯吱响,楼梯很陡,也是咯吱咯吱响。上了二楼,走廊更窄更暗,所有能用的空间都被分隔成了简陋的客房。个别的房间半掩着门,从里面飘出一股劣质的烟味儿,我瞅了一眼正在抽烟的男人,好像也是一个地方渔政干部,为了抽烟逃课了。因为性别的关系,我未敢造次采访。二楼和三楼,多数的房间门紧关着,我只能试

着用目光穿过那一道道后砌的薄薄的墙壁,不去想里面现在是什么样子,而去想象当年那满屋满架的经史子集,数不清的甲骨金石。我知道,这里的每一本书都曾被书库主人阅读校点过,每一件文物也都曾被书库主人凝视摩挲过。在近现代中国文人眼中,这里曾是他们无限向往的地方。可如今,人亡物非,大云书库只留下了一副空壳。

我就想,1940年4月,旅顺口大概也刮着今天这么大这么干的风。罗氏早在四年前就从长春辞官回家,因为是一种不得已,他的心情非常不好。这个春天,不小心偶感风寒,咳嗽不止,染肺而成重疾。一个月后,便在前院的家里溘然辞世。家人将他埋在了旅顺口西沟。罗氏原籍远在江南,却把旅顺口当作自己的首丘之地,看来他已经把这里当成故乡了。

就是说,除了故居和书库,罗氏的坟墓也在旅顺口。

罗氏的出身并不显贵。在那个时代,在江浙一带,大富大贵者多如河鲫。罗氏的背景简直是太普通了。他一向自称浙江上虞是祖籍地,其实罗氏祖上的这一支嘉庆年间就从上虞老家迁出了。罗氏的曾祖父罗敦贤因系庶出,祖遗产业养不了家口,只好携家流寓江苏淮安。他曾经做过绍兴师爷,至晚年告老还家,得了一笔钱,为糊口而弃文经商,终于发了财。罗氏的祖父名叫罗鹤翔，曾官居高邮州知州。罗氏的父亲名叫罗树勋，一直待在淮安城内，守着田产，兼做典当质押生意。由于自己不会做，委托别人做又找不到合适的，不几年就已负亏累累。幸而捐过候补县丞，为了避债，竟一个人到远离家门的江宁做县丞去了。

按说，罗氏应入淮安籍。可他始终没有入。为什么不入？罗氏生前从未说过一字。他的孙子罗继祖认为，一是上虞要比淮安有名贵之气，与上虞比，淮安向来不是个冠盖簪缨集中的地方，市间多大商大贾之家。罗氏一生最不喜欢专门爱盘算钱的人，而淮安人多属此类，与其心性不符。二是罗氏对淮安人的生活习惯也看不上，对富有人家讲究吃喝穿戴或者打牌听戏也最瞧不起。这两点理由，已足够充分了。再反观罗氏，他的确是一个读书狂工作狂，看与罗氏交往笃厚的朋友，果真也没有一个嗜钱好玩之徒。

罗氏的学问根植于童年。他四岁识字，五岁入塾，十五岁读完经书，十六岁考上秀才。父亲找瞎子算过命，瞎子说，罗氏命里应得科第。可罗氏两试不中，从此便绝迹科场，专心学问。正因为罗氏未考过举人进士榜眼探花，所以就未能像曾国藩、张之洞们那样当高官享厚禄。大清一朝，罗氏的官阶不过五品，最大做到学部参事、京师大学堂农科监督。然而，在1934年出版的《近代二十家评传》里，著名史学家王森然却将罗氏列入其

中。罗氏虽属自学,却做出了许多别人没有做也做不出的事情。在我的印象中,罗氏的执着和自觉,简直就像田野里的牛。谁也没号召或命令他这么做,可罗氏就为我们这么做了。

文化是需要发现的。当年,在《老残游记》作者刘鹗家里,罗氏第一次看见了甲骨文残片。彼时,刘氏只是一个藏家,而不是古文字家,所藏的甲骨又都是从王懿荣手中买到的。这些甲骨文残片让罗氏欣喜若狂,他先是帮助刘氏印出一本《铁云藏龟》,此后便沉入对甲骨文的搜讨和考证之中。对甲骨文孜孜以求的罗氏,并不满足去刘氏家里看,他还出资派家人到河南安阳殷墟去收集挖掘,居然有了上万片收获。

于是,罗氏在日本京都住学的八年中,其所著《殷虚书契考释》成为世界甲骨学首部重要著作。就是这本书,让罗氏成为最早认识甲骨文价值的人。如今所能看到的甲骨文字有八千多个,其中由罗氏识认出来的字就有五百多个,他也是当今世界上个人识认甲骨文最多的一位。后来,罗氏由研究甲骨文,而喜爱用甲骨文书写,所以,他还是第一个以甲骨文字体写书法的人。在中国,研究甲骨文的三大家是罗振玉、王国维、郭沫若,素有"三堂"之称,而罗雪堂自在王观堂、郭鼎堂之上。

文化是需要引进的。罗氏自小在城里长大,对乡村生活并不熟悉,他对农桑的了解也多从书本里获得。读过《齐民要术》《农政全书》和《授时通考》之后,他便记住了"农为邦本,不仕则农"这条古训。之后,当他读到了欧洲人写的农书,眼前更是打开了一扇亮窗。想想自家前程,既对科举绝望,那就中西兼采,以西法改革中国农业吧,一为国计民生,二也为自己打算。正是这个念头,让罗氏成了中国近代农学史的开创者。

那是1896年,罗氏到上海创设农学会,并创办《农学报》。上海是通商码头,风气早开,各种学社和报馆林立街头。罗氏发现,遍地可见洋泾浜,就是没有农字掺杂其中。罗氏想大量翻译日本农学书籍,于是聘来了日本人藤田丰八,这是他第一个异邦朋友,也是第一次跟日本人接触。可只有一个藤田丰八不够用,就自己创办了一所东文学社,招生学东文,目的也是为农所用。由兴农学而办教育,让罗氏有了不小的知名度。湖广总督张之洞认为罗氏是个人物,就邀他去主持农务局并兼农校监督。两广总督岑春煊也知道他了,聘他去做教育顾问。最后是盛宣怀找到了他,让罗氏去任上海公学虹口分校监督。

1905年,光绪皇帝派大臣访欧,大臣们回来后,皇帝便决定效仿西欧的办学方式,废除了中国延续一千多年的科举制度,在各地兴办洋式学堂。罗氏恰在此时应诏入京,先是在学部参事厅当行走,后升为参事官。此间,罗氏曾有过一次去日本视学的机会。他虽梳着清朝的辫

子，穿清朝的官服，却以日本为桥梁，把国外先进的教育方法带回到中国。

文化也是需要抢救的。罗氏是中国近代档案学创立者。清内阁当年有一座大库，专门存放历朝历代的档案典籍。辛亥革命那年，皇帝降旨烧毁清内阁大库档案典籍，那些已经卖给故纸商的史料，罗氏居然以三倍的价格全买了下来，一共装了八千麻袋，把它们存放在彰义门外的善果寺里。

八千麻袋，日后就成了与罗氏有关的一个故事，成为罗氏生命的一部分。此后不论走到哪里，即使举家在海内外徙转之时，在罗氏的后背上，总驮举着这煌煌的八千麻袋。罗氏的大云书库，实际上就是为这八千麻袋建的。留居日本期间，罗氏曾悉心地为这几十万册书籍做过四本厚厚的目录。

其实，罗氏的功绩岂止是抢救了内阁大库档案，他还曾最早整理了出土于1908年的汉晋木简，最早整理了出土于1922年的汉灵帝熹平年间立在洛阳太学门外石经上的残字。另外，他还千方百计地刊印传布了已被欧洲人掠走的敦煌石室藏书窟中最精华的卷子本古书和佛经……

难怪王森然在那本书里说，近八十年间，我国新发现的史料有四：一、殷墟甲骨；二、汉晋木简；三、敦煌石室遗书；四、内阁大库档案。一谈到整理这四类材料，能为人们所利用的，罗振玉应该居首功。

上述所列，可能就是罗氏最让后人不能忘怀的原因吧？

走近罗氏，就走近了另一个人——王国维。其实，我比罗氏更早地读过王氏，可我读得还是太少，居然不知道王氏背后有一个罗氏，而罗氏一生最大的贡献，就是发现了王氏。正因为不知道，就有一种说不出的惊喜，像考古者发现了马王堆。

我觉得，罗、王之交，不只是一段佳话，这简直就是一个奇迹。虽然罗氏从未承认王氏是自己的学生，一直把王氏当侪辈看待，可是所有了解他们的人都在说，罗氏塑造了王氏，没有罗氏，王氏也许是小学者，因为有罗氏，王氏成了世界级的大学者。

生命真的是一种缘。这两个人相识于1898年。彼时，罗氏正在上海创办东文学社。王氏也漂泊在上海，正在上海时务报馆当杂工。罗氏因为也在办报，就常到王氏所在的那家报馆访问。有一天，罗氏偶然从王氏同舍生的扇头见到他写的咏史绝句，一时间激动不已，并以此认定王氏日后必成大器。虽萍水相逢，却缘定三生。那一年，王氏二十一岁，而罗氏已三十二岁，既是兄弟之谊，也是忘年之交。此后，他们就不再分开。罗氏去苏州任师范学堂监督，招王氏去任教。罗氏入官当学部

参事,王氏也跟着进京。罗氏在学部的头儿面前力荐王氏,王氏就做了学部图书编译局的编译。与罗氏一样,因为王氏也只是个秀才出身,终限于封建规则,在清廷未获大用。

发生在辛亥年的那场革命,不但把大清皇帝给废了,还把忠诚服务于清廷的两个小官员沉重地打击了。罗、王都是正统文人,他们受明末遗臣不事清廷之风骨影响过重,不忍见改朝换代,于是相携渡海避难,隐居于日本京都田中村净土寺町,罗氏在这里购地数百坪,自建楼舍四楹,不久又增筑大云书库,并在院内植松十余株,杂卉木数百棵,凿一小池,小有花树池沼之胜。罗氏还给寓所取名永慕园,把康熙写的云窗横额悬于书斋,以此表达他对清廷的笃念之心。

然而,曾有人说,这一次是罗氏把王氏拖下了水。王氏以前热衷于西洋哲学和元明通俗戏曲研究,到日本之后,王氏因受罗氏影响而改变了方向,搞起了中国历史和古器物学。

的确,在京都的日子里,王氏翻读了大云书库几十万册藏书,还帮罗氏清写书稿,与罗氏一起编书识器。正因如此,他也跻身于甲骨学界,成为名播中外的王观堂。那时候,王氏携家带口,经济景况远不如罗氏,罗氏每月给王氏二百元钱以补日用。王氏因不愿长年累及罗氏,于1916年离日赴沪,应英国人哈同之聘,编学术杂志去了。自两个人相识以来，这是王氏第一次被生活所迫离开罗氏而单独行走。虽人分两地，王氏在精神上对罗氏仍有很深的依恋，他们几乎三两天就通一封书信。王氏自己说，像他们这样密集频繁地通信，恐宇内未见有第三人。这种友谊，我想一定是自愿的，发自内心的，不会是谁拖着谁。王氏走的这条道路，也不应该被视为下水，而是王氏生命必经之途。

有句话说，爱是一种伤害。不论是哪一种爱，不论是两个什么样的人，如果走得太近，用情太深，总会因为什么没做好而发生乖离。亲则疏，古训已有之。罗、王应该是懂得的，却伯牙与子期一样地黏着，自有其道理。再说，他们不但彼此要好，还让彼此的孩子们要好，最终是由君子之谊而结儿女亲家。

他们的确是两个性格迥异的人，但这并没有影响他们之间的友谊。罗氏精力过人，从十六岁理家政开始就事无巨细一一经心，一直贯彻到中老年，完全是一个家长式人物。王氏则平和如女子，忧郁如诗人，沉静少言，一腔心思都沉埋于读书治学，对家事从不过问。后来发生的变故，应是他们始料不及的。

1926年，王氏长子在沪病亡，罗氏未与王氏打一声招呼，就自带三女儿王氏长媳回了自家。脆弱的王氏，在失子之痛中尚未超脱的王氏，绝没想到他们之间会发生这样的事，与罗氏就此书信几近断绝。后来，还是王

氏长子原单位将抚恤金送到了王氏家中，王氏再将钱转给罗氏，让罗氏转给儿媳，却遭罗氏拒收。于是，王氏不得不写信给罗氏。也许觉得自己再不收就过分了，罗氏终于把钱收下。

那封信，大概就是王氏与罗氏最后的交流了。1927年6月，王氏自沉昆明湖。罗氏闻讯后大悔大痛，唯一能做的，就是用那笔转来的抚恤金刊印王氏的遗书，并出资送王氏家人离京返乡。

然而，王氏之死引起巨大的轰动，其间杂说不一。有人说，王氏的死与罗氏有关。更有甚者，说罗氏害死了王氏。于是罗氏家人不得不站出来辩诬，这场笔墨官司一直到今天仍未消停。我就想，在人生里面磨难过的人，自然知道王氏的内心经历了什么。

一个人的绝望，不可能因一件事情就发生了，一个生命的死亡，也不是一下子就来到的。在不到一年的时间里，王氏遭到的是灭顶之灾，先是失去了儿子，接着便是失去了罗氏。除此之外，还有失国之痛。因为北伐军日日进逼，革命已有成功之势，他为之效忠的清室再也无力回天了。对王氏而言，失子失友失国，无论哪一种失，都是他难以承受的，这是几种绞在一起的大痛。所以，这个一向沉默迂讷的人，终于选择了死。

翌年冬天，罗氏率家从天津搬到了旅顺口。有一天，罗氏叹着气对王氏的外孙刘蕙孙说，我负静安，静安不负我。也是，曾经是那样密切的两个人，曾经完美如法国人蒙田和拉博埃西的两个人，一个撒手而去，所有的痛苦就只能是留给另一个人了。

几年后，罗氏曾再一次陷入苦境，仓皇地从长春的伪皇宫回到旅顺口。坐落在扶桑町的家，成了罗氏晚年政治失意的最后归宿。当罗氏彻底地退回了家中，当他面对着大云书库里的古籍古物，所有的往事都浮上了记忆。睹物思人，今生今世，还能有可与王氏相媲的知音友伴吗？

这世间既有爱情悲剧，也有友情悲剧。罗、王相交三十多年，断不会想到他们最终会成为这出悲剧里的主角。

一个饱读诗书的人，如果在政治上还有抱负，就注定是痛苦而不幸的。

罗氏一直把自己当成清朝人，而清朝在哪儿呢？清朝实际上从罗氏入京不久就崩溃了，革命来得太急促，罗氏甚至都没等到朝廷给他发一次饷银。

罗氏至死留着辫子。因为罗氏留着，紧随其后的王氏也留着。罗氏虽接受西方农学，却一辈子不穿西装，终年长袍马褂，布鞋布袜。即使后来被伪满洲国授予大勋位绶章时，仍让人将绶带套在长袍马褂上，一时传为笑谈。罗氏的第四个儿子在伪宫内府任秘书官和掌礼处处长，每天上班都要穿短上衣制服、西式裤子和黑皮鞋，

罗氏即使看不惯也不能说什么。其他的子孙以及家庭教师,则只能在外出的时候偷偷地换上西服。

从日本回国后,罗氏一家寓居天津,蔡元培曾力邀罗氏接受北京大学考古学讲席。罗氏竟以清朝人自居不应,以表示士大夫的清白和忠诚。罗氏日常花的钱,除了自己写书印书的酬劳,其余都是卖字画古物所得。他是真正的遗老,从内心到肉体,一直将自己系在大清皇帝的銮舆上。

罗氏的愚蠢,就在于把复辟大清的美梦寄托在日本人身上。有人说,罗氏和日本的亲密与他的经历有关。上海的东文学社,只是罗氏与日本学者交流之始。引家东渡日本,在京都一住就是八年,有机会认识了更多的日本朋友。

1924年,冯玉祥限令末代皇帝在三个小时内出宫,罗氏因为在日本使馆里有熟人,马上就可以安排溥仪避入其中。此后,也是他在天津借张园给溥仪居住,与溥仪交往的人里,各种身份的日本人更是不少。罗氏认为,中国时局动荡不稳,而旅大已成日本的一个州,所以他先后六次劝溥仪渡辽。

溥仪到了旅顺口之后,罗氏更是参与了策划成立伪满洲国的活动。在罗氏看来,"满洲国"就是大清国,它仍属于正宗,有大清皇帝在这里,还会不成吗?还会有错吗?罗氏真的不知道今后将发生什么,历史的潮流将向哪里流淌,做这一切,他是那么地义不容辞,那么地义无反顾。

在罗氏的生命里还有一个人,就是郑孝胥。在寓居天津那段日子,罗氏遇到了他政治生涯中的克星郑氏。罗、郑早就相识,而且还沾了一点儿姻亲。只是罗氏一直不喜欢郑氏,在他眼中,郑氏虽有满腹诗文,但做人太张扬,太钻营。郑氏也不接受罗氏,在郑氏眼中,罗氏的沉稳和干练,罗氏的优雅和学养,让他从内心里感到一种压迫。于是,他们就互相攻讦,不给对方一点儿喘息之机。

秀才出身的罗氏始终没登过大官场,他绝对不是在大官场上行走如飞的郑氏的对手。所以,无论罗氏怎样效忠于溥仪,总有一种东西让他与溥仪不能走近。再加上王氏之死给他带来的伤痛,他只想快快地逃开这一切。于是,1928年冬天,罗氏悄悄地将家眷从天津搬到了旅顺口。这里是日本的"关东州",他又一次出国了。

这一年,罗氏在太阳沟新市区面海的山坡上购建私宅。1932年春天,在私宅后面购置土地,建了一座三层藏书楼,并在大连市内开设了一个墨缘堂书铺。他决定永远地留居在这里了。这地方叫扶桑町,因为左右邻居大都是日本人,罗氏仿佛又回到了京都时代。那是罗氏大做学问的时代。来旅顺口,他就是想重新回到做学问的时代。

然而，别忘了罗氏是一个忠于朝廷的官员，他在政治上仍不甘寂寞，尤其是不想输给郑孝胥。扶桑町一带住的都是日本高官，他居然通过日本学者与日本军方勾结，让他们帮助溥仪从天津逃到旅顺口。这一切都做成了之后，竟跟着他心目中的大清皇帝去了长春。旅顺口扶桑町的房子，暂时就闲在了那里，他在长春又建了一座新宅，大小家眷也都搬了过去。

选择即命运。在溥仪的身后，不但有郑氏，还有胡氏、陈氏、张氏等等。他们也宿命一样地在前面阻挡着罗氏，拒绝着罗氏，让罗氏永远也靠不近皇帝，皇帝也永远不会对罗氏说出一句体己的话。罗氏懂中国文字，却不懂官场这两个字。官，是需要场的。什么叫场？场是一种势力范围，场就是要分成帮，分成伙，占一块地盘。场上至少要有两帮，这就叫对手。没有对手不成官场。罗氏却形单影只，浑身上下，唯有对吾皇的一片愚忠，怎么可能对付了郑氏一伙朋党呢？所以，溥仪只给了他几个无关紧要且略带羞辱色彩的职衔，均被最在乎尊严的罗氏婉言辞掉。至于监察院院长这个职缺，并不是皇帝所赐，而是日本人暗中帮他操作到手的。

终于有一天，罗氏对复辟大业由失望乃至绝望，自己已经尽了人臣之忠，君不爱我，那就由君去吧。我有一个温暖的大家庭，有一座属于我自己的大云书库，足可打发我余下的老迈时光了。于是，他断然弃职，重返他留在旅顺口的家。时间是1937年3月,七十一岁的罗氏,没有像王氏那样沉入昆明湖,而是再一次躲进自家的书库,将余下的生命沉入史海。失意的他,终于又想起了学问。曾有人评论说,罗氏在学术上成就了不世之功,在政治上却终成南柯一梦。

罗氏并不知道后人将如何评价自己。对于他的一生,曾写了一个自挽联,云:

毕生寝馈书丛,历观洹水遗文,西陲坠简,

鸿都石刻,柱下秘藏,守缺抱残差自幸;

半世沉沦桑海,溯自辛亥乘桴,乙丑扈跸,

壬申于役,丁丑乞身,补天浴日竟何成。

可是,他毕竟老了,在与家与书库厮守了四年之后,这个每依北斗望京华的清代孤臣,在1940年春天的一个寻常日子,依然留着那根稀疏的清朝辫子,走远了。

1945年秋天,旅顺口一夜之间驻满了苏联红军。很快地,他们就来到了罗公馆,不但遣散了住在公馆里的罗氏家眷,还将大云书库的门打开了。于是,书库里的图书和文物,一部分被点火烧了,一部分被苏军转移到别处,还有一部分被扔到了街上。

在罗公馆门前,曾发生过这样的一幕:那些英勇高大的苏军不认识中国字,他们把甲骨青铜玉瓷当成了垃圾,把成箱成帙的古书字画当成废纸。一时间,家住附

近的中国老百姓蜂拥而至,有的不知道那些书物有多么珍贵,把它们抱回家中当柴烧了,有的知道它们都是好东西,抢回家中便藏匿不语。好在罗氏五年前就西去了,他要是活着,看到一生积累如此狼藉,恐怕也会想个办法,了结了自己。

这是一场文化的浩劫。大云书库先后建了三次,名字却一直没改。最早建在东京,罗氏回国后,建在了天津,由津门来旅,建在了自家宅后。自它站立在这个世界上,虽几经迁移,却从未有过这样的破坏。旅顺口解放了,可是被罗氏视之如命的藏书楼遭殃了。消息竟然传到遥远的陕北延安,一时间惊动了中共的高层,爱书的毛泽东是最痛心的一个,他立刻向东北局和旅大地委发出号令,叫他们想方设法抢救和保护罗氏藏书。不久,旅顺口就来了一个干部,他是正在大连休养的原辽北省教育厅厅长廖华,奉上级指示,前来主持对罗家藏书的寻找、保护和整理工作。

时光一晃,就是几十年。此间,大云书库遗失的书籍文物,有的陆续被旅顺博物馆花大价钱从民间征回,有的是农民主动上门高价卖给了博物馆。1990年,仅一次征集,博物馆就收回康熙帝临帖与手书墨迹三百多件。这些字帖太珍贵了,它们大多是康熙二十至四十岁青壮年时期所写。就在我去洞庭街的前一天,有个农民带着一枚巴掌大小的金判来到旅顺博物馆。经过鉴定,它是日本古代的钱币。不用说,这也是从大云书库流散到民间去的。

据罗继祖回忆,罗氏当年由天津迁居旅顺口,将所有的藏书分装了六千麻袋,里面有《大云无想经》和碑碣墓志、金石拓本、法帖、书画等三十余万册。另外,还有两三万片甲骨,以及大量的青铜器、古明器、碑拓等。罗氏自清末开始收藏它们,花了数不清的金钱,耗了几十年的心血。可以说,大云书库既是一座价值连城的图书馆,也是一座万金难求的博物馆。

上个世纪50年代初,罗家人做了一件文化的善举,他们把家中所存图书全部捐给了政府。其中,有九万册藏书留在了大连图书馆,并且大多是孤本。由于这个原因,在大连图书馆,不论我和谁谈到罗氏,都对其怀有深深的敬意,仿佛罗氏是曾经教过他们的先生,或与他们共过事的同仁。记得,我在大连图书馆坐了两个半天,馆长和副馆长帮我找到许多有关罗氏的评传和专论。于是,我得以第一次细致而全面地阅读罗氏。

一个人肯定是多面的,不可能只有一面。罗氏因为有过一次错误的选择,在许多时候就只被照了半边脸,另一边脸则隐藏在暗影里。写这篇文字,我只是试图能更多地了解他,而不是要为他翻什么案,正什么名。

我认为,罗氏已经不需要这些东西来虚饰自己。罗氏本人和罗氏所为,早已进入了中国近代史。就是说,

原乡记忆

罗氏的肉体，在公元1866至1940年间活着，罗氏的价值，却不知要活到多久才会消逝。因为直到今天，史学家们在撰写论文的时候，还要翻看罗氏当年刻写的书本。在这个城市，他即使算不上先贤，也称得上前人。后人对前人，总应该有一种好奇吧？

关于罗氏，讨论最激烈、评价最公正的是学术界。在民间野地，罗氏不过是巷陌旧闻里一个具有神秘色彩的人物。在政治场合，对罗氏或避而不谈，或讳莫如深。前不久，我听这个城市仍有人说，罗振玉是一个大汉奸。

对罗氏如果只说这么一句话似不完整，这会让后来的年轻人以为罗氏在历史上只有一张面孔。如果他们有一天突然翻开某一本书，发现这个人的人生居然有那么多的侧面，这个人在中国文化史上居然有这么高的地位，年轻人就会对今人所说的话产生质疑。

在众议当中，我认为有一个人的评语还算中肯，这个人名叫董桥。他说：雪堂一生学海浮泛，宦海浮沉，学术尽管深厚，政治识见稍嫌蒙昧，一心愚忠清廷逊帝竟致流落倭寇陷阱，加上王国维沉渊之痛给他带来难白之冤，学业成就凄凄然在毁誉纠缠之间罩上一层神秘的迷雾，厚实之士扬其高山流水，激昂之辈讥其鼠窃狗盗。

在旅顺口的地下，埋了半部中国近代史。无论如何，在这半部史里，应该有罗氏，应该有罗氏的故居和大云书库。虽然大云书库已经空空荡荡，罗氏故居破门烂窗

在风中哐哐作响。

关于罗振玉的去世,《旅顺口区志》曾有这样的记载:伪满洲国监察院院长、伪满日文化协会会长罗振玉,死前派人乘飞机于旅顺上空观察地形,选择墓地。1940年,罗死后出殡时,日本统治当局调动城乡大小官衙、学校和商家等几千人夹道致哀。送殡的亲朋和大小车辆、僧道、喇叭、大杠、亭子、纸幡等大队人马,前拥后簇十余里,场面宏大,气势夺人。

那天,离开洞庭街的时候,我说,能去罗氏的墓地看看吗?旅顺口的朋友说,他的墓在水师营西沟,可是西沟很荒凉,过了这么多年,经过那么多运动,听说早就找不到了。

可是不久前,我在报上看到一篇长文,该文作者居然找到了罗氏看坟人的后代。老者姓方,还是电影演员方化的堂兄,六岁过继到水师营西沟姑姑家,他的姑夫苏君德,就是给罗氏看坟的人,已在1962年去世。

方氏老者说,罗氏的坟头很高,样式也与北方不一样,周边以石块垒砌,坟顶为圆形,坟前有三阶石阶,两边各有一张汉白玉石狮子,中间是一只汉白玉石桌。坟前地面铺鹅卵石子,附近还有鱼池、花架、藤萝和槐树林。坟地是罗家买下的。姑夫看坟给工钱,后来无偿让他在这里种地,也就不给钱了。

也许是罗氏的出殡仪式搞得太张扬了,也许因为谁

都知道罗氏当过伪满高官，本人还是个大收藏家，自1947年初春，他的墓曾被盗贼刨了三次。前两次被看坟人轰跑了，只把坟刨开了一个角，最后一次，却把棺木给打开了。不过，可能让盗贼大感失望，据罗家后人说，罗氏去世的时候，只含一颗珍珠，揣一块白金怀表，没带走一件文物。

可是，罗氏的坟却就此破败。到了现在，连痕迹都没有了，方氏老者只能指着一片果园说，它就是这个地方。

我想，旅顺口有责任让人们记住罗氏。在20世纪，罗氏毕竟是中国最重要的人物之一。

老妈烟史

因为发生了SARS，我已经有三个月没回乡下。就是说，过完了春节，我还应该回去过五一。以前都是这样，许多年了。可是发生了SARS，就把五一的计划给打乱了。我从未在大连过五一，假期又这么漫长，简直不知道该怎么办。小弟在瓦房店工作，瓦房店是个县级市，离乡下要比大连近。可在这个时候，小弟也回不去，就安慰我说，你即使能回到乡下，也进不了家门，看不了咱妈，村口有人把守着，村和村马车牛车都互不走动，何况是轿车，除非你穿着白大褂，戴着口罩，装扮成市防疫站的人，可是村里谁不认识你呀？

这是一段极其郁闷的日子。好在有电话，我和住在乡下的老妈可以打打电话。

所谓乡下，就是我的老家，我出生的地方。它在辽东半岛南部，距我所在的大连有一百多公里，走高速需要一个小时的车程。这么近，老妈一年来我家也就一次半次。一次好理解，半次就是上午坐着方便车来看一眼，吃顿午饭，下午就跟着方便车回去了，不住宿。老妈一

直跟大弟住在乡下。大弟并不总在家,他在大连开发区开个公司,儿子在大连读大学,家里实际上只有大弟媳妇在陪着老妈。大弟媳妇做饭收拾家,还要上山照看果园子和庄稼地,炕上平时就坐着老妈一个人。老妈是个文盲,看不了书,腰和腿都不好,不方便下地走动,所以,她每天唯一的解闷方式就是抽烟,看电视剧,再就是打电话,听电话。

老妈烟抽得很凶。老妈抽烟的姿势不像女人,而像男人,抽烟的量甚至超过了男人。老妈还爱管事。看全中国叫SARS折腾得这么厉害,天天觉得闹心。儿子在城里,闺女也在城里,城里人又那么多,说传染就传染了,传染给哪个老妈都扛不住。老妈过去对我从未有什么不放心,也没有一般当妈的那种关心。这次闹SARS,老妈突然地开始牵挂我,每次打电话,我都能听出老妈的嘴很干,是抽烟多了那种干。可她嘴干也要打电话,常常是没等我给她打过去,她就先打过来了,而且总是在午饭前和晚饭前打过来,一天两次,非常准时,像首长查哨兵的岗。老妈在电话里说,这一阵子,她一天抽两盒烟,不看电视剧,只看新闻,看又新增了多少疑似的,又有多少疑似的转为诊断的,哪里又死了人,一天死了多少人,总共死了多少人。听说大连也死人了,就一天打两次电话来轰炸我。

我知道老妈不会打电话,不是因为文盲,那几个阿拉伯数字她还是认得的。老妈是老了，一是记不准电话号码，纠正多少次也记不准，总是把我和大弟小弟的电话号码记串帮；二是按键子不伶俐，人老了反应慢，半天按下一个键，最后就掉线了。我曾经要教她，她坚决不干，怕教的时候被我们嘲笑。所以每到要打电话的时候，老妈就叫来大弟媳妇，让她帮着按号码，然后老妈接过来说话。这样既看不出她笨，又显得她在儿女面前有威风。

老妈打电话主要是看我在不在家吃饭。她知道我这个人不爱做饭，平时在家不是吃方便面糊弄一顿，就是到外面吃馆子，她最怕我不知深浅，这种时候还到外面乱吃。即使在电话里，老妈也不是温声细语，而是像在她眼前那样大声地呵斥，别出去吃啊，吃死了可没人管，这夹当儿死了，就得做孤单鬼，谁敢靠你前啊！老妈说话从来就是这样，偶尔关心你一下，也是用命令和恐吓的口气。在我们家，老妈说话，所有的人只有听的份儿。所以我也就习惯地诺诺应着，每天在家里一面痛苦地给自己做饭吃，一面等着听老妈的电话。

2003年5月最后一天是个星期六，城里人仍在SARS的阴影下生活，大街上和自由市场里还有人戴着口罩。我忍到这个星期六就再也不想忍了，小弟一大早从瓦房店开车到大连，再拉着我一起回乡下。

几个月不见，老妈像变了一个人，瘦了，神情里有

一种病态的倦怠。直觉告诉我，这绝不是打电话累的，而是身体里面的问题。我说，妈，你感觉哪里不舒服吗？老妈说，没什么，就是肚子疼，一疼，五脏六腑都跟着疼。我问她疼多长时间了，她说疼了两个月了。我明白了，这正是SARS猖獗的两个月，老妈肚子疼，却不吱声，每天还要忍着疼给我打电话。不知为什么，一股很辛酸的感动在心底浪一样翻卷了上来。

我和小弟立刻决定拉老妈去大连看病。老妈说，大连太远，要去就去瓦房店。瓦房店医院总是比不上大连医院，可我们只能依从她。好在小弟在瓦房店医院有熟人，大周日的把人从家里拽到医院，我们就一路绿灯地领着老妈做检查。一做B超，我就看见了一个黑色的团状的影子。医生手上的仪器也反复地照在那个地方，照了足有五分钟，最后用笔在单子上写出了那个影子的直径和大小。这时候，我不是从医生的脸色上看出了危险，而是凭自己的感觉看见了那个危险。我突然觉得，我和老妈不是三个月没见面，而是有一个世纪没见面了，那团黑色的影子就是在这个时候乘虚而入，强盗一样偷袭了老妈的身体。它是谁？它想干什么？尽管我对老妈在感情深处有一种说不清的距离，可当我知道有危险降临到老妈头上，我立刻就想像黄继光那样，挺身为老妈去堵那个枪眼。

老妈这时候却十分平静地躺在那里，听医生说什么。

医生什么也没说,只是在看,在记。这个气氛肯定让老妈有一点儿警觉,当医生叫她起来,她就起来了,还像以前一样,坚决不让人搀扶,说,没我的事了吧?那我出去抽烟啦。于是就叫小弟陪着去走廊上抽烟。医生的话只有我来听了。医生说,子宫里肯定有个东西,像她这个年纪的老人,还是小心一点儿好。医生建议再做个CT查查。我就把B超单子揣在口袋里,来到走廊。这个时候,看见老妈并不管身边的小弟,一个人自顾自地站在那里抽烟,两只眼睛苍茫地望着窗外。我想起了女儿,她非常熟悉姥姥的这副姿态,曾经在一篇作文里这样写道:

  虽然所有的儿女都孝顺姥姥,可我看得出来,姥姥她很孤单,也很寂寞。孤单和寂寞是两个意思,孤单是在外表,姥姥身边没有做伴的人,因为姥爷在许多年前就去世了。寂寞是在心里,姥姥一定有许多委屈,许多烦恼,可她不想说,也没有人说。所以姥姥的表情很淡漠,总像在想事。

  姥姥告诉我说,她不肯跟我妈或我小舅住到城里去,是因为她不喜欢城里的床,坐在床上不能抽烟,她喜欢乡下的火炕,坐在火炕上可以抽烟。姥姥抽烟的姿势十分酷,那支烟卷在她嘴里吸的时候,她好像很迷醉,使出了浑

身的力气,连嘴角四周的皱纹都朝着一个方向高耸起来,直到吸不动了,那肌肉才肯一点点放松,回到原来的位置。姥姥紧接着就再吸下一口,还是这个样子,肌肉耸起来,再松下去,反反复复,直到把一支烟抽完。

　　抽烟的时候,姥姥的眼睛总是透过窗子向院外看去。院外并没有什么新鲜的东西值得她看,她却一直能从早上看到傍晚。后来我知道了,姥姥不是在看,而是在思考,她是一个寂寞的思想家。

这里写的是老妈的日常状态。老妈在日常里的确就是这个样子,孤独而深刻,嘴里总是叼着烟,脑子里积攒了不知多少条重要的深思熟虑的见解。家里来了个跟她说话的人的时候,就是老妈发表这些见解的时候。尽管老妈很想马上就把她想要说的话痛快地说出去,可她总是先耐心地让来说话的那个人唠叨完,周围气氛安静了之后,她再来说。老妈的嘴不像一般的乡下女人那么碎,她只简单地说几句,那几句就是格言警句一级的。别人说话说的是过程,老妈却是把过程给浓缩了,或省略了,说出来的,只是她每天坐在炕上思考的结果。所以,村里的人都爱听老妈说话,在他们是百思不得其解的一个事,在老妈嘴里却几句话就说破了,而且,老妈说的,往往就是真理。现在不同了,老妈一定感觉遇到了她也解不开的难题。所以,她一根接一根地抽烟,目光迷茫,心情更迷茫。小弟一直站在老妈旁边,也是一口接一口地抽,话也不会说了。我咳了一声说,妈,B超看不清楚,再拍个CT。老妈回过头,掐了烟说,既然来医院了,就听医院的吧。老妈的语调明显地降了下来,显出一种从未有过的顺从。

CT的结果很快就出来了,说不是在子宫,而是在卵巢,需要马上做手术。这话让老妈听见了,声调立刻高了八度。手术?我身上一辈子也没挨过刀,老都老了,死就死了,我可不做什么手术!可她夹着烟的手指,却在微微地颤抖。这一次,我没有跟小弟商量,也不管老妈愿不愿意,自己做了一回主,坚决让老妈跟我到大连住院手术。老妈眼神诧异地看了看我,像不认识了似的,像被我镇住了似的,无奈地平静了一会儿,后来大概是想通了,说,好吧,就听你一回,去大连手术,可你得答应我先回家一趟,拿衣裳,拿烟。

顺便说一句,老妈除了爱抽烟,就是爱穿戴。老妈身上的衣裳再旧,一定是洗得干干净净,熨得板板正正。老妈做了新衣裳,总是先留着过年穿,过节穿,出门穿,直到穿旧了,再素常日子穿。老妈的手里要是有了钱,不舍得买吃的,却舍得买穿的,这一点,把我也影响得基本上像她了。老妈常说,东西吃了,香香嘴,臭臭腚,谁看见了?衣裳穿得不像样,丢三辈子人,上丢爹妈的

脸,下丢儿女的脸,再加上自己的脸。直到现在,老妈虽然腰弓背驼,每次我回家之前问她想让我买点儿什么,她就会说,不要吃的,买件妈能穿的吧。许多年了,老妈的烟由两个弟弟给买,老妈的穿一直是我买。老妈在乡下是一个穿得最讲究、最体面的老太太。可乡下毕竟小,穿衣裳也没有多少人看,所以,只要老妈来我家或小弟家,总要格外多带几套好看的衣裳。这次当然也一样,即使去住院,除了拿够她抽的烟,也得拿够了她穿的衣裳。

我给老妈找的那家医院距我家很近。找个就近的医院是因为老妈嘴刁,她不可能吃医院的饭,也不会吃我做的饭,这么多年,老妈只吃大弟媳妇做的饭。于是,我就让大弟媳妇住在我家,专门负责给老妈做饭送饭,由我在医院陪着老妈。为老妈手术主刀的是一位从日本留学归来的女博士,这是我托了很多层关系找到的妇科专家,而且不用排队等候,老妈就住进了她主管的病房。当我安顿好这一切的时候,我看见老妈脸上闪出一丝幸福的光辉,人也精神起来。我想,这一定是因为以前家里所有的事情都由老妈来做主,老妈从出嫁就未享受过被别人做主的滋味,就是这种被动和被宠的感觉让她感到幸福和惊奇,让她有一种反过来做了孩子的甜蜜吧。

这家医院的床位非常紧张,我原想给老妈要个单间,可整个病房就一个单间,正有人住着,老妈只好住进了

辽 南

六人间大病房。我以为老妈会不舒服,没想到她住下来不久就与病房里的人混熟了。老妈又像坐在自家的炕上,家里来了说话的人,忍不住就要把乡下老太太的真知灼见说给人听。病房里的人像看大观园里的刘姥姥,不知是真的爱听老妈说话,还是善意地想逗老妈高兴,每个人都做出十分想听的样子。这可鼓励了老妈,她把乡下土得掉渣的故事,主要是她对那些故事的分析和评判,用她惯用的语言方式说给病房的人听,而且一边说话,一边抽烟,好像她不是从那个乡下来的,她是乡下的旁观者。然而,老妈毕竟不是城里人,这么多年,她一个人坐在乡下的火炕上抽烟,眼界和思维跟城里人没法儿比。老妈之所以在病房里表现出超常的活跃,除了不想让城里人瞧不起,还是为了给自己减压,是硬撑着装出来的。

这个病,其实让老妈非常羞涩和自卑。记得在瓦房店医院走廊里,老妈曾小声跟我说,唉,得什么病都能说出口,就得这个病说不出口,你妈要了一辈子强,到底也没要过去!现在来到大连的医院,医生翻来覆去给她做检查的时候,一次次地让老妈脱裤子,更是大伤了她的自尊,我站在检查室门口都能听见她自己在小声地骂自己不嫌害臊,老不要脸,直听得我流出了难过的眼泪。就这样,我和老妈在病房里度过了备受煎熬的两天。当住院时间长了,当老妈知道并不是她一个人得

这种病,女人不论年轻年老都容易得这种病,就变得从容多了,再叫她去检查,也就不那么紧张,不那么忸怩了。

老妈入院的时候,SARS危险还没有完全解除,医院有关部门对每个新来的患者都要做例行的各种登记填表,他们不是一拨儿来,而是分好几拨儿来,来的又不是同一个人,来一拨儿,就要问一次老妈从哪里来,电话和家庭住址怎么写。那间病房里只有老妈是新来的患者,每次当然就问老妈一个人,问的次数多了,老妈终于被问得不耐烦了,朝人吼着说,你们怎么一直来问?告诉你们,就准问这一次,再问,我就说我是从北京来的,吓死你们!老妈这句气话,把全屋子的人逗得笑岔了气儿,连那个来填表的人也笑得走不出去了,连连说,这个老太太,真有性格。

自打住进病房,老妈的烟抽得更不加节制了。一天早上,妇科专家进来查房,发现老妈正在抽烟,立刻变了脸色,回头对我说,她不知道病人抽这么重的烟,而且有这么长的烟史,意思是这会让手术变得复杂而且危险。老妈却在旁边抢话说,我抽了一辈子烟也没抽出事,会有什么危险?妇科专家严肃地说,大娘,你从现在开始就不要再吸烟了,否则我不给你做手术。妇科专家这句话并没把老妈吓住,老妈说,好啊,我巴不得不手术,你要能给我开个出院证明,我立马就走家!妇科专家大概没遇到过这么难对付的患者，口气缓和下来说，大娘，你就这么喜欢烟吗？为了你手术成功，配合一下，停几天不抽不行吗？老妈吃软不怕硬，说，你早这么说不就得了吗？可妇科专家一走，老妈就像一个阳奉阴违的调皮孩子，马上掏出火机点上一根。只是那根烟还没抽上几口，就让小护士给看见了，小护士非让老妈把烟掐了不可，并说这是主任走的时候交代她这么做的。老妈没辙了，只好把烟和火机都装进床头柜的抽屉里。

  这样的平静约有大半天，傍晚的时候，老妈的烟瘾就上来了。老妈想抽，却又不敢抽，心情一时烦躁起来，看什么都不顺眼。她不敢朝小护士发火，就拿我是问，问我为什么不在瓦房店手术，非要上大连手术？你看这个医院这些妖道，烟也不让抽，烟走上身，跟下身有什么关系？老妈本来跟病房的人相处得很好，因为叫烟瘾折磨得失去了控制，居然对同病房的人也大吵大嚷，说三号床的半导体音量太响，五号床白天睡觉呼噜声太大，吓得大家都哑巴悄悄的了。最后，老妈把小护士也闹得吃不消了，小护士说，大娘，你要是实在难受，那你就抽吧，不过一定要少抽，一定不要咳嗽，手术的时候如果你咳嗽，伤口就缝不上，手术以后如果你咳嗽，伤口就容易挣开。老妈说，好姑娘，你别吓唬我了，我听你的，一定少抽。于是，老妈就像获了大赦的囚犯一样，急不可待地拉开了抽屉，点上一支烟，享受地猛吸了几口。

此后,老妈还是把护士的话听进去了,一次只拿出一支烟,一支烟分四次抽完,一个上午只抽了两支。老妈的变化是再也不发火了,一整天像个小偷似的,一边躲着那位妇科专家的眼睛,一边抽这两支救命似的烟。

关东风俗里有"三大怪":窗户纸贴在外,姑娘叼个大烟袋,养个孩子吊起来。可是老妈抽烟与风俗没有关系,老妈抽烟也不是从做姑娘的时候,而是在嫁给我老爹之后,不是因为喜欢抽,而是因为怨恨,因为孤独,才抽。

老妈是1926年生人,属虎。她从二十三岁抽烟至今,烟龄超过半个多世纪。老妈总说她是一根老烟袋,而不说她是一个烟鬼。在老妈看来,烟鬼有骂人的意思,是抽不起还要抽,下色赖,滚刀肉,人活得没皮没脸,掉价。老烟袋则显出一种资历,是摆着谱儿抽,从容自在地抽,底气足,有尊严,有人样子。老妈既称自己是老烟袋,许多年来,我们谁也不敢让老妈戒烟,谁让她戒,她肯定就骂谁,说不定还打谁。老妈常说的一句话是,我能戒饭也不能戒烟,烟是个营生,把烟戒了,活着还有什么意思?小时候,我听不懂这句话,后来就明白了,在老妈这一生中,烟其实是她的男人,因为老爹一直在外面,家里除了孩子,只有烟是她的伴,只有烟可以随叫随到。烟已经是她日子里的支撑,烟也让她活得像男人一样强大而粗糙。

很早就听老妈说,她嫁给老爹,是我姥爷撮合的。我姥爷是个皮匠,高高的个子,长长的腿,蓄一副山羊胡子,穿一身黑布衣裤,戴一顶黄毡帽,走南闯北,说话做事很有些江湖气。那时候,东北荒凉,东北野兽也多,东北的男人女人在冬天里都穿得像夹皮沟里的常猎户和小常宝,所以,我姥爷的皮匠生意一直不错,出去转一圈儿,就能收回不少皮子。我姥爷和我姥姥一共生了七个女儿,后来死了三个。老妈是七仙女里的老大。记得老妈曾给我讲过她小时候率领妹妹们给姥爷当帮手的情景,说姥爷家里有好几口泡皮子的大笨缸,到处都是火碱味儿,到处都晾着熟好的皮子。我姥爷不抽烟,却爱喝酒,酒足饭饱之后,手里握着一把刮皮刀,经常咯吱咯吱刮到深夜。一批皮子熟好了,我姥爷就要出去转一圈儿,给人家送皮子,收钱,再收新的皮子。老妈说,我姥爷因为熟皮子认识了我爷,而且两个人自此就有了交情。我爷家所在的村子距我姥爷家的村子十八里,以后我姥爷即使不收皮子送皮子,只要路过我爷家,我爷一定要留我姥爷坐下来喝酒。我爷家当时在村里算是一个大户。我姥爷在长年的南跑北奔中认了一个理儿,一定要把闺女嫁到大户人家,不能让他的闺女吃苦受穷。于是在老妈八岁那年,我姥爷和我爷一边喝酒,一边给他们的小儿女订了终身。

老妈年轻的时候是个古典美人，瓜子脸，大眼睛，樱桃小嘴，杨柳细腰。十八岁那一年的春天，有一次她和邻居家小伙伴莲英到镇上买绣花线，两个姑娘在镇街口碰见了一个日本宪兵，那个日本宪兵表面上不像电影里描写得那么凶狠，他只是眼珠子一转，把老妈给盯上了。第二天，村里的甲长跑来告诉我姥爷，日本宪兵限他三天之内把看好的花姑娘送到镇上。尽管老妈压根就不想嫁给从未见过面的老爹，大事临头，被逼无奈，也只好听从我姥爷的摆布。我姥爷胆大心细，他连夜雇了一顶花轿，不吹不打，连嫁衣都是借的，就把老妈在一个大月黑头子抬进了十八里外老爹的洞房。这事儿听起来像谁胡乱编的一个瞎话，却是真的。老妈当年就有那么漂亮，就有那么出众，只差一点儿就让日本宪兵给抢走了，应该说，危急时刻是我的老爹拯救了她。

在那个当初，老妈一定是领老爹的情了，新婚的老妈与老爹一定过得非常甜美。可是后来发生的事，简直让老妈恨死老爹了。老妈曾对我说，你爹一辈子都是个自私的人。这话的确是有一定道理。斗争（这是老妈的习惯说法，所谓斗争，就是指土改）那年，我家因为是大户，自然就成了被斗户。前一天晚上，男人们听说明天就要来斗争我家，老爹竟然扔下老妈和两岁的我姐不管，跟着我大伯和我老叔逃跑了。那时候我爷已经病故，我奶是当家奶奶，屋子里只剩下女人和孩子哇哇直哭。

关键是老妈一边抱着两岁的我姐,一边正怀着八个月的身孕,老爹却在这个时候没良心地逃跑了。那天夜里,孤独而恐惧的老妈做了一个梦,她梦见了我爷,我爷什么也没说,只交给她一串大蒜。老妈醒后,自己寻思了半天,终于破解出其中的意思,认为我爷原就喜欢她这个儿媳妇,他一定是不放心了,就托个梦叫她跑了散了吧。蒜,我家那地方念"散"。于是老妈马上爬起来,把她婚后赶做的二十三件从没上过身的旗袍装在一个大包裹里,藏在西厢房的碾盘底下。因为逃跑不敢戴首饰,老妈又把金银首饰都摘下来,统统放进一双黑皮鞋的鞋窠里,再用纸把皮鞋糊在炕脚边的墙洞里。趁着天还没亮,老妈挺着大肚子,抱起熟睡的我姐,往北大壕的野地里跑去。斗争那年冬天的雪据说有三四尺厚,走一步,雪便埋在腰处。那次出逃的终点是我姥爷家,老妈一回到娘家就倒下了,三天后,老妈肚子里的二姐早产了,而且生下两天就死了。当老妈后来拖着我姐回到自己家中,家里的东西已经被分光拿光,她藏在碾盘底下的旗袍,糊在墙洞里的首饰皮鞋,也早已不见踪影。老妈没见过来斗争的人,她恨只恨我那年轻的老爹,在紧要关头不管她扔了她。日后的许多年,这件事就成了老妈埋怨老爹的话把儿,老妈每提起来,就对老爹说,你说我这辈子要你这样的男人有什么用?

斗争过后,家里男人女人都出去要饭。老爹受不了

别人的眼色,他是一个面子矮而且胆子小的男人,性格比女人还要脆弱。听说辽沈战役要开打了,县上来征兵,而且不论成分,谁去都行,老爹就背着老妈私自报上了名。第二天新兵就要上县里集中了,老爹在头天晚上睡觉前才小小心心地告诉老妈。可以想见老妈听后是什么心情,记得老妈始终没对我讲分别的那一夜他们是怎么亲密的,只说,看他睡着了,我下地烧了一壶水,想往他腿上浇,叫他天亮了走不成,可就是狠不下心来,试了几次都下不了手,天亮了,我反倒拿这壶水给他煮了几个路上吃的鸡蛋,你说我贱不贱?还有,老爹临走的时候,老妈送他到院墙外那棵家枣树下,树上正好有个喜鹊在叫,老爹的脆弱劲儿马上显出来了,他抬头望了望喜鹊说,以后听见它叫了,不是我人回来了,就是我的信儿到了。老爹念过私塾,字也写得好,还有一点儿文人气质。老妈正为她没把那壶热水浇到老爹腿上恨自己呢,根本就没解这个风情。过了几天,有人把老爹换下的黑棉袍捎回来了,老妈看着就气,竟用剪子把它铰碎了,眼不见为净。

老爹一走,老妈就开始学着抽烟。那是1948年春天,老妈还年轻,刚刚二十三岁,因为怨恨,因为孤独,也因为想念,老妈抽上烟了。先头只是晚上抽,她不想让我大伯和我老叔看见。后来抽得时间长了也就不在乎了,敢当众拿到桌面上抽。我大伯和我老叔当然明白老妈为什么抽烟，所以也没有人说她闲话。老妈却说，他们那个嘴不是不想说，他们是怕说火了我，怕我就劲儿带你姐跑回你姥姥家，怕你爹回来跟他们要人。老妈就这样被老爹当兵离家逼成了一个抽烟的女人。

老妈开始抽的是长杆儿烟袋，后来抽的是手卷的旱烟，再后来抽的是盒装的纸烟。我至今仍记得老妈抽长烟袋的模样。那是冬天的印象，我家的炕上总有两样东西，一个铜制的火盆，一个木刻的烟笸箩。火盆在冬天里除了用来烤手取暖，还可以用来点烟。老妈的烟袋锅是铜的，烟袋嘴是玉的，烟袋杆儿是黑色带暗花纹的乌木。听老妈说，这个长杆儿烟袋是老妈的小姑姑送给她的礼物。当年，我姥爷不但把自己的女儿嫁给了大户，还把他最小的妹妹嫁给了大户，只是小妹妹给人家做的是偏房。斗争的时候，老妈这个小姑姑当家的被打死了，正房也跟着上吊了，她这个偏房不但当时没挨过打，后来也没挨饿，因为她提早在外面给自己藏了些私房。老妈这根烟袋当然就是小姑姑私房里的东西，看样子就很珍贵，老妈自从会抽烟，这根长杆儿烟袋就走着坐着都不离手，上别人家串门，也带在身上，冬天装在袖口里，夏天则像根拐棍儿似的挂着，烟袋已经是她身体的一部分。老妈每抽一袋烟，总是先把烟袋锅伸进炕上那个木刻的烟笸箩里，熟练地装满了，再用手指在铜烟锅里压一压实，然后把玉烟嘴叼在嘴边，把烟锅插进火盆里，

紧吸儿口,一袋烟就点着了。这时候,老妈便悠闲地坐直了身子,用一只手擎着长长的烟袋杆儿,慢慢地抽着吐着这一锅烟。直到烟袋锅里的烟要灭了,抽起来费劲了,才把烟袋锅朝下一翻,在火盆沿儿将烟灰磕干净。接着,再装下一袋烟。乡下人冬天格外爱串门,我家的炕上总是坐着来串闲门唠闲嗑的人,不管男女,他们一律都自己带着烟袋,来了,就主动上炕,盘上腿坐着。男人女人都会盘腿,而且坐一上午腿也不疼,他们的注意力都在烟上,来串门好像就是为了聚在一起抽烟,抽烟比唠嗑重要。抽烟不用主人劝,自己动手,装烟,抽烟,磕烟灰儿,就这么一套活儿。老妈曾经为抽烟人辩护说,上别人家,只有抽烟能这样随意,不用叫不用让,拿起主人的烟就可以抽,吃饭谁能这样?所以烟是个好东西,谁跟谁都不用见外。

老妈当初抽的烟,都是自家种的旱烟,老妈叫它老鞑子烟。其实就是土生土长的关东烟。烟种子在开春的时候畦在园子里,出苗后就叫它烟栽子。该栽烟了,再从畦子里把烟栽子一棵一棵带泥挖出来,栽在松好土备好垄的烟地里。我家在院墙外有块自留地,这是老妈专门给自己栽烟的地方。往地里栽烟的活儿一向是老妈自己干,她有许多年栽烟的经验,知道疏密深浅。栽完了烟,老妈就把烟地的活儿交给我了。地里的草欺烟苗了,我就要给烟地锄草,烟棵长高后出水杈子了,我就要给烟棵打水权子。夏天最热的时候，就是上烟的时候，也是水权子疯长的时候，我常常是一个人顶着毒日头在烟地里忙乎，胳膊让烟叶子划破了，烟叶子汁刺得皮肤火烧火燎，水权子散发出的辣气冲得我直流眼泪。到了三伏天，烟叶子老了，就该收了，老妈叫我拿着大扁筐去劈烟叶子。劈下的烟叶子在院子里堆成了山，老妈和我便在傍晚坐在院子里，一片一片地往草绳子上穿，穿好了一帘，就在院子里的篱笆上挂一帘，明天让它晒太阳。烟帘子总是早上挂出来，晚上收回去，收烟帘子的活儿当然也是我的。有时候我正在山上拔蒿子，看天上雷响了，云彩厚了，我马上就得往家跑，回家收晒在院子里的烟帘子。我之所以这么累，是因为老爹转业后并没有回家，而是留在县上工作。老妈一直拒绝跟老爹进城，使性子似的带着我们几个孩子坚守在乡下过日子。老妈像死了一个心，像已经习惯了过那种没有男人的日子，老爹后来在县城即使把二节楼的房子给收拾好了老妈也不去。家里因为没有男人，老妈每天的晚饭做得就比别人家早，她让我们早早地吃了饭，早早地关上鸡窝鸭舍的门，天不黑就带领我们上炕睡觉，说早点儿上炕就省了灯油钱。这么早就躺下谁也睡不着，就叫老妈说瞎话。老妈睡在炕头，排下来是小弟大弟和我。老妈把我们赶上炕睡下之后，便给自己点上一袋烟。她总是侧身朝着我们，像领袖朝着大众，将长长的烟袋杆儿放在炕沿上，

抽一口，烟袋锅一明，吐一口，烟袋锅一灭。我睡在炕梢，最喜欢看炕头那只忽明忽暗的烟袋锅，喜欢在那种忽明忽暗的烟火里想心事。老妈默默地抽完了这一袋烟，见我们还不睡，就开始说瞎话给我们听。老妈的瞎话大多是狼虫虎豹和大马猴子的故事，每晚都是这样，绝不是什么文学启蒙，只是为了吓唬我们，让我们快点儿闭上眼睛睡觉。可是我们往往是更来了精神，大弟学老虎的叫声吓小弟，小弟学大蟒的样子缠大弟，兄弟两个掀开被窝滚成一团。我呢，看眼儿不怕乱子大，坐起来乐得拍巴掌。这时老妈就火了，她把长长的烟袋杆儿伸过来，用烫人的烟袋锅子挨个敲我们的小脑壳。这一下，我们就全老实了，大弟小弟很快打起了小呼噜，只有我说什么也睡不着。我老在想那条大蟒蛇，想它的身体慢慢地把茅草分开，又慢慢地朝着我爬过来了。即使后来我终于睡着了，它也会爬进我的梦里，把我从睡梦中吓醒。老妈关于蟒蛇的瞎话在我身体里仿佛种下了一个病根子，我绝对得了蟒蛇恐惧症，因为后来已经发展到对所有长溜溜的东西都不能忍受，看一条绳子或看一列火车，也会吓得浑身发抖。直到现在，女儿因为我有这个毛病，看见书里有蛇，就会把那一页折上或撕掉，看见电视或电影里有蛇，她就会用手把我的脸挡住。而在她小的时候，要是对我的训斥不高兴了，她就会用一个小手指在我的背上做爬行状，直吓得我大呼小叫满屋子乱跑。这就是那些漫长而孤独的夜晚,老妈抽烟说瞎话留给我的纪念。

老妈对老爹,有一种女人对男人的怨恨,这怨恨说到底是因为孤独。老妈对老婶,却是女人对女人的怨恨,这怨恨说得明白些,其实是女人之间的嫉妒。一个孤独,再加上一个嫉妒,让老妈与烟结下了更深的缘。

这是我小时候的另一种记忆,这个记忆就是老妈一直跟老婶打架。这个架一直打到现在,这两个女人直到现在仍不能坐到一条板凳上说话。我是说,老妈抽烟,也与她和老婶之间的不睦有关。我发现,老妈闷了要抽烟,累了要抽烟,生气了打架了更要抽烟。

在我的印象里,老妈从来不进老婶的屋,老婶走在路上看见老妈,一定要故意绕着道走。用老妈的话说,老婶怕她怕得就像一只小避猫鼠。老妈与老婶打架只是骂,从不像一般乡下老娘们儿那样动手撕扯。老妈与老婶不是互骂,而是只有老妈一个人在骂。老妈还不是指名道姓地骂,而是指桑骂槐地骂,只有被骂的人心里有数。老婶不骂并不是不跟老妈一般见识,老婶只管做,她做的事又太阴损,所以她不敢站出来还嘴。老妈骂老婶,有时候是在早晨,端一瓢猪食,一边喂猪一边骂。先是一瓢水一瓢水地从家端到猪圈的路上骂,猪吃饱了,她干脆就坐在猪圈墙上的那块大石板上骂。老妈不是一

次骂完就没事了，而是经常骂，反复骂。不喂猪的时候，老妈手里必定抓着她那根长烟袋，两脚站在猪圈墙边，脸仰起来朝着老婶家的窗户，一边狠劲地抽烟，一边高声大骂。那一口口烟，就像一发发炮弹，让老妈的骂有的放矢，掷地有声。老妈骂人，不是乡下老娘们儿操爹操妈的那种骂，而是讲大道理，天伦人伦，因果报应，骂到最后，只有收尾的那一句骂出了粗口：头上三尺有神灵，要想人不知，除非己莫为，做人连这些道理你都不懂，你真是个有娘养没娘教的臊×！这是一种日子，它让老妈由一个漂亮的女人，变成一个狠命抽烟的嘴巴不饶人的女人。我见过老妈骂人的样子，嗓门儿很大，声嘶力竭，面目扭曲，上气不接下气，一句连着一句，像前一天背好了台词似的。现在想来，其实是乡下的那种狭促的生活改变了她，让她有时候像女神，有时候像魔鬼。

老妈当然是因事而骂。比如，两家在一个院子里住，院子中间是过道，过道两边是各自夹的篱笆，篱笆边上种着苞米。在苞米快要熟的时候，我家这边就会非常神秘地少了几穗，而老婶家那边却一穗也不少。再比如，春天化冻后要刨园子，头一天地界石还在老地方，第二天就往我家这边挪了一垄地。这种鸡毛蒜皮的小事屡屡发生，老妈看不出来还好，只要看出来了，就气得脑瓜盖上冒白烟儿。老妈绝不是在争那一穗苞米、一垄菜地，而是在争一家人的面子。老妈的性格像我姥爷,上来了野,像江湖上的女侠。可她毕竟没摁住人家的手脖子,每次只有靠骂来释放满腔的怒火。

通过老妈的骂,我知道了这两个女人之间的恩怨远不止针头线脑的这些,我看见的这些只是老妈与老婶水火之争的余绪,其实她们早在我没出生的时候就已经是互不相让的对手了,而且她们几乎就是在与对手的僵持和搏斗中过着漫长的日子。这既是她们两个人的局限,也成为她们生命蓬勃的动力。

老妈与老婶早年的摩擦,其中有一段与我的出生有关。这是老妈有一年冬天来我家里,没事的时候讲给我听的。我想起了乡下人常说的一句话:老母猪记着一万年糠。

我出生于1955年。那一年出生了很多人,那一年出生的人都属羊,全中国的男人女人像商量好了,大肆地造爱,造出了漫山遍野的羊。那是春天的一个傍晚,老妈像老母鸡抱窝,早早就收拾好了里屋,烧好了炕,卷起了炕席,铺平金黄暄软的谷草,等待着。老妈感觉这次应该是个儿子,因为老妈已经生过两个丫头(我家这地方的土语,把女儿叫丫头),因为老婶已经先于她生了儿子,所以老妈想儿子快想疯了。那天将近傍晚的时候,老妈终于觉景儿了,她立刻让我姐去西染坊找老娘婆。在乡下,女人生孩子叫添孩子,给女人添孩子的

人叫老娘婆。我姐也是这个老娘婆给添的。老娘婆一进门，就张罗烧水，把剪子拿在火上燎。等我落地了，老娘婆对老妈说，又添个丫头。一听说是丫头，老妈看都没看我一眼，顿时就昏了过去。我的哭声，引来了东屋两个人。老婶抢在我奶前头，像探子似的挑开西屋的门帘子，问，添了？老娘婆说，添了。添个什么？丫头。嘻嘻，她怎么就生不出个带把儿的儿子？老婶快乐地放下了门帘子，不顾天黑，急忙往街上走去了。老妈只昏迷了一会儿，很快就清醒过来，听见了老婶的话，也听见了老婶急忙走出去的脚步声。老婶个子矮，腿短，还有点儿罗圈，走路却风快，传话也风快，老妈在背后给她起了两个绰号，一个是轻腔子，一个是瞎话老婆。那天傍晚，老妈清醒过来就想，你个轻腔子，瞎话老婆，又要出去讲讲我了，这个强我是要不出去了。等我姐给老妈煮好了鸡蛋，她一个也吃不下去。半夜里，老妈又一下子反过了味儿，那么多人添丫头，能怎么？还能不活呀？我才二十九岁，我上什么火？越上火，越让那个小不点儿看笑话了。自己劝自己，心里想开了，老妈一连吃下去好几个鸡蛋，外加两碗小米粥。

　　老妈讲这段往事，目的是告诉我老婶当年是如何地气她，我却从这里明白了老妈为什么一辈子都不能饶恕老婶，而且明白了老妈为什么重儿轻女，明白了小时候老妈为什么从没摸过我的脸，也从没摆弄过我的头发，

辽 南

明白了我为什么不记得她的身体是什么味道,也不知道她的怀抱有多么柔软。总之,因为又没生出儿子而让老婶捡了笑话,对老妈是沉重的打击,她没要出强,也没处诉说,抽烟就成了她最好的排遣方式。

老妈对老婶采取的方式是骂,对我采取的方式却是打。有人说,小孩子记吃不记打。可是我始终记得我挨过的打。由于老妈长年像男人一样下地干活,她的两只手掌十分粗硬,所以打起人来疼痛无比。老妈每次打我的时候,下手非常狠,那种狠以及由狠带来的疼痛直到现在我仍然记得,而且想起来还感觉打过的那个地方肉疼。那时候,我真是不明白她为什么只打我,不打弟弟,也想不出老妈为什么能这样下死手打她自己的孩子,有一次打得我实在急眼了,我就问她,你是妈吗?

除了挨打之外,还有劳累。我姐出嫁的时候我还不满八岁。八岁以前做妹妹的感觉已模糊不清,所有的记忆就是给两个比我小的弟弟做姐姐。吃的玩的,老妈总是先尽着儿子,凡是劳累都要由我帮她分担。比如过年过节,我别想出去玩儿,我得给老妈剁饺子馅儿,剁完酸菜剁萝卜,剁完萝卜剁肉,还要拉风匣蒸馒头蒸年糕烧豆腐汤,那几个般大般小的玩伴们起初是站在门口等着我,终于等得暗无天日一窝蜂地走了,所以即使是过年过节,老妈也让我闲不着。再比如我家的水桶,它们

是随着我的年龄和个头一点点增大的。八岁的时候,我挑的是一担细细的装过油漆的小桶,十二岁的时候,我挑的是一担半截高的大水桶,十六岁那年我成人了,就开始挑大人们挑的那种水桶。北方的冬天,井里的水结了厚厚的冰,路也一跐一滑,我不敢挑那一担大桶,就叫大弟跟我一起去。大早上,我就趴在窗户上盯着,看东院的老叔先把井里的冰砸开了,水也挑完了,我就和大弟去井台。提满了一桶水,让大弟在前,我在后,水桶也偏后,我用手把着桶,跟大弟合用一根扁担抬着回家。在那种时候,我的眼里总是像被风吹了一样噙满了泪水,却不知道把这委屈告诉谁。

最累的是去山里拾草。我家的村子距有柞树和茅草的山很远,每次上山要起得很早,走到大山脚下了天还未亮。因为人小不敢贸然上山,我和几个小伙伴就蹲在山脚下等待东方那个鱼肚白。山里的草在那年月已经被拾得差不多了,每次都是连拾带刨地忙到晌大歪,才终于把一个大锅般的草包装满。于是我把那草包顶在头上,像顶一个大锅似的往家走。那是三四十里山路,别的小伙伴因为有哥哥,走到半路就有哥哥来迎了。而我从上路开始,就没有任何指望,甚至不敢把那个大锅放到平地上,再累也得撑住,也要等待一个陡坡或半堵短墙,才可以倚在那儿喘口气。直到今天,我还刻骨铭心地记着那种不应属于女孩子的累和寂寞。直到今天,我仍保留了一个习惯，就是累的时候，从不像别的女人那样数落或不平，而是牛一样地沉默，感觉委屈时，就独自哭个透彻。

公社有一所中学，我和大弟小弟都在这所中学读书。我上中学的时候，老妈给我带的饭是苞米粥和小咸菜，我吃着这些，每天要翻一座山，往返走二十多里山道，这样一直念了四年书，走了四年山道。大弟上中学的时候，老妈给他买了自行车，让他不走山道走大官道，每天带的是大米或小米炒饭，最次是饼子咸鱼。到小弟上中学的时候，待遇就更高级了，老妈不让他骑大弟的旧自行车，而是再给他买一辆新自行车，每天还给他五角钱，让他中午骑着车子去公社下饭店，去吃一菜一汤一碗米饭。那个时候，老爹每月有饷钱，家里并不是拿不起，可老妈就是要把我和弟弟们分别对待。

我对老妈的理解和宽容是在许多年后，我成为别人的女人，我有了女人的烦恼，我就知道，那是因为老妈更艰辛，才让我也跟着她艰辛。老妈生命里缺的东西实在太多，一个人守空房的时间实在太长，光有烟还远远不够，烟只能让她把不快乐的情绪拼命地往肚子里吞咽，而不会像唱歌或痛哭那样滔滔不绝地向体外排泄，所以老妈就得打我，累我。我承认，在我心里一直有怨，有疼。在老妈心里，这何尝不是她挥不去的一块心病？我想，老妈不愿意来我家，除了她本能地拒绝城市，也因为她

不能面对我。老妈是个明白人,她知道在我那么小的时候,她从没有给过我母爱,她伤害了我,而她又不能在我面前承认什么。这无疑折磨了老妈。好在这一切,都因为我读书进城,远远地离开了家,因为老妈越来越得我这个女儿的济,我并没有在她面前表现出疏远和记恨,让岁月给翻过去了。

我可能把老妈说得太不可爱了。老妈的确是一个美丽而粗鲁的女人,烟又在她的粗鲁里加进了一些豪放。然而老妈毕竟是个女人,再粗,再豪,她也是个女人。

记得1967年夏天,曾发生一件让我终生难忘的事情。全村的人聚在一起,推搡着几个戴高帽子的人,白天游街示众,晚上开批斗会。批斗会的地点就在我小学的教室里。教室有后窗,每晚我和大弟小弟都跟一些进不去会场的小孩子们趴在后窗往里看。挨斗的人中,有我本家的一个大伯,他当年曾跟老爹一块儿念私塾,后来又一块儿去当兵,可他打完辽沈战役就带着伤回来了。大伯受的是轻伤,回来养了些日子就好了,算复员军人,不算残废转业军人。大伯回来以后,与村子里别的男人不同之处,是他穿了一件黄色的军棉袄,走到哪里,老远就能认出是他。大伯有文化,见识广,许多人都爱围着他转,主动找他说话,让他讲打仗的事,外面的事,全村的人都以能跟他说上话为荣。这一年夏天,大伯不过是一个生产队队长，却被革命群众给揪了出来，跟一群地富反坏右站在一起，戴高帽子游街。大热天，大伯却把那件褪了色的军棉袄穿在身上，扣子已经全掉了，腰上用草绳子捆着。我是后来看见革命群众批斗他，才明白他为什么穿那件军棉袄，他是怕疼，批斗会其实就是打他们的会，先叫他们交代问题，交代不出来就打。革命群众觉得拳头的力气还不够大，就把我们小学生坐的板凳腿给拆下来，用它当打人的工具。板凳腿打在身上往往发出沉闷的声音，打一下，被打的人便疼得哼一声，因为哼的声音不响亮，看样子还不服，这是叫人十分生气的事，革命群众感到简直是被耍笑了，于是就趁乱把柱子上的煤油灯吹灭了。当屋里一片黑暗，就听得板凳腿噼啪乱响，被打的人鬼哭狼嚎。一阵风暴过后，什么声音都没有了，灯也亮了。就见那几个挨斗的人已经全被打趴在地上，脸孔被血糊住了，手脚都不会动了，气儿不知道还喘不喘。这时就听有人踢着一个躺在地上的人问，你到底交不交代？没有回声。又踢一下，还是没有回声。于是那人厉声叫着我大伯的名字，见我大伯没有反应，那人就拽着我大伯的头发，把他从地上提起来，像提个吊死鬼。又有人从后面踹了我大伯一下，可能是踹得太狠了，他发出了一声游丝般的呻吟。啊，他还没死！我再也看不下去了，拉着大弟小弟就往家跑。我回家把大伯的事告诉了老妈，我说，妈呀，大伯今晚

非叫他们打死不可。真的，不知为什么，我有一个直觉，大伯今天晚上一定活不过去。老妈脸色非常难看，她转过身去找烟袋，好容易装上一袋烟，一口巴一口不喘气地抽着。记得那一夜我无论如何也睡不着，我看见老妈就这样坐着抽到天亮。早晨，从南窑那边传过来一片哭声，那是大伯母和她的几个女儿。我想，大伯果真是死了。

原来，昨晚的批斗会后，村里人都散了，只剩下几个被打趴下的牛鬼蛇神留在教室里躺着，革命群众心里有数，即使叫他们逃跑也跑不动了，晚上就没有派人看守，他们就被扔在小学教室里，连门都没关。大伯苏醒后，居然从小学爬回了家，在院子里找到了药耗子的砒霜，趴在墙角吃下去了。大伯母早上开门的时候，看见他躺在院子里，早已经咽了气。然而批斗会却没有停止，当天中午，就有人在大广播喇叭里发出通知，让全大队的革命群众马上到九道河的干河套上集合，继续开批斗大会。人们像看热闹似的，一个不落地都来了，整齐地坐在河套的沙滩上，任毒辣辣的大太阳晒着，义愤填膺地举拳头，喊口号，声讨批判。昨晚批斗的是活人，今天批斗的是尸体。大伯的尸体被装在一口现做的杨木棺材里，它不是我看过的那种描金绘银的棺材，白生生的碴儿，没上一点儿油漆，像随便对付的一个抽匣，窄窄的，刚刚能放进一个人。为了让全体革命群众都能看清大伯畏罪自杀死有余辜的嘴脸，棺材没有上盖子，在棺

辽 南

材后面顶了几根杆子，让它斜立在河套上，面对着几百人的大会场。大伯看上去像站在那里睡着了，他仍然穿着那件军棉袄，可能是昨晚往家爬的时候磨的，前胸已经没有棉花了，露着黑黑的一个洞，腰上的草绳子好像是别人重新给系了一根，脸色紫黑，头发胡子缭如乱草。我第一次看见人死的样子是这么可怕，第一次知道人不都是硬骨头，人被打得太厉害了是会自杀的，他已经惧怕活了，已经活不起了。可我想不明白，大伯昨晚被打成那个样子，他是怎么爬回家的呢？大伯家住在村子南边那眼破窑附近。那眼破窑过去就叫南窑，南窑过去是我家的家办土工厂，烧过青砖，烧过缸盆坛罐，斗争后被没收了，后来就废弃了，我小时候还去里面玩过捉迷藏。大伯家的房子就盖在窑边上，从小学到大伯家少说也有二里地，中间还有一条河沟、两道高坎，他对死需要有多么大的决心和毅力，才会爬那么远啊。看来他只剩下爬的力气了，他一定要爬回家去死，因为他记得墙角放了一包砒霜。我始终在想那个夜晚，一个遍体鳞伤奄奄一息的人，从村里向村外的家爬着，路凹凸不平，他一定有许多次爬不动了，那就停下来，歇一会儿再爬，为的是能吃那一包致人于死命的毒药，那是一种什么样的悲惨景象啊！可是，这一切谁都没有看见。

老妈在那个夏天一直待在家里，坚决不出去参加什么会，也不学跳忠字舞，不知为什么，竟然没有人敢到

原乡记忆

我家来拽她出去。每天晚上,她却叫我和弟弟们去看批斗会,老妈一个人坐在家里抽烟,等着给我们开门。这次因为是大伯死了,老妈破例跟着人群坐在批斗大伯尸体的会场上。我看见,老妈的神情从未有过地紧张,她忘了拿烟袋,两手空空地坐在沙滩上,大概是突然想起烟了,低下头左右看看,什么也没拿,手就没处放了。过了一会儿,老妈居然把她的手伸过来,抓着我的手不放。这是我第一次看见老妈害怕的样子,嘴唇发抖,眼睛发直,手心出冷汗,人像得了怪病一样。

我知道,老爹不在家的日子里,老妈与自家的大伯子小叔子弄得很僵,他们故意孤立老妈,这个本家的堂大伯是唯一可以跟老妈说话的男人。大伯其实话也不多,甚至有点儿沉默寡言,可他也爱抽烟,一袋接一袋地抽,比老妈抽得还厉害。他和老妈就像是一对老烟友,只要大伯来我家,不见他跟老妈说什么话,他们常常就是一人点一袋烟,各抽各的,各想各的。我听见村子里有人在说他们的闲话,可他们似乎并不在意,大伯只要有空儿,就来我家。家里没有可坐的凳子,来人就只能坐在炕上。大伯每次来总是骗着腿坐在炕沿边,身体侧着,等着老妈把烟笸箩推给他。接下来,两个人就各装一袋烟,然后各自点着,再边抽边想各自的心事。开始批斗大伯的时候,老妈大概担心有人会拿大伯和老妈的事来逼问,每次我看批斗会回来,老妈都问他们说大伯什么

了。我说,他们说大伯是逃兵,当兵年头不满就偷着跑回来了,还说他包庇坏分子,让坏分子跟贫下中农吃一样的口粮,干一样的活儿。老妈听到这里,似乎松了一口气。现在大伯死了,以后再也不能跟老妈说话抽烟了,我能想象出老妈心里是什么滋味。只记得自此以后,老妈的生活里就少了一个内容,她自己的烟却抽得比过去更重了。另外,像往常一样的夜晚,老妈再也不给我们说瞎话了,灭了灯,家里就一点儿声响也没有了。

这件事已经过去了三十多年。如今我正在老妈当年的那个年龄,我完全能理解老妈的孤苦,我甚至希望那些风传是真的,即使结局是一场悲剧。

我在前面说过,老妈一直怨恨着老爹。老爹在家里是一个影子,一个符号,每月来家送一次饷钱,干一天活儿,然后就筋疲力尽地走了。老爹在省劳改支队做管教工作,单位却不在省城沈阳,而在县城瓦房店。瓦房店距我家有七十二里地,虽有一条大官道通着,却丘陵起伏,几乎全是坡路。老爹每次回家的交通工具是一辆破旧的自行车,月末的那个星期六晚上,老爹下了班就骑着车往家赶,赶回家的时候已经快半夜了,所以他总得叫门。我们早就睡着了,只有老妈在等着老爹敲窗户。第二天早上,看见饭桌上有白馒头,我们就知道老爹昨晚回来了,立刻欢呼着扑向桌子,抢白馒头吃。因为老

爹一大早就起来干老妈留给他的活儿,直到桌上的饭摆好了,老妈到院子里叫老爹回家,我们才看见这个大汗淋漓的男人。

老爹个子不高,皮肤白净,厚嘴唇,小眼睛,很光亮的额头。他平素总是紧抿着嘴唇,很少说话,一副严肃的样子。这可能跟他所从事的工作有关,他整天和犯人打交道,必须板着面孔,于是就有了紧抿嘴唇的习惯。其实老爹是一个面硬心软的男人,神情忧郁,少言寡语,特别爱流眼泪,一听人唱《国际歌》,一看见升红旗,他就会眼泪含眼圈儿。老妈说过,姐弟四个里,就属我能写、爱哭、多愁善感,最像老爹了。我第一次看见老爹流泪是在我姐出嫁那天,老妈里里外外地招呼着人,招呼着车,老爹却只管抱着小弟在街上东走西走。送亲马车要离开院子的时候,老妈到处找老爹,却不见他人影儿。老妈就叫我出去找,我跑到了河边,看见老爹一个人抱着小弟,正躲在大柳树后面流眼泪。与老爹相反,老妈是一个绝不轻易流泪的女人。老妈讥笑老爹说,一个大老爷们儿动不动就淌眼泪,真没出息!老妈嘴巴厉害,老爹知道说不过她,也就从不反驳,一切都依着老妈。所以在我的记忆里,老爹跟老妈从未红过脸,也没打过架,都是老妈一个人对他吵吵把火的。

老妈嘴上说老爹不好,可我能看得出来,每当老爹回家,家里的气氛就比平时快乐几百倍。老妈平常日子过得十分节省，好东西不是留着客人来了吃，就是留着老爹回来了吃。我们都盼着老爹回家的日子，老爹回家的日子就是家里改善伙食的日子。老爹回家的晚上，老妈比过去更早地就让我们上炕睡觉，她好和老爹钻进一个被窝里亲热。这是老妈难得露出温存的夜晚。只有这个晚上，老妈忘记了抽烟。

老爹虽在城里工作，却从不舍得吃好东西，他把细粮票全都攒着，为的是回家送饷钱的时候给我们买馒头。老爹的自行车上总是挂着一只黑色的皮革手提包，每次回家，手提包都撑得鼓鼓的，里头装的全是白面馒头。为此，老爹那只黑色的手提包在我们眼里就是瞎话里的金盆，要什么有什么。可是我发现，老爹每次离家回城的时候，挂在自行车把手上的那只黑色手提包却是空的，瘪的。我突然间觉得老爹可怜，他的心那么细，而老妈的心却那么粗，老爹每次走的时候会不会因为老妈对他的忽略而流泪呢？我虽然没有看见老爹流泪，却对老妈的粗心大意很有看法。我不明白，家里有现成的地瓜、苹果、花生、大枣，老爹又最爱吃这一口，老妈为什么就想不到给老爹装点儿带回去呢？为什么就能眼看着老爹空手走呢？我决定不告诉老妈，而是直接替老妈来做这件事，家里有什么，我就给老爹装什么，每次一定要把他的手提包像装馒头那样装满。倒是我在给老爹装这些东西的时候，我看见老爹的眼睛湿润了。

那是1979年夏天的一个早上，我突然接到大弟的电话，说老爹得了脑出血，正在县医院里抢救，让我马上回去。没想到，老爹这一病就再也没有醒过来，我给老爹写的住院日记只写到第十四天的傍晚，眼睁睁地看着老爹眼角流出一滴泪，一句话都没有说，就去世了。那一年，老爹和老妈都刚满五十三岁。老妈这回是真正地孤独了，就剩下她一个人了，从来不见哭过的老妈，眼泪掉下来了。可是老妈并不像别的女人那样大哭，而是委屈地小声地哭，一边抽烟，一边哭，一边诉说，一边哭，无非是你太自私了，又扔下我一个人自己跑了之类的话。然而，没过多久，老妈就振作起来，张罗着用劳改支队给的抚恤金翻新我家的旧房子。我家的房子是旧了，但也不是非翻新不可，老妈要翻新房子是翻给村里人看的，尤其是翻给东院子老婶看的。旧房子与老婶的房子连着脊，原先两家走一个屋门，后来老妈宁可少要半间房子，将通向灶屋的门堵死了，在自己的三间房中间又开了一个门，这样就成了独门独院。尽管院子里的苞米从此就不再丢了，老妈还是要骂，只是次数比过去少了。老爹的死，对老妈最大的打击是孤单，其次就是又叫东院子看笑话了。所以老妈硬撑着也要翻新房子，她不想让别人觉得这家人的日子要过倒了，黄摊了。于是老妈比任何时候都有雄心，率领着我们扒掉了三间旧房子，盖起了五间新房子。

辽 南

  1999年春节,我和弟弟们照样都回家过年。每年正月初二早上,是我们家的家庭例会。这个例会由老妈主持,老妈要在会上把她一年要做的事情公布一下。老妈只管发号施令,我们只有无条件地执行。这一个正月初二,老妈像要发布一条重大的消息,她点着一支烟,抽了几口,慢慢地说,今年秋天正好是你爹去世二十周年,妈想给他烧"抬房",你们几个商量一下谁拿多少钱吧。老妈的话就是命令,我们几个立刻做了分工。我姐是农妇不挣钱,她只帮助张罗事儿,大弟搞运输有钱,让他管吃的,二弟是工薪族,让他管"吹"的,剩下扎"抬房"的事,是我的。分完了工,我才问老妈什么叫"抬房"。老妈说,她也是小时候见过的,有钱人家给去世十年或二十年的老人扎一座和真房子一样大小的纸房子在坟上烧掉,房子里应有尽有,最好都是他在世时从未见过的东西,让他能享受跟今人一样甚至比今人还好的生活,以表示子女的大孝。原来"抬房"就是可以抬着送给老爹的一幢房子。既是为了老爹,什么都是该做的。我给老妈留下三千元扎"抬房"的钱。

  秋天到了。临行前我先给老妈打了个电话,问还需要什么。老妈说,什么都不要了,我只要你乐呵呵的,不管看见什么都不准不高兴。我一听又糊涂了,祭奠作古的老爹,本就不是一件让人能快乐起来的事,为什么还不准不高兴?当我的车子开到家门口,我就看明白了。

街门口仅有百多米长的一条街上,居然搭了两座戏台,台两侧是巨大的黑纸白字的奠联,从瓦房店和熊岳城请来的吹手们正在练走台,一会儿他们将分别在两个台子上唱对台戏。吹打声把远远近近的人都吸引来了,对台戏还没开演,街上和院子里已是人山人海。后来我分清了,在这些人里,邻居是来帮忙,街坊是来赶人情,只有周围十里八村的人是来看热闹。我好容易才挤进家门,好容易才找到为张罗此事而兴奋不已的老妈。我不明白老妈为什么做这样的事会这么快乐这么幸福,我说,这是什么事儿呀,你这是做给谁看的呀,我哪知道是这个样子呀,妈?老妈把嘴里的烟一掐,大手掌往炕上一拍,说,这个家我说了算,这二十年我领着你们过,容易吗?告诉你,我就想给你爹办这一回事儿,我要叫他们看看我刘桂英到底能不能,叫他们看看我养的儿子出息不出息,你想来家就来家,看不惯就滚蛋,我不早就跟你说明白了吗!老妈火了,得,我只有立刻闭嘴。

街上的唢呐吹起来了。乡下人其实不叫唢呐,叫喇叭,吹喇叭的人则叫喇叭匠。给喇叭匠配器的还有锣鼓手,他们合在一起,叫一帮吹儿。谁家里办红白事,就看你雇几帮吹儿,雇得越多,越有脸面。老妈这次只叫小弟雇两帮吹儿,不以吹儿为主,而以乐队和唱歌为主,乡下人见过吹儿,没见过洋气的乐队和歌手。于是,一阵欢快的唢呐拉开了场,再就不纯粹是唢呐和锣鼓,而是城市夜总会里的电子琴架子鼓长笛小号了,接着还有东北二人转辽南影调戏周华健刘德华那英大串帮。村里许久没来剧团了,也没有以前那种全村人聚在一起开批斗大会的场景了,乡下人却十分爱热闹,所以他们像过节一样穿上新衣服,拥挤在我家门前那条狭小的街上。人人仰着头,看一会儿这边的,再转回头看一会儿那边的,耳朵肯定是把两台戏听混了。镇上的小商小贩们抓住了发财的机会,他们把烧烤、水果、麻花、雪糕、矿泉水,像赶集市一样全搬来了,有的还在角落里搭了个简易灶,现炒现卖地方小吃。烧"抬房"其实是第二天的事,老妈特意提前一天把他们请来,为的就是让这回事有个轰动效应。两台戏一会儿对着吹对着唱,一会儿你方唱罢我登场,从白天一直闹到次日凌晨,那些来看眼儿的人连家都不回了,后半夜停演的那一会儿干脆就倚着戏台子眯一小觉。拉锯扯锯,姥姥家门口唱大戏,这是我小时候的歌谣。如今这情形,则是我老妈一个人在自家门口导演的一场大戏!我心里既感觉别扭,又不禁为老妈惊奇。

  第二天上午,弟弟的车队将扎"抬房"的纸匠和他的作品拉来了,看大戏的人群一下子又拥了过去。车队在家门口没有停留,在乡人们的簇拥下直接开到了西山,吹手和歌手们也收拾一下家什坐着车上了西山。我家的祖坟在西山,大弟早已提前收割了老爹坟前的庄稼,腾出了足够的空地摆放"抬房"。站在院子里，只见从我家门口通往西山的路上全是人。据我所知，老家的人从未见过"抬房"，它对于老人和孩子都是一样地陌生和新鲜，人们都想看看它究竟是怎样的一个架势。老妈的虚荣心就在于她总想干谁都没干过的事。我发现，老妈的这个举动，最刺激那些与她年龄相仿的老人，上山的路上，老头老太太比小孩子多，都走不动道了，还要上山去看。我和老妈坐着小弟的车上山，一路上，老妈从车窗里不断地向外张望，看着那些目光艳羡的老人，心里一半是同情，一半是骄傲。突然，老妈说，看，你老婶也来了，哼，叫她看看，这个村就我有这个章程，我养着了好儿子，你看她养的儿子，熊蛋包一个！即使是这种时候，老妈还没忘了骂老婶一句。老妈的世界太小了，这辈子，最让她不舒服的女人就是老婶。

　　"抬房"安放在老爹的坟前，这里像一个重大活动的现场，人们分期分批井然有序地从"抬房"的前院进去，再从后门出来，精心组织过的一样。看过的人无一例外地啧啧赞叹着。那的确是一座活灵活现和真的一样比真的还豪华的富家宅院，它是用我给老妈的三千元钱扎出来的，三间水泥捣制的瓷砖贴面的正房，格局是北方乡村常见的那种两明一暗，东间是现代的席梦思床、沙发，西间是古老的东北火炕，家用电器一应俱全且都是名牌，中间一间是灶房，有特一级厨师掌勺。院子里的风景更靓，黑犬白马，锦鸡玉鸭，一辆大奔驰还是由漂亮小姐当司机，我问老妈嫉不嫉妒，老妈那时正蹲在苞米地边抽烟，听见我问，没好气地说，嫉妒什么？将来我去了，她样得像侍候你爹那样侍候我。一切都像真的一样，置身其中，我一时忘了眼前是人界还是鬼界。

让众人尽情地参观过后，便开始举行古老的祭奠仪式。先是老爹的生前友好敬酒祭拜，那是中国传统的三拜九叩，主持人点哪个人的名字，那个人就走到老爹的遗像前，主持人长喊一声"拜——"，那人就跪下叩首，拜三次，叩九下，有章有法。他们特地从县城里赶来，个个白发苍苍，但他们跪时的庄严，洒酒的从容，叩首的虔诚，让我不由得肃然起敬。接着便是我家族里的人按辈分轮流叩拜，年长些的，做这一切很是娴熟，年幼的一辈，却总不像那么回事。然而那一刻，我真的感到了乡村的神圣，我曾以为这么做是迷信，是愚昧，现在却居然觉得它是一种源远流长的传统，它属于风俗，属于宗族，属于乡村。它自有一种力量，让所有离开它的人知道你从哪里来，你的根扎在什么地方，你不能忘记的是什么。也许就是受了这种启示，我不再拒绝我看到的一切，我不由自主就将自己融入了它的氛围里。上山之前，老妈叫我赶写了一篇祭文，并叫姐夫写了一份敬告阴界诸位鬼神不准侵犯王氏院宅及一切财产的声明。我在读那篇写给老爹的祭文时充满了感情，就像真的在

与他交谈。我对他说,你活着的时候咱家太穷,而你又太俭朴,你不曾享受过一天豪华的日子,现在我们以这种方式将一座阴间宅院奉送给你,就是想让你在众神面前不再寒酸,我相信你会收到它……有意味的是,当那座宅院在老爹坟前烧过不久,大晴的天一会儿全阴了,竟下起了大雨。老妈说,看,孝心能感动天和地,老人古语没说错吧?这是你爹从天上发回的信号,告诉他已经收到了咱们送的那个大房子。

这件事办完了,老妈似乎松了一口气,决定跟我到城里住一个月。这可是从未有过的,我听了之后半信半疑,心想,不知哪一天就变卦了呢。老妈过去总拿老眼光看城市,认为城市里吃什么都要花钱买,地里不能种,房子也小,又没有院子,过日子不得施展。另外,老妈在我家住着,来一个人就要问她,你老人家什么时候来的?老妈不爱听这话,人走了以后她就对我说,你看看,我不能住在闺女家吧?我要是在儿子的炕上坐着,谁来了会这么问我?闺女就是闺女,闺女是外姓人,只有儿子是自己的。老妈重儿轻女的意识就这么根深蒂固。更让老妈忍受不了的,是现在的城里人都爱搞装修,不像以前那样,水泥地,进门不用脱鞋,抽烟也没有忌讳,尽管老妈承认装修过的房子的确不能让烟熏了,可这就成了她每次来我家都住不下的理由。老妈这次绝对是因为给老爹烧"抬房"烧得心满意足,才提出多住些日子。

那天一进了我家门，老妈居然主动提出让我给她规定每天的烟量，这可让我吃了一大惊，我问老妈，这可是真的？老妈说，没有假。我又试探着说，一天抽五支烟行不行？老妈就说，好吧，五支就五支，反正妈老啦，在谁家就得听谁的啦。

老妈年龄大了，抽烟抽得气管不好，早上起床后必是要大咳一番，嗓子才能清亮些。我曾经叫老妈戒烟，她根本听不进去。有一次我回乡下，给老妈带了一条绿摩尔女士烟，老妈从没抽过这种薄荷味的淡烟，立刻就说，这烟好，你不是怕我抽烟咳嗽吗？我以后不抽别的了，就抽这个。我当然高兴老妈抽劲儿小的烟，可那绿摩尔是外烟，当时还能买得着，七十元一条，我一次买他五六条给老妈存着，回家的时候再带给她。可是过了不久全国开始查走私，绿摩尔在市面上马上就见不到了，我几乎走遍了大连街的大小烟摊，谁家都没有。小弟在瓦房店也在找，找了很久终于找到了一家，而且就这一家有卖的。小弟于是就和这家订了个长期供烟合同，老妈的烟只要快抽没了，小弟就上这家来拿。这次老妈既然主动让我把她的烟收起来保管，每天只抽五支，我也乐得老妈抽烟有节制。于是，我给老妈约法三章，让老妈把烟都交出来，由我保管，并规定每天晚上睡觉前是我给老妈发烟的时间。所以，每到晚上十点左右，老妈就会敲我的门进来，然后把一只手伸给我，说，快点儿吧，

我来领烟啦。老妈伸手领烟的姿势,就像收租院里那个讨饭的老太婆,弄得我大笑不止。笑过之后,我便像执法官一样地数出五支烟,放在老妈的手掌里。老妈却不笑,一脸郑重地拿走她第二天的"粮食",回屋睡觉去了。过了几天,小弟从瓦房店来大连探望老妈,看我对老妈抽烟这么苛刻,对老妈深表同情,正好他带来了烟,就趁我上班走了,背着我把烟给了老妈,而且让老妈把烟藏起来,专门等我上班走了之后再拿出来抽。老妈真听小弟的话,每天晚上睡觉前,她不露一点儿声色,仍然装作没事似的到我这里来领那五支烟,每天傍晚赶在我下班之前把窗户打开,把屋里不止五支烟的烟味放掉。那些日子,我居然一直没有看出家里有什么异样,只觉得老妈一点儿脾气也没有,每天对我笑得格外甜蜜,而我就快乐地陶醉在这种难得的母女之间的甜蜜里。这种甜蜜在我的生命里拥有得太少了,我实在太需要它了。

这事过了许久才由小弟讲给我听,老妈这时候美得就像小孩子似的,笑得前仰后合。这是我来大连二十多年,老妈第一次在我家住上一个月。

老妈手术的时间终于定下来了,周一早上九点上台儿。尽管进出医院要排队测体温,家里人还是来了一大帮。老妈一早就换好了衣服等着护士来叫。六点四十分,护士来给老妈导尿。然后又是等待。老妈安静地坐在床上，叹了口气说，唉，像等着出嫁。七点四十分，护士叫老妈披着被子，坐上一张带轱辘的床。老妈刚坐稳，又坐上来一个年轻的女子，也是做手术的患者，也像老妈那样披着被子，于是那年轻女子与老妈两个人一前一后，披着医院的白棉被，朝一个方向坐着，等护士来推。我和小弟一边一个护在老妈左右，老妈说，你看俺俩这打扮，像不像两个小动物？说完就一直笑个不停。我怕她咳嗽，就说别笑了，笑咳嗽了就做不了手术了。老妈说，烟少抽老了，不能再咳嗽了。看来老妈仍然记着这些日子少抽的那些烟，像是吃了大亏。老妈身后的那个年轻女子紧张得直流眼泪，丈夫和父亲母亲一路跟着劝，并叫她向前面这个老太太学习。老妈像没听见，仍然在和我们说笑话。推车的护士像突然间想起什么，问老妈嘴里有没有假牙，老妈说，我身上的东西都是真的，没有假的，不像你们年轻人，把奶子都做成假的。老妈这句话，到底把那个年轻女子逗得笑出来。

　　根据最后的诊断，老妈的病叫左卵巢勃勒纳氏瘤。诊断书上写道，患者已绝经三十年，阴道排红半年，下腹隐痛两个月，为主诉入院。妇查：宫体前位萎缩，宫体左后侧触及 D=5cm 大小质韧包块，与宫体粘连，无压痛。B 超：左卵巢肿瘤，子宫内膜增厚。诊断：左卵巢肿瘤，行诊刮术。病理回报：子宫内膜单纯性增生过长，行全子宫、双附件切除术。就是说，这次手术要把老妈

的生殖器官全部拿掉。我说给老妈听的时候，先是告诉她瘤子是良性的，再就告诉她为什么要做全切手术，主要是怕留下祸根，再惹麻烦。老妈叹了口气说，老都老了，临秋末晚，还少了个零件。唉，切就切了吧，留它也没有用了，我也活够了，你妈这一辈子，什么事没摊上？老妈沮丧极了，眼里涌出了少见的泪水。

　　手术进行到一个半小时，手术室的门开了，麻醉师出来告诉我，瘤子的确是良性的，手术非常成功。门外的家人听了，居然在大走廊里鼓起了掌。半小时后，老妈被护士推出手术室。她头脑还有些不清醒，嘴唇像厚了，话也说得不清楚，可她却一直不停地在说，我凑近了听，原来是让我谢谢大夫和护士。回到病房，一切安置妥当，我叫家里人都出去，好让老妈睡个长觉。这时候，老妈却费力地睁开眼睛，看看屋里都有谁。一看都是自家人，没有大夫和护士，就示意我过来。我问她要什么，老妈说，烟，拿烟。我说不行，老妈可怜地说，一口，就一口。我完全想象不出，一个刚刚从手术室推出来的人，麻醉劲儿还没过去，就要烟抽，哪怕是抽一口。真的，我现在才知道，什么叫烟瘾，老妈是一个多么纯粹的老烟袋。她把烟当成了命，而不只是当饭。不用我说，小弟马上就把烟给点着了，送到老妈嘴里，让她无论如何抽上这一口。老妈的嘴唇不听使唤，合不拢，也含不住，她伸直了脖子，才让两片嘴唇慢慢靠近，又努力了很长时间，嘴里才冒出了一股清凉的薄荷味烟雾。我看见，那烟雾从嘴里一出来，还未等它散发，就被老妈重又吸进了肚子里。

迷迷糊糊之中，老妈要了那一口烟，抽完了，人就睡过去了。当她再次醒来时，还是这样，要烟抽，就一口，抽了，就睡觉。傍晚时分，老妈的刀口开始疼起来，麻药过了劲儿，人是被疼醒了。老妈不停地哼哼着，头上冒出了冷汗，我问她要不要扎止疼针，老妈说，不扎针，抽烟，抽口烟就不疼了。我问她有科学根据吗，老妈龇牙咧嘴地说，要什么根据，我就是根据。小弟于是又把烟点着送过来。老妈的嘴已经好用了，想多抽几口，我坚决不让，叫小弟快拿下来，老妈就用眼睛瞪我说，你不是个孝顺闺女，我不亲你！小弟怕老妈上火，就讨好地把烟又送到老妈嘴里。老妈说，还是我老儿子好，没白亲。

这样，从手术室出来以后，老妈一直就没断了抽烟。第二天，老妈舌头发硬，出血，喉咙干疼。下午开始喘气粗重，一量体温，烧到三十九度。护士说，发烧是正常的，因为你老妈平时抽烟，表现就重一点儿。护士给老妈打了一针阿尼利定，半小时后再量，三十八度五。下午四点可以喝水了，体温就降到差不多正常。

然而，尽管烟还是一天抽两支，并分出许多口来抽，不幸的事情还是发生了。那是周六的上午，老妈慢慢地

可以自己下地,自己蹲下,可当她撒完了尿,突然间咳嗽不止,那种急甚至于让我来不及去帮她按住刀口。老妈不但咳嗽,还打喷嚏。老妈是过敏性鼻炎,开门带那么一点点风,也能让她连打十几个喷嚏。这次因为突然地咳嗽,再加上连打几个喷嚏,一下子把老妈肚子上那个缝合了八针的刀口给抻开了。老妈当时并没察觉,她还自己从地上站起来,当我给她系裤带子的时候,发现有大量新鲜的血水流到了地上,吓得我连呼带喊,赶快扶老妈上床躺下。

老妈的肚子因此而做了第二次缝合。出院记录上这么写着:术后第六天,术口脂肪液化,合层裂开,行腹壁二次缝合术。术后九天间断拆线,临床治愈,可出院。不知为什么,医生没有写上咳嗽和打喷嚏这回事,术口脂肪液化只是影响了长刀口,老妈的刀口的确是在咳嗽之后流出血水的。也许是院方怕担责任吧?记得老妈术后,医生护士都没格外嘱咐过我们护理老妈要注意什么事项,我们还以为肚子上缠着腹带就万无一失了呢。总之,第二次从手术室出来,老妈睡得很深,脸色很苍白,回到病房一天没醒。她好像很累,睡得醒不过来。我和小弟一直守在床边,都在检讨自己,结论是不应该让老妈任性地抽烟,以后再也别犯这个错误了。第二天傍晚,老妈终于自己睁开了眼睛。小弟凑过去,小声调侃着说,妈,想不想抽烟?老妈嘴咧了一下,无力地闭上了眼睛,摇摇头。这次缝合让老妈身体损伤很大,好几天不能说话,疼的时候就小声哼哼,有时连哼的力气都没有了,人整个儿地蔫萎了。

外面的天渐渐热了起来,屋里却不敢开窗透风,也不敢开空调,我怕老妈遇见风再打喷嚏,再咳嗽。可是,烟的力量并没有离开老妈的身体,它把老妈的气管损伤得太厉害,让老妈中毒太深,不知什么时候,老妈就会大叫一声,不好,我要咳嗽啦!于是我和小弟就像看见了恐怖分子扔过来的炸弹,马上扑过去,按住老妈的肚子,让她咳嗽。老妈大概让手术吓怕了,即使给她按住了,她也总是尽量地憋着,像不放心我们的手力。实在忍不住了,她才小心地咳一下,咳得既不透彻也不痛快,根本就没咳出来,每次却被折腾得一头大汗。

烟让老妈在手术后吃尽了苦头。老妈从此再也不提烟的事了,以前那种不管不顾的烟瘾,这时候也不知道跑到哪里去了。有意思的是,老妈不抽烟,我们都有点儿不习惯。老妈在床上就那么干坐着,或者干躺着,不用我们拿烟点烟了,我们也闻不到烟味听不见咳嗽了,那她还是我们的老妈吗?

拆完了线,又观察了两天,医生终于通知老妈可以出院。几天来,我一直动员老妈不要急着回乡下,先在我家养一养。老妈本来答应了,可是到出院的前一天,老妈突然又改了主意,叫大弟接她回乡下的家。老妈说,她想乡下的火炕了，即使是夏天，还是火炕舒服。我也就不能强留，买了几大包营养品，还有回家吃的药品，等大弟来车接老妈走。

大弟和小弟的两个儿子因为正放暑假，此刻也都在医院守着奶奶。出院前一天傍晚，他们上街给奶奶买出院的礼物，两兄弟一商量，居然买回一套深紫红色的太太服，上面的花纹全是圆圆的寿字，意思是祝奶奶长寿。老妈拿孙子更是当宝贝，看见孙子这么懂她心思，情绪格外好。第二天一大早，老妈就把蓝格子病号服脱了，换上了孙子们给她买的新衣裳，还用啫喱水抹了抹花白的短发，人显得又漂亮又精神。我女儿也想事，从家里拿来了相机，要给姥姥照出院的纪念相。照完了相，老妈说，我以后不抽烟了，你们有钱就给我买衣裳穿吧。一听老妈的兴趣从烟转到衣裳了，我马上就说，妈，今后你想穿什么，就给你买什么。老妈摇摇头说，唉，年轻时候就喜欢呢子大氅，现在你就是给我穿，我也穿不动了，那东西太沉。我从老妈的话里，听出的不是要什么穿戴，而是她对生命衰老的不安和恐惧。我感觉老妈真的不是以前那个精神头十足的老妈了。

老妈回乡下以后，我每天都要给大弟媳妇打电话，问老妈的术后反应。大弟媳妇告诉我，老妈回家后从没要烟抽，她好像把烟给忘了，每天就是坐在炕上看电视剧、睡觉两件事。大弟在老妈手术期间因为忙公司业务没有在医院陪护,怕老妈生他的气,也怕老妈回家闷,特地给老妈买了个DVD影碟机,又买了《西游记》《封神榜》《射雕英雄传》《大宅门》等好几套光盘,让大弟媳妇每天负责给老妈放片子看。可是老妈看了几集就不想看了,闭上眼睛,一声不响地在炕头躺着,却睡不着觉。

又过了几天,老妈感到心里烦闷,就在电话里跟我说,我怎么好像不习惯住在乡下了呢?我说,不是吧,是你住院这一个月被我们宠惯了吧?你是不是想让我们天天围在你身边呀?老妈笑了,不答话。我说对了。老妈从住院到出院,我和小弟白天晚上二十四个小时陪护着她,守候着她,病房里那个唯一的单间在老妈手术前腾出来了,里面有两张床,老妈睡一张,我和小弟轮流着睡一张,总有一个人睁着眼睛看护老妈,侍候老妈。这让老妈感到从未有过的受用,说,我一辈子也没捞着这么个待遇,我得感谢这个病啊。我能想象出来,老妈回家以后,烟不抽,身前身后又没有我和小弟,就那么在炕上躺着或坐着,她心里不舒服,怎么能看下去电视剧呢?

老妈说,反正我觉得闷,你一天最少要给我打一个电话。看,老妈正式地在向我邀宠了。而且,在以后的电话里,我发现老妈越来越变得婆婆妈妈,琐琐碎碎,简直变成了一个需要依靠和搀扶的小女人。眼看着,老妈一辈子的刚强，一辈子的自尊，在这个夏天突然地坍塌了，与她抽的烟一起消失了。

大弟其实很早就在大连买了房子，老妈不高兴也扳不过儿子，就让步说，好啊，你们实在想走就走吧，我一个人留在乡下。听老妈这么说，大弟想带全家进城的事就一再地搁浅。老妈出院一个月后，有一天突然跟大弟说，把大连的房子装了吧。大弟问，你想通了？老妈说，通了。于是我每天给老妈打电话的时候就多了一件事，我要额外向老妈报告装修工程的进度。老妈说，我在一天一天地数日子，大连的家一装修好，我就搬过去住。听老妈亲口说这话，我又是一场吃惊，老妈竟然说大连是家，而且变得那么急不可耐，难道只是因为她不抽烟了吗？

老妈抽烟缘于孤独，烟在苦难中给了她男人一样的坚强，并让她在那坚强里找到了尊严，也许还找到了爱情，所以老妈与烟才有那么漫长的厮守，谁也不可能把她和烟拆散。然而，经过这一次手术，老妈却断然地把烟放下了，而且坚决要进城了，是因为她已经不再孤独，还是因为她不再坚强？

或许老妈的内心充满了矛盾。老妈曾经说过，她只有坐在乡下的火炕上抽烟，才能找到抽烟的感觉，坐在城市的床上抽烟，那种感觉就没有了，烟也变味了。也许老妈终于意识到了，她抽了那么多年的烟，也没有告别孤独,她其实一直就孤独地枯坐在乡下的日子里。这种日子她再也不想要了,所以老妈说,烟不抽了,乡下也不想住了。

现在,我正在等待老妈与大弟媳妇举家迁来大连的时刻,一想到那个时刻就要到来了,我的心脏突然就有一阵隐痛袭过。我为老妈感到悲伤。我看见老妈老了,我看见一个曾经那么强大的女人倒下了。在她的孩子面前,她已经柔弱得像一个婴儿。

关 东

东北人的粗犷和粗糙,东北人的自尊和知足,东北的肥沃和荒凉,因山海关而愈加生发开来。

绝　唱

盛夏的时候，走到了辽西。

以前从未去过辽西。对辽西的感觉就是总有风，风中带着黄沙。离那里不远就是大漠，辽西被大漠烘烤得很干燥。干燥的辽西肯定荒凉寂寞。荒凉寂寞的辽西肯定影响人的心情。那种心情如果是长年累月，对人就是长年累月的折磨。住在辽东半岛的海边想辽西的干燥，是暗自侥幸和庆幸那种心理。

盛夏的时候去辽西并不是有意，而是这个时候就走到了辽西。原以为冬天去辽西，辽西才像辽西。没想到夏天去辽西，辽西更像辽西。那庄稼太矮小了，遮不住辽西的山。那庄稼是季节安插在这里的过客，一场秋霜，它们就将踪影全无。绿色在这里显得刺眼，它的那种隔膜和匆忙，仿佛是故意来伤辽西的心。它使盛夏的辽西比冬季的辽西还苍凉。辽西的山并不高，但它们绝对是山，曲线优美，迤迤逦逦。偶尔地，也有高耸和挺拔。让我百思不得其解的是，不论它们高或者低，它们为什么那么光秃，石化铁化尸化一般，与阳光河流雨伞花裙近在咫尺却恍如隔世。那些没有生命的山，让你感觉辽西是赤裸着的，那些山是被榨干了乳汁的女人的胴体，她们疲惫地仰卧在辽西，死了仍然在做辽西的母亲。

我这样描写辽西，是因为辽西有自己的故事。辽西的故事是女人编织的。从走进辽西我就在想，是不是因为她们而使辽西这块土地过早地成熟，使辽西的山脉太快地衰老干瘪？

这个故事就是红山文化。

裸露的辽西却怀揣了一个旷世的秘密。上世纪七八十年代，考古学家在这里发现了一处原始社会末期的大型石砌祭坛遗址，还发现了一座女神庙遗址和积石冢群。在这些遗址和冢群下面，有美轮美奂的玉器，那玉器以它墨绿色的晶莹，雕刻出自己的光芒。红山文化宣布的是一个最新消息，辽河文明早于黄河文明，中华文明史由四千年改写成五千五百年。

辽西太古老了。它因为古老而神秘，因为早熟而枯涸。

我实际上就是为这一片枯涸而来。在这个星球上，最古老的文明都这样沉静地凝固了。尼罗河流域的古埃及城邦，两河流域的古巴比伦王国，印度河流域的哈拉帕文化，欧洲的庞贝古城，中美洲的玛雅文明，它们都曾经辉煌地存在过，但它们又都以自己的方式消失了。有的消失，至今仍然是谁也猜不透的谜。红山文化的休

止更是如雾如风。他们的家园曾经遍布辽河以西,西拉木伦河以南,张家口以东,燕山南麓长城以北。这是一片宽阔的红土地,他们就用这一片宽阔的红土烧制深腹陶罐。老哈河和大小凌河牵牵绊绊缠缠绵绵着他们,为什么一下子就走得无影无踪?他们是从哪儿来的,谁是他们的祖先?他们究竟走到哪里去了,谁是他们的子孙?

不知道。不知道。

因为不知道,我便在辽西走不出来。

或许因为我是女人,才格外钟情辽西。因为我是女人,我才一定要拜访那位女神,哪怕相见不相识。

牛河梁。一条普通的小河发源于此,那条河叫牛河,那座山便叫牛河梁。牛河梁对面还有一座猪头山。猪啊牛啊,都是一些极平淡的景致,极家常的事物,很容易就能忽略。世世代代在这里耕田的人压根没有想到,数千年前就已有人在这儿收割庄稼。冷兵器时代的马蹄盾牌践踏过,热兵器时代的飞机大炮轰炸过,居然都没能惊醒女神的梦。现代人一声轻叩,就与她撞个满怀。

去牛河梁的时候,干燥的辽西突然小雨如酥。女神庙就在牛河梁北山顶上。可以清晰地看见庙的概念,看见那时候人类对庙的理解。它由一个单室和一个多室组成,顶盖和墙,都是木架草筋内外敷泥,光面的泥墙上还画有彩绘。我是说，女神庙早已不是立体的了，只是一些古老的碎片，如果把这些碎片拼接起来，她就该是这个样子。

在这些碎片里，曾有一尊生动的泥塑头像。她等待了数千年，那温柔的目光终于与我们相遇。她的眼睛是绿色的玉镶嵌的，她的嘴巴含着羞涩却似有话要说。那是一张年轻的脸，脸上有风情万种。因为她出土时，近旁有女性的手臂和乳，所以发现了她，便有了这座庙的名字，她也便有了自己的名字。

红山女神。

她让我一下子望见了中华民族早期原始艺术的高峰，望见了原始宗教庄严而隆重的仪式。也让我第一次看到了五千五百年前的人们用黄土塑造的祖先形象。原来，辽西是因为有了她，而成了一条更大的河之源。

辽西真的是母性的。只有母性，才会把那么久远的美丽完好地庇护到现在。只有辽西，才会哺育出这样一位妩媚鲜润的女神。在那之前，人们还在崇拜自然，突然间就崇拜了人自己，而且是崇拜自己所爱的女神。母性的辽西，赋予它的子民先知般的智慧，让他们总是走在历史的前头，向世界发出文明的曙光。

但是，女神那如蒙娜丽莎一样神秘的微笑，如今有几人能破译？你的饰物是骨是玉？你的文身喜欢哪种图案？当初那么繁盛的香火，那么密集的人群，为什么突

然间像轻烟一样散去？当什么都消失了之后，在你那长久的寂寞里，有谁走过那空空的庙宇，再为你献上一朵野菊？

只有女神没有走开。一直就守候在这里，并且一直端庄地微笑着，看日出日落，草绿草黄。她的守候似乎就为了告诉我们一句话，这儿原先并不荒凉。她那颇有深意的目光，她那欲言又止的唇，似乎还想说，如果这世界有个地方荒凉了，一定因为那里有人或者曾经有人。

的确，站在牛河梁上，最强烈的感觉就是自然脆弱，人更脆弱。人的脆弱是因为生命本来就脆弱。当初环绕着女神跪下的人们早已不知去向。丘陵起伏着，却没有村庄的痕迹，也没有只言片语。只能放飞想象，在不远的地方，有过炊烟和姑娘的歌声。

那群脆弱的生命或许找到了更适于生存的地方。他们走的时候，把死去的亲人留下来给女神做伴。在女神庙附近，我看见了十几个大大小小的积石冢。漫长的岁月里，只有这些冢与女神庙默默相对，无语也无泪。冢有圆有方，都是由未经雕琢的石块垒筑而成。冢外砌有石墙，或围有石桩，冢内有大小石棺墓葬。我想，冢里的人活着时，肯定也是女神庙虔诚的香客。因为只要睁开眼睛，就是生存的喧闹，活着就要祈祷，生命里绝不可以没有女神。怀有这样的依恋，即使死了，也不可能离开女神，死了也要把灵魂安放在她的脚下。于是，那一堆一堆有序的石冢，就在山梁上摆成了一个不变的史实。

小雨把那些远古的石头润湿了。我蹲下去一一地抚摸着它们，想象我的手印与古人的手印重叠。那每一座石冢，都要上千块大大小小的石头。每当有人故去，氏族里有多少人在为他送行啊！那是一个无声的画面，人们沉默着，漫山遍野地寻找石头。又沉默着，看一座新冢与旧冢排列整齐。只有萨满跳她那永不厌倦的梦魇般的舞蹈，为上路的死者祈福。那石冢，那舞蹈，那密密麻麻脸色深沉的人群，让你觉得，由于生命脆弱，原始人类对待死，比迎接生更庄严，更有宗教感。

然而今人是多么粗心。他们或许在那石堆上采过蘑菇，或许耕地时犁铧与那些密集细小的石头擦边而过，歇息时甚至坐在那上面抽过一袋老旱烟。他们一直以为那不过就是一些石头。当这些石头成为红山文化的符号，当考古学家从那堆石头下面拣出了玉璧、玉龟、玉鸟、玉猪龙，他们才突然间觉得这块被千遍万遍诅咒过的干燥的土地，曾经肥沃，曾经富有。那些不知名姓的先人们，日子过得相当滋润，心情相当快乐。

他们当然没注意到那个小石冢，更没看见石冢里那个幼小的孩子，没看见孩子身旁那只透明的玉蝈蝈。我好容易找到了那个小石冢，但那个孩子的故事只能是听

同行的辽西朋友诉说。当我听说了这个细节时,面前便有了一个始终跳动着的小身影,他的脖子上就挂着那个玉蝈蝈项坠。玉蝈蝈被今人收藏着,它会永远在,那稚嫩的孩子却没有一点儿音讯了。那时候,即使是一个很小的部落,也天天都会有死亡。女人给了孩子生命,却不能看着他长大,这对她们是怎样一种残酷!我知道,她们就是为此而流尽了泪水,而形容憔悴。

那个大石冢里埋的肯定是个至高无上的人物。他与孩子一样脆弱。他的冢里没有玉蝈蝈,但他有一枚玉猪龙。得感谢这玉猪龙,它从此揭开了一个古老的谜底,让我们终于找到了华夏龙的源头。龙源始于猪,而牛河梁的对面就是猪头山。在图腾时代,人们对自然的崇拜是多么感性!龙在红山文化遗址还有许多,我还看见了另外一条玉龙,它身体蜷曲着,吻部前伸,双眼突起,颈脊有长鬣,活脱脱就是甲骨文中那个优美的"龙"字。甲骨文属殷商文化,它比红山文化至少晚两千年。

却原来,中国的第一条龙诞生在牛河梁。牛河梁是龙的故乡。然而那创造了龙的人呢?那么先进的文化,那么深厚的红土,还有他们亲手雕刻的龙,他们崇拜着的女神,居然就能一走了之,龙和女神都挽留不住!

他们离开这里时,还留下了一座大型祭坛。

它距牛河梁不远,静悄悄地坐落在喀左东山嘴那面黄土高坡上。它一定是在高坡上。祭坛与史前人类对自然的恐惧有关,人类因为脆弱而恐惧,因为恐惧而崇拜。为了让神明看清楚自己的虔诚,就需要有这样一个高处。神圣,至上,也为的是接近所崇拜的那个神祇。

后来,人类连盟誓朝会封疆,也要站在一个高处。记得刘邦当年拜韩信为大将,就曾专门筑了一个坛,好像只有坛才能造足那种气氛。去北京去过天坛地坛日坛月坛社稷坛,读书时读过浙江余杭那座良渚文化的祭坛。给我的感觉,坛是人类的一种创造。它实际上就是一个让天地昭昭日月煌煌的大广场,人类在某一时刻想与谁对话,就到这广场上说说好了。绿地白云,小鸟大象,老男少女,谁都可以作证。

东山嘴祭坛也是这个模式。居高临下,石块堆砌而成,一座是方,一座是圆。和它比起来,北京的那些坛显得雕琢而且小气。它却是高居河川与山口的梁顶,俯瞰大凌河开阔的河道。对天对地对万物,那是何等庄严何等痛快的倾诉和表达!可以想象,当年在这个广场上祈天求地的不可能只是一个氏族或一个部落。它与女神庙一样,是许多部落或者是一个王国共同的聚会之所。那祭坛从未闲置过,祭坛上面,几乎每天都旋转着苍凉的歌舞,飘落着欢乐的泪水,还有无数或圆或碎了的心愿。

然而东山嘴最打动我的不是这些,而是在它圆形基

址周围发现的那几个红色的女性泥塑像。有两个居然是孕妇塑像,而且裸体。在中国,远古的裸体女像,这还是第一次发现。我也是第一次这么强烈地感受到孕妇的裸体美。她们的女性特征太明显了,腹部凸起,臀部肥大,体态自然优雅,优雅里还有一种壮硕。她们的那种舒展,那种健康,是站在阳光下的感觉。

我想,在这一片鲜红的背景里,有这样一群健康可爱的女人,怎么能不让那些男人激情难抑?在男人那野火般的爱里,生育是多么普通的事情。所有的女人都可以成为母亲,女人的肚子,此起彼伏。然而她们无怨无悔,生生不息。女人生命的韧性,其实就是从孕育生命获得的。女人并不天生柔弱,在原始部落里,她们与男人一样裸体,一样劳作,还要鼓胀着受孕的腹,为氏族生育子孙。那个时候太需要子孙了,动物太凶猛,生存太难,有人群就有一切。女人承担了此任。

于是,出于对生育之神的崇拜,也是出于恐惧,男人们就用那双粗糙的大手,捏出了女人的乳,女人的肚子。然后把她们安放在祭坛之上,心中默念着祈语,默念着一个女人的名字。当年的那个场景,一定十分感人。什么时候,女人回到了后院?当然是在她们的子孙越来越多之后,在人的欲望越来越复杂之后,在有了尊卑贵贱和政治之后。这世界变得拥挤,她们从此大门不出二门不迈,别说她们的肚子,连那双被裹得变了形的小脚,也要严严实实地遮在衣裙之下。女人从此学会了咬紧牙关,无声地笑,无声地哭,无声地呻吟。女人从此有了病态。

东山嘴的女人算是有福,她们可以挺着大肚子,在远古的蓝天下任性地走来走去。她们因为能生养孩子而受尊敬,因为健康,而让那个充满恐惧的世界那些脆弱的灵魂有了支撑。

那祭坛的基址还出土了一些红色的陶罐,陶罐上描绘着黑色的彩纹。每个陶罐,只有红黑两种颜色,是单纯的凝重,是古朴的时髦。东山嘴的女人啊,你用这陶罐盛过烈性的酒么?那粗糙的大碗,可曾使烂醉的男人跳舞?喝醉了,他们说些什么?可曾透露要走的消息?

那几天,我一直是与辽西的朋友们在山野里奔跑。辽西比我原初的想象更古老。在辽西,自然与人类再脆弱,却不论什么时候总要在这儿留下一点儿痕迹,总要在这里停一会儿。生命在这里从未绝过种。

六亿年前,这里是海洋。它使干燥的辽西生产各种各样的鱼化石,贫穷的农民拿这些化石赚了一笔小钱。没去辽西的时候,我的桌上就有辽西朋友送的一片侏罗纪时代狼鳍鱼化石。那是一个相当生动的画面,然而那两条鱼正在游着,突然就静止了。沧海已变成桑田。

一亿多年前,一支庞大的恐龙家族正在大凌河边悠

闲地散步，火山爆发了，厚厚的火山灰和炽热的熔岩覆盖了一切。本来是一场灾难，却让我们通过恐龙巨大的足印，通过锥叶蕨、银杏、拟卷柏化石，看见了遥远的绿色的辽西。与那绿色一起凝固的还有鸟儿们。我刚刚离开辽西，就听见了由它发布的震惊世界的新闻：鸟类专家认定，德国的始祖鸟不是世界上最早的鸟，辽西的孔子鸟才是真正的鸟类始祖。可见那时候的辽西是多么地葱茏，多么地繁茂！

在鱼和鸟之后出场的才是人。

十多万年前，当周口店的北京人围着火堆分吃熟肉的时候，喀左的鸽子洞人也小心翼翼地烤羊腿了。只是那个孩子吃完了最后一口，扔掉了换下的乳牙，就头也不回地随着大人们走出了洞穴。这里从此便只有野鸽子飞进飞出，那些猎羊人再也没有回来。

四万年前，大凌河边的建平人渔猎正酣。他们的祖先也可能就是鸽子洞人。只是不能想象，他们之间只有几十公里的路程，竟然走了六万年！

一万年前，从华北走过来一群人。他们是经过这里，手里握着楔形石核，一路向北向北。他们走过大兴安岭，走过贝加尔湖，走过白令海峡，一直走到北美南美。他们就是后来的印第安人。那时，辽西大走廊相当宽阔，而且水草丰美，说不定就有掉了队的华北人留在了辽西，与鸽子洞人、建平人一起成为红山女神的祖先。

关　东

假使这样，那供奉着女神的牛河梁，那高筑着祭坛的东山嘴，那个神秘的王国，究竟谁是它的主宰？

一位考古学家用手指了指燕山。他认为，燕山在商代叫炎，其实它的来历可能还要早，和传说中的炎帝有关。《左传》中说，黄帝（与炎帝）战于阪泉。阪泉就是现在的燕山一带。《山海经·海内经》和《列子》也说，炎帝是因居于炎山而名炎帝，只是在黄帝战胜了炎帝之后，燕山地区才归黄帝轩辕氏占有。所以燕山最早应是炎帝的领地。

那么，牛河梁东山嘴就应该是炎帝的都城。那么，关于三皇五帝就不再是传说，而是一个失踪了的时代。那么，牛河梁东山嘴之所以荒芜至今，是因为炎帝被黄帝打败，这里曾经是一个弥漫着血腥味儿的古战场。我终于明白，是人类的自戕，造成了人类的自失。呜呼，红山文化就这样空寂了，炎帝的子孙就这样被流放了。

在历史的缝隙里，还有多少被人类自己扼杀而失踪的故事？还有多少都城多少坛庙因为人类自己的打磨而难以辨认？红山文化不啻是一个索引，它在让我眺望历史的同时，也让我对历史惑然。历史其实布满了我们无法探看的黑洞。

我当然知道，黑洞并不是空白，历史永远没有终结。红山时代消失了，别的时代又开始了。一个种族亡佚了，另一个种族又诞生了。炎帝走后，这里仍然有故事。夏

商时,这里是孤竹国,伯夷和叔齐耻食周粟的传说,老马识途的传说,就发生在这里。秦汉时,这里属辽西郡和右北平郡。三燕时,这里叫龙城。"但使龙城飞将在,不教胡马度阴山",写的就是镇守右北平的汉将李广。隋唐时,这里叫营州,隋四伐高丽唐六征高丽都曾以此为行帐。就连"朝阳"这个名字也是乾隆东巡时御赐的……每朝每代,都在这里衔接得天衣无缝。然而,只有女神明白,红山文化对于中国文明史,是绝唱,绝响,是空前绝后。历史可以没有许多东西,但不能没有它。它震撼的不仅仅是中国,还是世界,它让所有的人都因为它而仰望辽西。

辽西给了我们这么多,它怎么能不枯涸!辽西老了,女神仍然年轻。历史老了,时间永远年轻。

面对古典的母性的辽西,我的心里涨满了沧桑。这世界曾经有过的辉煌总能因种种理由被湮没成尘土,今天所拥有的一切,我们要怎样呵护珍惜才不再让它风流云散?这世界已经开始沙化,自然的沙化和心灵的沙化已经悄悄地向我们逼近,我们要怎样阻拦遮挡才不发生辽西那样的干燥?

痴迷的逃亡

1996年6月的一个下午,我在加格达奇北山那条寂静的街上叫了辆出租车,让它载着我向大兴安岭深处驰去。

我是要去寻访那个古老的洞穴。我曾在古书中读到过它,古书上把大兴安岭北部那座山叫大鲜卑山,那个巨大的洞穴,曾经是拓跋鲜卑的老家。公元之初,与那洞穴相依为命了无数岁月的拓跋部落,突然有一天全体走了出去。他们走下山岭,走出森林,走进草原,又慢慢走入沙漠。并没有陷进去,而是头也不回地骑着那马,走到一条古老的河边。从此他们便不离那河的左右,以那个生动的姓氏,写出了一个朝代,叫北魏。

从大兴安岭走出过许多剽悍的人群,他们在中国的历史上以游牧者的雄姿演出过一幕幕辉煌的正剧。那个洞穴之所以让我着迷,不仅仅因为它的主人是最早入主中原的北方民族,还因为当这个民族在中原以一个王朝的姿态驻扎下来之后,它的第三代皇帝曾派人从黄河岸边出发,沿着祖先南下的足迹再找回老家,并在老家那

个洞穴的石壁刻上祭祖的祝文。所以,在我眼里,那不是一个空洞,那里有一种永恒的丰满。

原以为,大兴安岭应该是触目惊心的那种挺拔。歌里也是这么唱的。但我似乎始终也没走到大兴安岭,因为始终也没看见那种逼人的高大。它一直就是一些岭,或者是一些山的连绵,络绎不绝层出不穷,以一种密不透风的郁闷阻挡着你的视线,羁绊着你的脚步,让你山不转水也不转地安守本分。它的大,也是那块山地太大,颜色太深重,从地图上看,像这只雄鸡打架时凸起的颈骨,显出北方的坚硬和强壮。然而,那种婆婆妈妈式的纠缠,并没有挽留住那群躁动的灵魂,那种露骨的坚硬,却哺育出一支支膘肥体壮的马队。

从车里向外望去,大兴安岭仿佛是一座深宅大院,那个洞穴,只是我要找的一个房间。

这是一座天然洞穴,被称作鲜卑旧墟石室嘎仙洞。走近它已是日暮,一对老夫妻,一只黑狗,是这个洞的守护者。男人正在喝酒,女人拦住狗说,上去吧姑娘,里面可没人。

洞在山半腰,山岭里的黄昏气氛使它更加晦暗神秘。背上有一丝冰凉的怯意滑过,但我还是扶着那根单薄的护栏爬上去。

它绝对是一个巨大的天然洞穴,却洞壁圆整,地面

关 东

平阔。黄昏的光芒只能照亮洞口那一小块地方,我不敢往里走,便捡起一块石头用力向暗处掷去,很久,传出一声幽深的空响。那里足能容纳数千人。可以想见,这里曾经住过多么繁盛的一个家族,这样的家族,怎么可能不走出去,而且怎么可能不走得那么远,那么光彩夺目。

然而那个傍晚,站在那个洞口,跨越千年去猜想当初洞内那稠密的人头,肃穆的眼神,激烈的心跳,我还是不能明白他们为什么突然间就厌倦了山洞,为什么突然就想远远地走。因为总是骑在马上,所有的游牧者都没有自己的史记,他们的踪影,只有在他们向中原探头一望时,被汉人轻描淡写几句。所以我尽可以随意想象。

我想,或许是因为一个孩子孤独地爬上了山顶,在秋风的鸣叫中目送过南飞的燕子。它们在这儿停留的时间太短了,它们飞去的地方是不是四季花开?那里不下雪么?孩子的心里第一次诞生了童话,他把童话讲给父亲听。

或许是因为一群姑娘望着远去的白云跳起了草裙舞。公元之初的姑娘也有青春期,那燃烧的羽翼,以一种飞翔,被那白云牵扯着抵达遥远。她们对马上的弓箭手说,为什么不骑马向南走?南面可能有我们从未见过的野兽在跑。弓箭手被那飞翔的草裙鼓舞着,马蹄踏响了雷霆。

或许是因为哪个猎人为追逐一只雄犴而日夜不舍,突然就钻出了山林,看见了谜一样的草原。草原的那种无遮无拦延伸了他的想象,扩张了他的好奇心,他望了一眼他的马,立刻就有了奔驰的欲望。但他还是沿原路回到那个洞穴,宣布了他的所见所闻。那是个爆炸性的消息,它让这个洞穴从此不得安宁。

或许什么都不是,就因为严寒。这里的冬季太长,冰雪太厚,再凶猛的生命也显得脆弱。一定是大雪又灾难般地来了,萨满的一句咒语,几个世纪的沉默顷刻瓦解。衰老的酋长,迟缓地俯下身子,把眷恋的果核埋在洞口,踩灭最后一堆篝火,枯木样的大手一挥,这支队伍便夸父逐日一般,永远向南不回头,只将天涯的歌声交给大风传送回去……

总之他们有太多的理由离开这个洞穴。在公元之初,这个世界发生了许多次全族式的大逃亡,逃亡者大多是被异族驱逐和追杀,惶惶然无家可归。只有他们不是,他们的逃亡是自觉自愿的,是一种向往和渴望,体面,且有点儿悲壮的美感。记得坐在大连的家中读东北的时候,这个洞穴在我心里就已有寓言般的深刻,它是这个民族的背景,是这个民族的子宫,它孕育了东北式的野性,东北式的激情,大东北的许多东西似乎都是从这里出发的。所以我从那时起就一直被它感动着,在向东北走去的时候,无论多么远,我是一定要去拜访它的。那

关 东

天傍晚,当我真的站在了这个洞口时,我感觉是站在一种精神的源头。

那篇祝文就在靠近洞口的壁上,被栅栏严密地封闭着。这个洞以及洞内的祝文,曾经是一个史学界的哥德巴赫猜想。史书上有关于洞和祝文的记载,却不知洞之所在,文之所在,让后辈史学家找得好苦。据说有位女教授认为《魏书》上记载的那段碑文肯定刻在嫩江以北的某个地方,但她找了一生也没找到。她的学生也成了教授,她的学生认定那段碑文肯定刻在嘎仙洞里,在他十几次的寻找又是一无所获时,他生气地用木杆向长满青苔的壁上击去。掉了一块苔,露出了刻痕,于是就有了1980年夏天的重大考古发现。于是对一个古老民族渊源的追溯就不只是想象,而是字真句凿的历史,大兴安岭也不只是一座山岭,而是一位厚重的母亲。

祝文被青苔遮掩了一千五百年,它书写的是一个民族南迁的历程。

那时肯定是没有路的。朝阳在左,晚霞在右,一边砍着荆棘一边在走。那横生的荆棘是一种亲情,即使挽留不住,也要让他们的出走并不轻易。还有那些山,巫术一般此起彼伏无休无止,表达一种柔软的阻拦。但他们一直在走,他们的走是那么地感性,看不清前方有什么,只管走。走就有厮杀,与野兽,与异族,甚至与自

己的本家。他们更早的祖先是东胡，鲜卑是东胡的一支。鲜卑里面还有一个姓氏叫慕容，拓跋和慕容几乎是同时出发的，像兄弟之约。只不过，他们走到呼伦贝尔草原就分道扬镳了。慕容部落驻扎在辽河流域，让那一带成为三燕古都。有意味的是，最终来打三燕的竟是做了中原主人的拓跋。追杀野兽与异族的雄心，也可以转化为凌驾一切之上的野心。同根相煎，几乎所有的民族在自己的成长过程中都饱尝了这种痛苦。

拓跋们在呼伦湖边住了八代。那是多么漫长的日子！那时他们只知道有湖，而不知道前面有一条更大的河。他们一下子从山里来到草原已十分地知足，再也不用与野兽搏斗却可以放牧一群白羊。与大兴安岭北坡的冰雪相比，草原简直就是一张巨大的温床，他们暂时忘记了走。然而在草原的日子也并没虚度，草原是一个练习场，他们在这儿准备好了一切，然后才打着唿哨，集合起马队，不到黄河心不死。草原使他们从纯真到成熟，使这个民族长大。

他们走到大同，凿出了一个云冈石窟。走到洛阳，凿出了一个龙门石窟。在遥远的西北，还有几窟由他们精雕细刻的敦煌。我没有到过这些地方，我只去过辽西。去辽西的时候，我曾经独自一人走到大凌河边，看北魏留给故乡东北的那座最大的石窟。从前是随着萨满起舞，入主中原，便成了虔诚的佛教徒。他们为什么要把佛像雕在石窟？是因为他们住过的那个洞穴？或许走出来才知道洞穴是多么安全，凿石穴便成了他们怀念以往的独特方式。他们心灵的洞穴过于幽深，我无法触摸。我只知道那些佛像逼真而且绚丽，让我可以由此想象并惊羡北魏的繁华。

拓跋们离开洞穴时，还没有自己的文字，壁上只挂了些羚羊角、兽皮、弓箭，当他们作为中原的主人回到老家时，已经可以写出饱满的魏碑体汉字。后来的人曾经盛赞中国历史上两个胆子大的皇帝。一个是赵武灵王，汉王，却要他的臣民胡服骑射，他想用这个办法给中原的顺民们注入激情。另一个就是北魏的孝文帝，他恰恰是让自己的民族脱掉胡服穿上汉衣，甚至改胡姓胡语胡制为汉姓汉语汉制。这两个君主为的是同一个目的，就是拯救自己的民族。北魏的皇帝们的确让自己的民族在黄河岸边灿烂地升上了天空，光照华夏。然而，对游牧者而言，中原是一个大陷阱，中原的文明诱惑了他们，使他们身上的野性渐渐稀薄，中原的文明也埋葬了他们，使他们在那条古老的河里沐浴之后，便失去了本来的面目。

鲜卑人获得了，却也丢失了。

还有契丹人。

还有女真人。

还有蒙古人。

还有满洲人。

仿佛是一个定数,生活精致起来之后,他们可以找到回家的路,却再也看不见最初的洪荒。

天渐渐地暗了,从那个洞口慢慢走出,心上有一种酸楚在涌。曾经那么痴迷地奔走的拓跋们,走到最后,只剩下一段空灵的历史,一个光滑的洞穴。他们圆满地完成了逃亡者的使命,我像看了一幕古典悲剧,有开始有终结。

我知道,那种举族逃亡今天已很难见到了,但,人永远是一个逃亡者,因为在人类的前面永远有一个中原。我就害怕地想,如果有一天我们被我们自己所创造的文明诱惑着跳了进去,谁来拯救我们呢?我们怎样才能不将自己丢失了呢?

鲜卑人留给我们的这个洞穴,既是让我们走,也是让我们回。

永远的关外

第一次与长城谋面是在北京的八达岭。

我一直以为长城只有一道，东起山海关西到嘉峪关。我一直以为长城就是秦始皇修的，与长城有关的故事就是孟姜女那死去活来的哭，长城简直就是统治者强迫劳动人民干活的铁证。这是小学课本留给我的印象。所以我千里迢迢地从大东北跑到北京来登长城。

那是许多年前深秋的一个日子。我在长城上走着时，忽然就忘了秦始皇和孟姜女，而是一面向北张望，一面向南端量。不知是长城两边的风光不同，还是我的心情复杂，我的目光向北张望时，在北方的空旷里停留了很久。我闻到了一种扑面的荒凉，感觉出一种不容分说的拒绝。那齿状的用以发射箭镞的城堞，也是在向北的一面。北面是异族。雄关如铁，马蹄声戛然而止，两个世界截然分开。我仿佛看见了远古的旌旗和烽烟，看见了两军对峙时那敌意的面孔。我知道，长城外还有很远才能走出河北地界，长城外不仅有内蒙古，还有大东北。想到遥远的东北，我心里真真切切涌出了一种东西，这

 原乡记忆

东西就是做东北人才会有的那种被隔在了外面、一直想加入却一直也加入不进来的感觉。原以为来长城只是看看秦始皇的大工程，再看看被孟姜女哭倒的那一块墙角，没想到，长城在我心里是突然间竖起的一块巨石，心情不是骄傲也不是愤怒，而是有了一种障碍。

再次与长城相见是在山海关。

山海关对于长城，像一首歌的休止。山海关对于中原和东北，则是一个概念，一种暗示。背对东北，走过它就是入关，背对中原，走过它就是出关。所有走到它面前的人，都会立即站住，并若有所思地打量哪里是家，哪里是客。

这是1996年的夏天，我混在旅游者中间，在山海关的城楼上盘桓。许多年前八达岭上的那种感觉又卷土重来。但山海关比八达岭更让我明白我是谁，我从哪里来。山海关使横在我心里的那种障碍更有质感。只有在这里，我才能把东北看得更清楚，才知道什么叫东北，为什么叫关外。

在山海关的城楼上走着，我想起了第一个给我讲长城的老师，想起了那本狭小的历史书。我曾以为历史就是历史，历史是不可更改的，即使是写给小学生看的历史书也是不可更改的。这真是可笑至极。历史被它自己的尘沙掩埋得太厚了，要不断地辨认，不断地考古，才可能看见它本来的面目。写出来的历史，就已经不是历

史，历史其实是个永远令人怀疑的东西。

无论如何，我终于知道，中国有长城的历史已两千七百多年。中国的长城不止一道，也不止万里。中国最早修长城的不是北方人，而是春秋时代江南的楚国。楚国修的也并不叫长城，而叫方城。我也终于知道，我上一次和这一次登的都是明长城，跟秦始皇孟姜女没有关系。明长城是中国最后一道长城，也是最坚硬的一道长城。

站在山海关这个地方，我好像是将历史的书页从后往前翻。长城如一尾尾鱼，在我眼前穿梭般滑过。在中国的北方，有多少道长城从中原蜿蜒着伸向东北啊！因为有长城，中原与东北永远地藕断丝连，那长城对东北其实是一种告诉：你东北永远地让中原既牵肠挂肚又处处设防，既拒之门外又要强拉入怀。东北是优越的，常常让中原人出冷汗，东北又是悲剧的，让中原人视你为异己。

一个关外的女人，在山海关上看关外，是趴着墙头看自家院子的那种熟悉和陌生。因为从来没从这个角度审视东北，东北的许多景致一直是模糊的，影影绰绰的。现在它可是从未有过地清晰！

最古老的那一段长城是燕长城。

在战国的诸侯之列，燕也是一雄。它先筑南界长城

御赵,后又筑北界长城却东胡。筑南界长城时,敌人不止赵国一个,南有齐,西有强秦。燕的国都在易水北岸不远的地方,长城简直就是它生命的护符。然而到燕王喜的时候,燕已是强弩之末了。那个曾经在秦当过人质受过屈辱的太子丹居然在这个时候还想孤注一掷,派荆轲去刺秦王。于是在易水河边,就有了那场千古少见的送别,有了高渐离悲壮的击筑和荆轲士为知己者死的高唱:"风萧萧兮易水寒,壮士一去兮不复还!"结果是图穷匕首现,秦王没有被刺死,刺客荆轲死了,继承荆轲遗志的高渐离也死了。而那个被秦王吓坏了的燕王喜派人杀了太子丹之后,他和燕国也一起死在秦之刀下了。这是发生在长城脚下最早也是最大的悲剧。

伸进东北的第二道长城是秦长城。

《史记·蒙恬列传》说,秦已并天下,乃使蒙恬列将三十万众,北逐戎狄,收河南,筑长城,因地形,用制险塞,起临洮,至辽东,延袤万余里。秦长城在东北,是从赤峰进入辽西又直抵辽东。那时,秦始皇已一统天下,却仍觉不够安全,因为北方有匈奴。于是他像捡便宜似的,把他的秦长城与赵、燕长城连缀起来,修成了个横亘东西的万里长城,而"万里长城"就从他开始叫响了,好像天下的长城都是他修的,长城成了他的名片,他创的名牌。秦始皇和秦二世都来过辽西。如今在绥中境内的海边,留有一座碣石宫遗址,是他们当年的驻跸

关　东

之地。碣石宫对面的海上，有几块突兀的礁石，是秦始皇东临时的碣石碑。秦时的砖，秦时的瓦，秦时的碣石，如今仍然生动。而那深埋地下的冷藏缸，则让我看见了两千多年前帝王之家的奢侈，它证明的是，秦王的每一次东巡都停留了很久。大东北从中国的第一个皇帝开始，就成为他们嘴边一块又肥又烫的肉，帝王们在得到了东北之后，东北便让他们再也得不到安宁。

汉长城紧跟在秦之后也追到了东北。

距碣石宫不远，还有一座汉武帝驻过的"观海台"遗址。和秦朝一样，大汉的皇帝们一坐上龙椅，肯定也要欠欠身向东北瞭望一下，有的还要亲自来走一遭。汉长城抵拒的仍是那强大的匈奴。然而，那墩台式的汉长城照旧守不住和平，能守住和平的还是人，是那个随单于出塞的王昭君。实在打不过，中国的皇帝就开始玩"和亲"这一政治手腕，现在是战争让女人走开，那时却因无计退敌，就让女人冲上去。如那首诗所写，汉武雄图载史篇，长城万里遍烽烟，何如一曲琵琶好，鸣镝无声五十年。在长城之上，女人是一只划过天空的和平鸽。

明长城是中原对东北的最后一次防守。

它因为见得太多而具有经验，因为所有的长城都已坍塌得不成样子而一定要千秋永固。明长城不可能不坚固，八达岭是戚继光修的，山海关是徐达修的，朱明皇帝派这样两个人物来修长城，修城就是用兵，就是战争。

这世上从未有过这样的王朝，统治了二百七十多年时间，居然就修了二百七十多年的长城，从未停止过。修长城，绝对是一个王朝内心空虚的写照。它怎么可能不空虚呢？它太知道在长城的北面有谁在那里磨刀霍霍了。我只是断断续续地望见过这一道长长的墙，它最吸引我最让我有感觉的那一部分，是九门口。它在绥中西南，刚刚离开山海关一段距离。它也是关，关外第一关。远望时，它像一只鹰，身子扎进谷底，两翅翔在峰巅。身子是关，两翅是城，在巍峨的燕山与连绵的辽西之间拦挡着。谷底流着九门河，城关其实是一把梳子似的泄水城门，因为关门有九个而叫九门口。女墙在河北一面，城堞在辽西一面。有一会儿我突然转向了，为什么枪口还是对着东北？呵，东北是关外，枪口理所当然要指向女真的马队。历史上的九门口可没这么安详过。不远处有一座朱梅墓。由朱梅我想到那个置努尔哈赤于死地的袁崇焕。在宁远保卫战中，朱梅和袁崇焕一起击败了努尔哈赤，后来又一起击退了皇太极。皇太极恨透了袁崇焕，像他的先祖金兀术们使一个离间计就让赵构杀了岳飞一样，他使了一个离间计就让崇祯皇帝杀了袁崇焕。因朱梅退镇山海关有功，死后明廷在他战斗和保卫过的九门口长城脚下，建造了这座大墓园。一段城墙，一座关卡，只要它站立在这里，就有或悲或喜的剧目上演。明朝

关　东

的皇帝们以为有一道长城就可以让子子孙孙受用不尽，他们忘了一个王朝如果昏庸腐败，就会腹背受敌，当关内的农民与关外的清军两面夹击时，那崇祯皇帝照样得跑到景山上去上吊。李自成与多尔衮在九门口相遇了。但他没想到山海关守将总兵吴三桂因为爱妾陈圆圆叫刘宗敏掳去而叛明降清，并出关迎请多尔衮入关。可怜的李自成农民军打得了明军打不过清军，反而从关内帮了清军一个大忙，让努尔哈赤的梦想变成了现实，清军不费吹灰之力就成了关内的主人。长城是什么？对于北方的游牧者，长城就是目标。城越长，越坚固，越能刺激他们的战争欲和占领欲。这是修长城的人的悲剧，也是长城自己的尴尬。

　　有人说，长城表达的是中原农耕民族对北方游牧民族的恐惧。游牧者其实也恐惧中原，而且，游牧者彼此之间还互相恐惧。站在山海关，我不仅看见了中原伸进东北的长城，我还看见了大东北的少数民族自己修的长城。细细端量它们我才明白，长城在中国已经成为一种模仿和竞赛，它已经由一种中原文明扩张为整个中华民族不约而同的追随。一条长城，就是一个民族自己的心曲，是一个民族生命的线索。长城的起伏跌宕，就是一个民族的潮涨潮落，一个民族的历史。

　　高句丽因害怕唐朝攻伐，一边遣使上贡，一边"筑

长城,东北自扶余城,西南至海,千有余里"。高句丽人善舞善酒善战,还善筑城。他们筑长城,也筑山城。桓仁的五女山城,集安的丸都山城,金州的卑沙城,那些城可以从大连湾罗列到吉林,已经成了东北的一大景观。长城与山城,建构了这个民族好斗不屈的个性。然而,它还是被大唐所灭。

契丹人筑过三道长城。他们曾"筑长城于镇东海口"。《辽史·太祖本纪》有这么一笔。东海口就是辽南渤海岬处的南关岭,然而这道长城有多长,起于何处,没有文字记载,也没留下痕迹。契丹人只给辽南丢下一个谜底。它的另一道长城在呼伦贝尔草原上,如一根金色的飘带,由东而西万余里。它完全是土筑的,然而再狂野的马也跨不过去。还有一道长城在松花江边。一看便知它针对的是女真。但它太短小,或许是已经来不及,或许是压根就没把女真看在眼里。最后来灭辽的却正是女真。

完颜氏建立金朝时,蒙古人总在它的背后虎视眈眈,于是金就在与蒙古接壤的地方修起了长城。史籍上不称长城,而叫界壕,或者叫成吉思汗边墙。它是阻挡成吉思汗的,却叫成吉思汗,抑制不住地恐惧。这种感觉也没错,像是个预言,后来成吉思汗的确就是女真的掘墓人。金的另一条长城起于大兴安岭北麓,穿过呼伦贝尔草原,直达漠北沼泽地带,叫明昌故城,也叫兀术长城。

仿佛宿命一般,那长城防谁,最终就被谁消灭。

我没见过元长城。但有人说蒙古人修缮过前代的长城。我想,这好像不是蒙古人的性格,因为这个民族在骨子里就没有边界意识,他们在大草原上驰骋惯了,他们只会用马蹄去践踏别人修好的长城,而不会马放南山去长年累月地修那个死气沉沉的长城。如果停下马干这个,他们会跑得那么远么?

清王朝也不修长城,但他们有柳条边。柳条边不是战争工事,那绿色的柳渲染的是一种家园氛围,就是不让关内的老百姓来拿我东北老家的人参貂皮鹿茸角,关外三大宝是满族人的私房体己。他们插柳结边,以定内外,于是,东北又多了一个别称——边外。

由长城牵线,便可以与这些少数民族一一握手。作为一个民族,他们都曾经无比生动。然而,那永无休止的战争和掠夺,既给他们鲜艳,也使他们萎缩,乃至种的退化。那纵横交错的长城,既给他们广阔,也给他们逼仄。关之外,还有边外。东北不但被一层一层隔在了外面,隔在了远方,东北还作茧自缚一般,自己将自己一层层包裹进了黑暗。长城之在东北,编织的是天罗地网。

我写长城,是因为中原的长城够多了,东北居然还有这么多。我写长城,是因为长城是独属于中国的,世

界上没有任何一个国家以这种方式表达自己的强大或软弱。两千年中,前后有二十多个诸侯国和封建王朝修筑过长城,如果把所有的长城加起来,可以绕地球一周。它使中国人不论走到哪里都离不开长城,它蛇一样盘踞你穿过你。看长城看久了,也可以看得恐惧。鲁迅有一篇专门写长城的文章,全文只有一百五十六个字,对长城是有话要说却不想多说的那种。他说,长城从来不过是徒然役死许多工人而已,胡人何尝挡得住。他说,我总觉得周围有长城围绕,旧有的古砖和补添的新砖,这两种东西连为一气造成了墙壁,将人们包围。这伟大而可诅咒的长城!

　　伟大而可诅咒,就是长城。在所有我读过的写长城的篇什中,这是最精彩的一笔。我对长城更多的是悲悯。这种悲悯不是因为孟姜女的哭。它的确首先是一堵厚厚的墙,然后将你包围。它让你飞不起来,或者压根就不会飞。只能走,走得很慢,迂回曲折。战争其实是很快发生又很快就结束的,战争的间隙却相当长,于是就可以从从容容过日子似的修长城。所以长城又不仅仅是一堵有形的墙,还是一种无形的盾。大家不一定非要打仗,但要设防。长城已经成为中国人心灵的掩体,精神的盔甲。长城也成了中国先人最公开的隐私,它让你永远走不近别人,别人也永远走不近你。

关 东

　　山海关作为天下第一关，对东北人更具有特殊意味。当所有曾经行走在大东北的长城都没有阻挡的力量了，在东北人面前，还有山海关。山海关不是风景，而是一扇沉重的很难开启的门，它影响了自有它以后世世代代东北人的心理、观念、行为乃至生活方式。它站在那里好像就是要对东北人说，你在关外，你进不来。它一面让东北人因为人家闭关而自守，一面又使东北人困兽犹斗，更加地蛮气十足。惰性养出了东北式懒汉，野性便养出了东北牌土匪。东北人的粗犷和粗糙，东北人的自尊和知足，东北的肥沃和荒凉，因山海关而愈加生发开来。除非战争或者成为战俘，东北人进关的少。进了关，走到哪里都是一脚高一脚低，浑身的不自在。直到现在，东北人到了南方，大老远一眼就能被识破。

　　山海关不但让东北人进不去，也让中原人出不来。出了关，就家山遥远。与进关的相比，出关的还算多。除了"在旗人"，东北人几乎都是闯关东的流民以及流民的后裔。东北还有一群特殊的人物，就是流放者队伍，或者叫"流人"。东北在历史上一直被视为畏途。大雪，大荒，大兽，仿佛是另一个世界。如今来东北的人大多是干粗活的打工仔，东北有大豆高粱，有石油机器，但东北仍是一块冻土，需要人力来刨。

　　这一切不是因为遥远，而是由于长城太密集，由于山海关太严峻。它们在东北人心里，投下了一片长长的

原乡记忆

挥不去的阴影。写这篇文章时我就在想,东北人的灵魂,什么时候能真正地越过长城,越过山海关,以飞翔的姿态,在这个世界上来去自由呢?人类已共同走进公元后两千年,许多古老的围墙已推倒,世界敞开着,中国也敞开了,东北人还端着大架子扭捏什么!

消失的女人

在我的文字里,我曾经一直是与乡村女人城市女人厮混着,并被她们多情地羁绊着。有一天,我突然间就想逃避这些女人。我逃避她们的时候,我便独自一人奔向了东北。东北是野性的雄性的男性的,我要将自己浸进阳刚的东北,伟岸的东北,呼吸一些粗糙的空气,给以往的脆弱和阴柔加进点儿刚性的东西,让人生坚强起来。然而当我真的走进东北,我还是遭逢了女人。

我是在伪皇宫博物馆里与这个女人遭逢的。床是她的,烟榻是她的,躺在烟榻上的那个躯壳虽是石膏做的,却仍是女人。而且,我走了许多间屋子,不论走到哪里,到处都有她阴郁的影子,到处都能听见她低低的哭声和疯狂的尖叫。

我遭逢的是一个特殊的女人。走到她身边的时候,我不由自主地就停留了下来。我知道,我注定是离不开女人的,我的笔,也注定是要写女人的。

她是皇后,却是末代皇后,还到东北来做了几天伪皇后。这就有戏。这使她一度成了电影电视里的焦点人

物,而且扮演她的女人都是明星大腕。只是明星们在演皇后的同时也演自己,由于她们把自己的羽毛梳理得过于亮丽,皇后的面目反而有点儿模糊不清。屏幕上的皇后太高贵了,太成熟了。她已被艺术得变形,艺术得不亲切。我终于明白,我其实就是为了走近真实的皇后,为了走近真实的婉容,或者是为了走近中国那一段特殊的历史,而主动前来与这个女人遭逢的。

那是个上午,去伪皇宫博物馆的人忽地被门旁一间屋子里的电视吸引住了。那时候王军霞正在亚特兰大田径场上长跑,她已经拿了一项冠军,跑这一项时她好像突然间感到身体不适,最后那几百米没跑好,弄得许多人围着电视喊喊喳喳。伪皇宫因此而显得空荡了些,我可以聚精会神朋友似的待在婉容的房间里。我明明是用现代人的眼光看着婉容,婉容却让我不由自主地就生出一些古典的母性的体谅和悲悯。

墙上有她许多照片。给我的感觉,她一直没长大,她也并不像说的或演的那么美。美是昂扬,是健康,是大方。美有阳光。她却没有这样的气息。她总是压低下巴,收紧肩膀,眼睛吃惊地望着人。那是一双孩子的目光,至多是一个皇族格格的眼界。那种小心和慌张,那种柔弱和宁静,只能承载一小块蓝天,却给了她一个世界。上天的这个赐予,就注定了她将是一个悲剧的女人。

关　东

　　婉容是混血的。她的老家在大东北嫩江边上的讷河，出身并不是满族，而是达斡尔族，祖上历代都是清朝的忠臣良将。高祖父战功赫赫，曾官至副都统。曾祖父由一个蓝翎侍卫青云直上，做了吉林将军，历经咸丰、同治、光绪三朝。《吉林通志》就是她曾祖父编修的清代末叶吉林省第一部官修全省通志。从祖父开始，郭布罗家族与爱新觉罗家族攀上了亲，祖母是皇家的格格。然而，郭布罗氏家从此再就既没人上疆场，也没人上官场。祖父只喜欢读书作诗，俨然一个文人。她的父亲则成了一个守护祖产的大管家，其中就要守护东北老家的几千垧土地。婉容从出生的那一刻起，头顶就笼罩着一大片祖宗洒下的阴凉，就有一条小路曲曲弯弯地让她有可能走进那座后宫。

　　婉容是古典的。她的名字是父亲从曹植《洛神赋》里的名句"翩若惊鸿，婉若游龙"取出的，让她名为婉容，字为慕鸿。这原本是一种凡俗的盼望（只是当她突然间被选为皇后，那种凡俗才变得很有寓意）。那时候，她是大门不出二门不迈的，因为从大东北入主中原的男爷们都已变得斯斯文文，别说她这样一个格格。那时候，她也许知道京城里那个三岁就登基的小皇帝六岁就退位了，但她做梦也不会想到自己日后将成为这个退了位的小皇帝的皇后。那时候，外面已改旗换制，在中国已诞生了亚洲第一个共和国，所有的官吏军人已一律剪去辫

子喜庆共和,她已随父母离开北京的皇城住进天津的别墅,开始过遗老遗少式的寓公生活。那是一座西式灰白色的小洋楼,但她仍是大门不出二门不迈。她的古典,决定了她一生都将听从命运的安排,决定了她将老老实实地在那间狭长的小房子里等待女人一生的日子。

婉容是现代的。在中国数百个皇后里,只有她踏进了现代的门槛,濡染了现代文明的星星点点。祖父的气质,泉水般流淌进她的生命里。是那种内向的诗人的多愁善感。这使她在做着古典女人的时候,偶尔还要伏案写几句什么。她看见了《红楼梦》,看见了外国小说,看见了爱情。她用手指弹过钢琴的黑白键子。拍照时曾经在小红袄外面罩了件笔挺的西服。教会女校的老师还给她起了个英文名字叫瑞莎。虽然她努力把这些都压在古老的箱底,但这是总有一天要爆发的东西,只是她那时还不知道。做了宣统的皇后,她仍然不知道。直到她走进东北做了康德的皇后,那种东西才猛然苏醒。她的末日也就来了。

婉容是虚荣的。虚荣最初在婉容身上有一种人性的光泽。母亲四格格在她两岁的时候去世,父亲又给她娶了一位格格做后母。敏感的婉容一下子变得善解人意,变得出色和周密。她掩藏起本来的自己,装扮出另一个自己,为的是给逝去的母亲争气,让家族不轻看。如果说这还是一个女孩儿的好胜,那么虚荣这东西终于在她当了皇后之后,从她生命的深处浮上表面。皇后皇后皇后,婉容从此就只有这一个概念,一种选择。虚荣让她走上了不归之途。

那时有谁能告诉婉容,中国已取消帝制,宣统只是一个空洞的尊号,已经退位的皇帝只是暂居宫禁,给这样一个皇帝做皇后,是多么尴尬苟且。有谁能告诉婉容,她与溥仪的那场大婚再风光,也是自家院里的热闹,不过是一场以喜剧方式悼亡的滑稽戏。谁能告诉她呢?即使告诉了,她就能不走进紫禁城吗?

做皇后是命运叩门。然而,坤宁宫末代皇后的日子只有两年,她与皇帝还是少男少女,女人的许多感觉在她体内还没发芽,一顶摇摇欲坠的皇后桂冠让她略觉得意,冯玉祥就发动了北京政变,她就与皇帝一起被赶出紫禁城,平生第二次来到天津。她本来已经给两千年中国封建社会的帝后传统画上了一个句号,应该谢幕了。可她居然又来到东北。

她一生悲剧的高潮,也就从走进东北开始。

日本人居然在中国的土地上公开导演了一场挟"天子"以达满蒙独立目的的傀儡戏,使山海关外的东北,有十四年笼罩在伪满洲国的阴影里。伪满,在中国现代史上是一个怪胎,只有东北人生活在这个怪胎里面。日本人曾经在东北王张作霖身上下过功夫,那张大帅明投

暗拒,真要动他的地盘,他就开骂"妈拉个巴子小日本儿"。因为他不听招呼,日本人就在皇姑屯送他上了西天。此后日本人又在第二代东北王张学良身上打主意,没想到这张少帅一心要报杀父之仇搞了个东北易帜,宁可不当东北王而把东北军编入南京国民政府的旗下。于是日本人就发动了"九一八"事变,明抢明夺自己干。然而这毕竟是在中国的土地上,他们惧怕再来一个"三国干涉"还东北,想来想去就相中了那个躲在天津租界里天天做着复辟梦的溥仪。

他们给他描绘了一个光辉灿烂的图景:回到满洲祖地,恢复大清王朝,重整旗鼓,再次入主中原。这景象的确太诱惑人了,他正为祖业败在自己手里而痛心疾首呢。瘦弱的溥仪立刻柔软地蜷缩成一团,听话地钻进汽车的后盖里,让日本人载着回东北。其实他明知道日本人不过是在利用自己,但他抵挡不住那个梦中图景的诱惑,心甘情愿地钻进了日本人为他设置的"龙归故里"的圈套,这一走就走上了汉奸卖国贼的道路。

我总觉得婉容是可以不来的。她有充分的理由不来。溥仪是背着她跟日本人到东北的,这对她无论如何是一种伤害。她其实一直是在冷宫里寂寞着,女性渐渐成熟的那些感觉在寂寞中已经滋长蔓延,离开溥仪对她不啻是一种解脱。她曾仿周敦颐写了一篇自己的《爱莲说》,曾想有一种荷式的超尘,那应该是她独立窗前时的心灵独语。为什么还要来东北呢?

然而婉容就是婉容。她的古典成了她的樊篱,她的虚荣使她一定要做圆她的皇后梦。对于她,东北是无法跨越的,因为她跨越不了自己。末代皇后是她别无选择的命运,她对东北的选择,则是她自己对自己的唆使。她成天哭闹,一定要追上溥仪,一定要去做他的皇后,谁也挡不住。出关的那一幕也和溥仪一样,她把自己柔软地蜷缩成一团,坐上了去找川岛芳子的汽车。她是心甘情愿地走进东北这个陷阱的。

末代帝后的逃跑是匆忙的。伪皇宫也是匆忙的。其实就是一座勤民楼一座缉熙楼,前楼办公后楼睡觉。在伪皇宫里走,能想起许多的嘴脸,想起许多曾经上演过的丑剧。在那一群傀儡中,最生动最有个性的还是婉容。婉容是一个政治符号,却不属于政治,她与这座宫殿有关,却与所有的阴谋无关,她在这里,就是为了一个故事的结局,为了一个角色的完成。

她疯了。

她不可能不疯。在天津,为了能获专宠,她挤逼比她还弱小的文绣,终于让文绣与溥仪离婚。她以为这样文绣就不会幸福了,岂不知不幸的恰恰是她自己,溥仪因此而更加冷落了她。在东北,她的灾难是双重的,她不仅受溥仪的冷落,还受日本人的冷落。那么隆重的"满

洲国皇帝"登基大典,却没有"皇后"的一席之地,所有的人眼中都没有婉容。她和溥仪一样被监视,被那些随处可见的日本女人,也被爱新觉罗家的女人。这座缉熙楼,从她走进的那一刻起,实际上就成了她的囚室,她的地狱。

做不做皇后终于变得不重要。所有的古典,所有的虚荣,也都不再能左右她了,生命里面有一根神经在这个时候复活了。她开始后悔,曾经两次想逃出这座阴森可怖的皇宫,但她找到的那两个人都帮不了她。她绝望地说,为什么别人都得自由,独我不能自由?

当她知道自己真正想要的东西,她便倒在了那个烟榻上,她便再也没有力气面对这个世界。她没命地吸鸦片。在天津就已经吸了,在伪皇宫则专门设了一个吸烟间。每天除了读书写字绘画,就是吸鸦片。每次左吸四口右吸四口,每口一个烟泡,每天二两鸦片,天天就这么吸着。吸着毒。那个像祖父一样内向敏感诗人气质的婉容,那个多才多艺可悲又可爱的婉容,她就这么地把自己撕碎了,她就这么地疯了。因为她疯了,她便无比地生动。她吸烟的姿势,她哭号的声音,她那一头蓬乱的短发,她那瘦弱不堪的脸,让你为她揪心,也让你为她痛快。

她疯了,她也自由了。

关于婉容的疯,许多人是从溥仪《我的前半生》那

关　东

本书里捕风捉影，从当年在伪皇宫生活过的各色人等那里获得只言片语。有一阵子，各种书刊对婉容与人私通的演绎铺天盖地而来，影视的编导们更是拉长了镜头，婉容被那些大明星们演成了性感皇后风流皇后。婉容究竟做了什么？情感的确能让人疯。孤独的婉容，她应该有属于自己的情感，但她疯的因由太复杂太深刻，人们片面地夸张了情感，并把情感粗鲁地世俗化通俗化了。真不知是婉容的悲哀，还是现代人的悲哀。

　　那年夏天，全世界反法西斯到了最后关头。美英中三国首脑联合发表了著名的《波茨坦宣言》，杜鲁门总统下达了投掷原子弹的命令，当那两朵巨大的蘑菇云在广岛长崎上空升起时，日本天皇终于向全世界宣布投降。在中国东北，那个伪满洲国小朝廷立刻做树倒猢狲散状，那一群傀儡们立刻失魂落魄地逃到通化大栗子沟。当年中华民国成立时，六岁的溥仪曾经退过一次位，现在，走投无路的溥仪只得在这条蚊蝇乱飞的沟里又一次宣诏退位。宣完了诏，他就自顾自地从通化飞到沈阳，最后在他祖宗发家的地方束手成了苏联红军的俘虏，一个王朝的起点，也就成了终点。

　　这时候，被丈夫抛弃了的婉容，疯且病弱的婉容，正嘿嘿地笑着，以高级战犯家属的身份，在她曾祖父吉林将军当年的辖地，被人民解放军押解着，开始了漫长

的迁徙。

在来长春之前,我曾经沿着婉容蹒跚的足迹,去通化去吉林去延吉。我一路都在向人们打听她最后的消息,并从人们的诉说里去想象她的凄凉。那时她已经不能直立着行走,押解她的军人抬着她还要不断地供给她鸦片吸,为的是延长她的生命。与她一起走的还有嵯峨浩和女儿,有福贵人李玉琴。记得我一到长春,就与李玉琴通了电话。我并不想让她说自己,我只想让她对我说说婉容最后的日子,说说书上看不见的东西。她开口就问你有组织介绍信吗?我说没有,她就拒绝我去她家,电话里也立刻一个字不讲。为了快些放下电话,她大声地嚷着锅烧煳了,于是线就断了。她是溥仪的最后一个王妃,她早已过上了人间烟火的日子,我在电话里听见她一边与我说话,一边呵斥她淘气的孙子。我想,虽然以她名义发表了许多关于婉容的文字,婉容在她的生活里早已消失了,对那段历史,她已面无表情。

是的,过去的日子死了,婉容也死了。我在通化的时候,人们说婉容死在吉林。我在吉林的时候,人们说婉容死在延吉。她确是死在延吉,我在延吉看见了她的死亡登记。姓名一栏写着:荣氏。案由一栏写着:伪皇后。6月10日释放,6月20日午前五时亡去。那么大一张表格,只有这几个字。这几个字就将一个四十岁女人送走了。四十岁的皇后已经很老,四十岁女人的生命却正丰盈饱满。皇后的婉容早该枯槁,女人的婉容还什么都没开始就宣布结束。这不公平。

可婉容的确在那个初夏的早晨死了,她埋在哪里,至今谁也不知道。望着延吉四周的那些山,我想,延吉在长白山下,延吉被长白山包围着,她一定就在长白山上。长白山是爱新觉罗的家山,婉容是爱新觉罗家的女人,她被埋在这座山上,在她或许是足愿,或许是背拗。最后的日子,谁认真地听过婉容的疯言痴语?我听说延吉正想给不知踪迹的婉容选址造一座墓园,究竟是为了婉容,还是别的什么?已经在山上安息了几十年的婉容,突然间看见身旁又造出一个婉容,她该多么失意多么尴尬。

在延吉停留时,我的眼前若隐若现却总有婉容的影子。中国有数百个皇后,她是最后一个皇后。读中国历代皇帝全传,再读中国历代皇后全书,几乎就读了中国封建社会通史,读了中国宫廷史。在中国的皇宫里,帝与后的分工历来是皇帝主外皇后主内。皇权天授,九五之尊,是皇帝。而皇后就是那个一人之下万人之上的女人,就是那个统率六宫母仪天下的女人。在芸芸众后之中,最显赫的是武则天,由做皇后而做女皇女太上皇,千古只她一人。婉容既没有武则天那种让李唐王朝改名换姓的胆识,也没有那样的机遇,当然也就不会有那样的权柄。婉容甚至不能与中国历史上任何一个皇后相比,

因为她是给一个末代逊帝做皇后,她的皇后名义只适用于不足一平方公里的范围,她不仅没有可供"母仪"的"天下",甚至连可以统率的后宫都没有,末代逊帝只有一后一妃,婉容统率的只有一个比她更弱小的文绣。她眼看着大清王朝被席卷出北京,又眼看着"满洲国"倾倒于"新京"。当一切都进了地狱,她还跌跌撞撞地在老家的土地上流浪。所以我始终认为,婉容从来就没有真正当过皇后,皇后这个角色却让她失去了一个女人应有的快乐和幸福。

欧洲有位先哲最早发现了一个秘密:性格即命运。婉容的悲剧有性格的因素,但生在那个时代的女人,做了皇后的女人,性格的力量是多么微小,父权夫权皇权的气势是多么巨大。它们覆盖一切,是它们让婉容走上前台,拐骗了她又摧毁了她,让她为那个时代殉葬,并与那个时代一起消失。美与丑同归于尽,这才是人世间最大的悲剧。我相信,不论什么时候,只要有人回眸中国的那一段历史,就一定会望见那个疯疯癫癫的可怜而又生动的婉容。

婉容是一个时代最后的女人。这世界再也看不见这样一个女人,但这世界仍然有古典,仍然有虚荣,仍然有为一种东西执迷不悟的女人。更可怕的是,这世界仍然有让女人掉进去的陷阱。女人的悲剧有许多种,只是再也不会重演婉容的这种。

空 巢

　　在我眼中，沈阳是一个具有悲剧色彩的城市。

　　在沈阳老城内，有两组显赫的建筑。这两组建筑不属于同一时代，却挨得很近。一组是爱新觉罗家族留在关外的故宫，一组是张作霖称王东三省时的帅府。那天给我的感觉是出了故宫就进了帅府，从古代一下子就走到了现代，数百年的历史在这里缩成了一条小胡同。在这条小胡同里，它们有一种同命相怜的意味。这些楼虽然个个根深蒂固，却是行帐，是驻地。这些楼是一个时代的开始，却又是它的结局。因为这些楼的主人虽身在关外，目光却不约而同地盯着中原乃至全国。它们唯一的区别是，由关外入主中原的角色从来都是土著的游牧者或猎人，爱新觉罗氏只不过是最后一个。张大帅则是一个移民者的后代，一个纯粹的汉人，他想给闯关东的汉人开个先例，学那些少数民族的样子，也来他一个入主中原，但他在北京只待了两年，当他灰溜溜地坐着火车打道回府时，在皇姑屯把命丧了。

　　也许是一个错误，也许是命中注定，所有从大东北

入主中原的英雄豪杰，不论多么长久多么短促，他们都只有出发，没有回程。他们的老家有的成了遗址，有的成了废墟，有的只留下一个记忆。爱新觉罗氏和张氏的老家还算完好，如今也都空着，它们分别以故宫和故居的名义，陈列在这座由于它们而著名而悲剧的城市里。

的确，沈阳因为至今还覆盖着浓重的琉璃瓦，凝固着罗马式的廊柱，因为曾经散布过努尔哈赤皇太极父子的霸气，飞扬过张作霖张学良父子的王气，而使这个城市有了一种别处无法重复的格局。来沈阳的人大概都要经过这条极有跳跃性的小胡同，经过这条小胡同的人大概都仿佛走了捷径似的新奇。因为站在这捷径的两端，既让你生发观赏了大古董的惊叹，也让你怀有人去楼空的哀婉。历史似乎是一个专门为英雄豪杰们画怪圈的魔法师，既能让你登台，也能让你消失，既给你鲜花，也给你墓地。

那天是我生平第一次走进张氏帅府，居然像早已来过了那么熟悉，是久别重逢的感觉。我知道，我在书里在历史里曾无数次地穿过它，这个院落里走动着的人以及发生过的故事，我与它们在书里历史里也都打过照面。我知道，不管你是谁，只要面向东北，就一定能看见这个院落这对父子。张作霖张学良不止是东北的，在20世纪上半叶中国的政治舞台上，他们父子分别扮演了举世瞩目的角色。他们将自己袒露得太充分太精彩了,他们各自那悲剧的结局太出乎意料太绝无仅有了,当人们终于可以从容地打开历史的那一页时,当不论什么人的功过是非都可以平等的姿态拿到桌面上书写时,张氏父子必然由现代人心灵里的特殊珍藏,变成可以自由贬损自由崇拜的人物。

我一直以为,东北人看张氏父子,是看东北人自己的那种会心会意。因为只有东北这块土地,才会出产这样的父子。只有东北这块土地,才会集结出这样的人群。东北人的性格和人格,打着鲜明的东北烙印。东北人身上有一种与生俱来的悲壮。因为这块颜色深沉的土地原本就悲壮。

这就是张氏帅府。

一座红彤彤的中国式的三进四合院。两座青灰色的罗马式大小洋楼。还有七幢红色的北欧风格的小楼群。它们构成了张氏帅府,但不是帅府的全部。在帅府的院墙外还有帅府舞厅和边业银行。还有一幢日式的小巧的赵四小姐楼。可以看出,昔日的帅府是因主人的不断升迁而不断变幻。越变越大,且由中而西,由土而洋。我发现,就建筑而言,帅府的色彩和造型没有风格。然而,没有风格就是风格。它的风格就是随机应变,就是膨胀和暴发。

看帅府,有一种忍俊不禁,也有一种悲凉。它既主观,

又露出模仿和装扮。它把殿的威仪王的派头摆设得很足，却又显得缺少底气面目混浊。它的这种矛盾这种土洋参半，让我一下子回想起上世纪初中国的图景。

从国外回来的孙中山要在中国建立一个三民主义共和国，他的追随者们一色穿着笔挺的西装，口诛笔伐地要清王朝退出历史，要让中国改朝换代。他的力量太弱了，不得不把大总统的位置让给还梳着辫子穿着长袍马褂的袁世凯。当袁世凯窃国当权，中国人也只是剪掉了辫子，军人也只是脱下了清兵的黑色勇装换上了民国的大盖帽灰制服。中国历史上，也就出现了一个北洋军阀统治时期，也就出现了靠武力控制时局的那一批人物。那时候，在中国的城市里已有了外国人的租界，有了外国的领事馆，在中国的大街上有洋兵洋绅走来走去，这便让那些土生土长的养着三妻四妾的军阀们纷纷地弃土崇洋。

张作霖的四合院，还是仿清宫王府的样式，那幢大青楼，则是照着天津的曹家花园建的。那位当过中华民国总统的曹锟当然也是从天津的洋人那里照葫芦画瓢。我看帅府，其实就是看中国废除帝制后那一段无序而又滑稽的历史，看那一群野心勃勃又脆弱无比的北洋军阀。

记得那天，我最先走进了古色古香的四合院。

它是帅府的中院。东院是大小青楼，西院是红楼群，它居中间，它也是最初的帅府。张作霖全家搬进这座四合院时，他已是奉天督军兼奉天省长。人们也就从这时开始叫他"大帅"，叫他的家"帅府"。这是一座中国传统的古典式建筑，青砖板瓦，雕梁画栋，飞檐兽吻挑脊，方砖方石铺地，还有那对面孔熟悉的石狮。在三进院的正房厢房门房乃至山墙的墙裙和础石上，镶有许多寓意深刻的石雕，那石雕有富贵吉祥功名利禄的内容，也有人人皆知的历史典故。在不太惹人注意的地方，还有以龙为饰纹的石雕画。龙是朝廷的象征，那时清廷还在紫禁城享有优待，可见这房子主人骨子里早已是不安分。最有意思的是，东北农村盛产的萝卜白菜茄子辣椒高粱谷子，乃至张作霖老家的芦苇河蟹，也被雕刻在石上砖上木头上镶嵌帅府的墙。我想，这就是张作霖，他永远地盯着前面盯着远处，又永远脱不了乡野之气，从萝卜白菜这儿，能看见他纯朴的一角。

在走进这个院子之前，我曾经读过与他同时代的英国历史学家麦柯马克写的《张作霖在东北》。那本书的开头是这么写的：张作霖是偏僻的边疆地区一伙土匪的头子。是个文盲，个子矮小，外表文弱，留着八字胡。在吸食鸦片和彻夜赌博的间隙里，他常常做着当上中国皇帝的梦。与许多可能也有过这个梦想的其他人不同，张接近于实现这个梦想，因为在称为军阀的那群怪人中，他或许是最大的一个。

麦柯马克显然是没见过张作霖,却能在遥远的英国刻画出他眼中的张作霖,可见在当时的世界,张大帅已经是个很有知名度的人物。

中国一位见过张作霖的历史学家这样写道:作霖身短小,目炯炯有光,精悍之色见于眉宇。虽出身武弁,恂雅如一儒生。遇事剖决如流,机警过人,及其怒也,须发毕张,辟易千人,故人畏其威而怀其惠。

不论中国或外国,凡是写张作霖的人,都对他的长相感兴趣,漫画式的几根线条,就使他活灵活现。在世界政治史中,小个子男人独具魅力,张作霖显然也列于其中。

在我看来,张作霖太难描绘了。他几乎让方方面面的人恨之入骨。他杀了张榕,让革命党人怒不可遏。他杀了李大钊,让共产党人忍无可忍。他一会儿助直倒皖,一会儿又联皖倒直,让那些军阀们咬牙切齿。他把日本人当靠山却不听日本人的话,让日本人暗中记着这笔账。他是谁?那套天蓝金黄仿洋的元帅服穿在他身上有点儿不伦不类,帅府后来建的那些西式的灰楼红楼与他也似乎无关。他只适合做这座四合院的主人,他也只适合穿黑皮小马褂,叼着他那个大烟斗,叫嚷着他那句只有东北人才能听懂的骂人话。但在中国北方,他却统治奉天、东北、华北达十三年之久,是民国以来统治北部中国最长的军阀。

关 东

即使是历史学家也得承认,张作霖是东北独有的一种现象。由穷而匪,由小匪而巨匪,由匪而官,又由小官而高官。他的人生,神秘,传奇,不可思议。林语堂在《中国人》里曾经把中国人分为南北两种,他说,南方人是商人,北方人是强盗。他其实是在说南方人精于算计,而北方人善于抢夺。在北方人里,东北人更是精通此道。强盗这词儿文了点儿,在东北就叫土匪。东北盛产土匪。张作霖则是东北土匪集大成者。他把土匪做到了份儿,做成了主角,做得堂而皇之,甚至做成了榜样和偶像。他身边的五虎上将,大都是绿林兄弟,他统率的奉军,也大都是他招安的各路土匪。他们是他的家丁,他的私军,是他的整个生命和全部财产。他让东北有了一个独特的土匪时代,他使东北的土匪具有地域的文化的特征。

这恐怕才是张作霖。

如果他安心做这座四合院的主人,历史可能就是另外一种写法。他不可能满足于四合院,东北没有这个传统,东北的传统就是骑着马入主中原。张作霖继承了这个传统。他不是牧人也不是猎人,而是胡子是马贼。他太想当王。占山为王,是土匪时代的理想。这种理想一直怂恿着他,让他停不下来。这种理想让他当了东北王之后还想当中国王。王,已成了他血里的东西,成了他

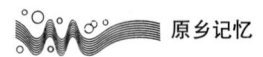

唯一的激情。于是，继辽、金、元、清，他是大东北最后一个骑士。

这个时候，帅府便是他问鼎中原的跳板，是向那些绿林兄弟们发号施令的大本营。在这个院子里，他发动过两次直奉大战。在那两次大战中，奉系的他与直系的吴佩孚，把成和败表演得跌宕起伏。一个土匪出身，一个秀才出身，一个会玩枪杆子，一个会耍笔杆子。吴佩孚光是舞文弄墨之乎者也写电文就差不多能打赢一场战争，他瞧不起张作霖，总拿土匪这点儿事讥讽咒骂。短小精悍的张作霖内心里有些自卑，外表却对这位秀才从未示过弱，他给他的感觉是秀才遇到兵，有理说不清。然而，第一次直奉大战，秀才胜了，土匪败了，土匪有点儿无颜见关东父老，回来便宣布东三省独立，其实是养精蓄锐。第二次直奉大战，土匪胜了，秀才败了，秀才无处可去便渡海南逃，逃得很狼狈。然而，政治上没有永远的朋友，也没有永远的敌人。他们后来又成为盟友，联手去打别人。这就是李奶奶说的军阀混战天下大乱哪。

这段秀才和土匪的故事吸引了我。我从这里看见，张作霖最怕别人揭他土匪这个短。他一直遮掩他的机警又一直编织他的网，他嘴上总说他是个武人不懂政治却战胜了所有的人。我看见，那北洋军阀们一个个如走马灯，只有张作霖不慌不忙笑在最后。他一生进了三次关，

关 东

终于在第三次就任中华民国军政府陆海军大元帅，把持北洋军阀最后一届政府，也就是麦柯马克说的那个接近于皇帝的梦。

从一个绿林土匪爬上大元帅的宝座，说明他在政治上有成功之处。只是，他成功得太迟。当他这个老军阀走马上任时，北伐军的炮声已经震天响了，接着就有新军阀四面楚歌群起而攻之了。他又露出土匪的马脚，三十六计走为上。征服者，最终总是被被征服者所征服。他想回家。这可能是他整个人生最悲壮的一幕。

然而历史已不再给他机会，属于他的时代就这么匆匆地结束了。

麦柯马克说，他越来越深地卷入了北京政治和全国事务，这种卷入终于成了他垮台的原因。历史是不能如果的，但我宁愿设想几个如果：如果张作霖听信郭松龄等人退守关外保境安民的忠告，如果他不去插手中原，不去争坐北京，就不会有后院的空虚，不会有日本人的猖獗，当然也就不会发生皇姑屯的惨祸，不会发生"九一八"。大清王朝当年就因为只顾进关夺天下，而让俄国人钻了空子。张作霖则因为一心想当中国总统，而被日本人害了老命，最后又端了老窝。他想要的东西太多。他的失败，归于他的贪婪。他的失败，是王者的失败。

在中国历史的漫漫长途上，遗落着许多王者的头骨

王者的隐恨，遗落着许多像张作霖这样惊心动魄的悲剧情节。王者一去不复还，他们的宫殿便前所未有地宁静下来。这种宁静，将王者的故事衬托得更加凄凉。

从帅府向北可以望见故宫的凤凰楼。我突然感觉，故宫老了，故宫没有等待，它已经是历史的一个场景，它在历史的正中央，它不再等谁来住，所有的人都可以走进来看看。像看一件遥远的事物。故居却有等待的意思，它没有故宫那么重的分量，它静静地站在历史的一个角落，它小而简陋，原始而亲切，永远安详，永远焦急。或是等待主人，或是等待主人的子孙。它每日的使命就是翘首以盼。

故居是母性的，故居有家园意味。在这世间，每个人都需要家，每个人又都不安于家。家是一种诱惑，世界也是一种诱惑。而当你真正背井离乡，真正成了一个流浪的人，你才会明白，无家可归是痛苦的，有家不能归更痛苦。

走进大青楼的那一瞬，我体验到了张学良心里的那种疼。

不知为什么，我明明知道张氏帅府是张氏父子共同的故居，却总以为四合院是老帅的，大青楼是少帅的。好像只有走近了大青楼才走近了少帅，他们父子应该是两个不同背景里的人。

关　东 ●

　　大青楼因为高敞华贵，它的空寂就比逼仄曲折的四合院更显得落寞酸楚。它的主人从六十六年前的那个春天离家去北平上任陆海空副总司令，就再也没有回来。那年他才三十岁。他离家的时间太长，他的离家，不是逃婚的那种，不是躲债的那种，更不是杀人避祸的那种。他从没想过离家，他每次离家都很快就会回来。父亲在的时候，他是父亲的儿子，父亲不在的时候，他是东北父老的儿子。他始终让自己扮演儿子这个角色，他喜欢这个角色。儿子意味着年轻，忠诚，有未来。儿子更意味着对家族家乡的责任。他是那年的4月18日离家的，9月18日突然间降临的一场灾难，使他再也不能回家。大东北如望儿山上的母亲一样，一夜之间黑发变白发。而他，在想家的路上一程一程苍老。

　　可以想象出帅府当年的喧嚣和华丽。即使老帅死了，男女老少兄弟姊妹，仍是团团圆圆的一大家人。老帅留下的那些家私家财还秩秩序序地原地未动，少帅的办公室还是他走时的样子，桌上只是落了一层轻尘而已。这儿仍是东北的政治中心，仍是东北的灵魂所在。但这一切，他突然间就再也见不到了。一家人作鸟兽散，所有的宅院都遭到了暴徒式的洗劫抢掠。赫赫帅府，顷刻间就变成了一座空巢。而他，一下子就成了无家无根的人。他与他的父亲不一样，父亲毕竟死在回家的路上，毕竟回到了家。他活着，却被那个时代放逐了。

如今,据说他终于可以在这个世界上自由选择一个住的地方,他选择了夏威夷。夏威夷在太平洋上。它美而孤独。我想,当这位世纪老人每天晒着夏威夷黄金般的阳光,听着海浪不断拍打着银色的沙岸时,内心一定翻腾着比夏威夷更孤独的情感。几乎所有与他同时代的人都不在了,无人可以与他对话,他只有在心里自说自话,或者,只能与历史对话。听说他已在口述他所经历的历史,听说有关西安事变的真相他将在2002年公之于世。难道这世界还有另外一个真相吗?难道我们口口声声有鼻有眼说的一切都不是真相吗?这个像历史一样古老的老人说:历史是人说的。那么,历史并不可靠,历史可以篡改,他要揭穿历史。这是多么可怕的事情!也许是这位老人太爱我们人类才一直缄口不语,他在尽可能地让我们多过一些平静的日子。

然而2002年的那一天,他究竟要告诉我们什么?

我总觉得,他是在他父亲死后凸现在中国历史的大命运中的。在他的天性里,有他父亲的狂野。他的直率,他的哥们儿义气,他的生死不辞,都在证明他是东北的一个著名的大土匪的儿子。但他同时又是一个被中国封建和西方文明共同铸造过的男人,这使他比他的父亲更复杂更大气。他也有王的概念,或者说他就是一个王。否则蒋介石不会在临死前还要告诫后面的人:不要放虎。他的确是一只纯种的东北虎。然而他还有合作的概念,不做独夫，一切为邦国计。那是一种献身精神，一种真正的王者风范。只是，他那种合作的真诚被独裁者欺骗了亵渎了。

历史是这样定格的。他从父亲的身后走上中国的前台时，才是一个独立的人，一个比他父亲更能影响历史的人。他的政治生命很短，但他做的事却很密集。在这密集里，有三次高峰。这三次高峰把他彪炳在中华民族的史册上，罕有人可与伦比。

东北易帜，既是听从蒋介石的呼唤，也是他自己心灵深处的秘密。日本人想让他当"满洲皇帝"，他没有答应，日本人就选择了溥仪。他手中有孙中山先生专门题赠给他的那四个大字：天下为公。那是孙先生的绝笔，他把它当作是留给自己的遗嘱。从此他的心里就只有天下，只有公家。所以刚刚接过父任，他就再也不能像父亲那样只管争地盘，那是农民式的自私。他让东北的上空，降下了北洋军阀的五色旗，第一次飘扬起国民党的青天白日旗。他不要东北的独立，不与日本人同流，坚决要以这个方式实现埋在他心底的父仇子报。

易帜不久，蒋、阎、冯中原大战爆发，中国的统一受到威胁。于是，他率二十万东北军进关，以武力帮助蒋介石调停这场内战。他曾经帮他父亲打了许多年的内战，父命难违。如今他终于可以按自己的意志做人，可

以亲手熄灭这团鬼火。那场大战因为他的出现而结束了。后面的历史却又证明,在那样一个乱世,他那种善良有点儿像西班牙那位与风车作战的堂吉诃德。

接着就发生了那场震惊世界的西安事变。蒋介石要先安内后攘外,他却要先攘外后安内。那时他在西安,西安像历史的一个紧要关头。面对陕北就是打内战,面对东北就是抗日。如果说"九一八"事变让他有家难回,那么西安事变就是为了能早早回家。回家的心情,使他像一个任性的孩子。他的错,或许就在于他以孩子式的天真对待刀光剑影的政治。那场事变,既改变了中国的命运,也改变了他自己的命运,他在成了中华民族千古功臣的同时,也成了中国历史上最特殊的政治犯,成了永远的囚徒。

千古功臣。这个桂冠很久以后才戴在他的头上。他曾经被这个世界所指责所误会,甚至被自己所信赖的人以委婉的方式出卖和遗弃。只有他自己知道他看见了什么听见了什么面对的是什么,他的泪已不知往哪儿流。二十年后,周恩来在评价张学良时用了这个绚丽而又抽象的词——千古功臣。共产党的确应该感谢张学良,他给这个党赢得了机会,从而也为这个国家赢得了机会。这个国家,因为他而有了国共第二次合作,有了团结抗日,有了后来的一切。因为这一切都是从那场事变开始的。那场事变,却成了他政治生涯的顶点,也是终点,

关　东

使他从此在中国的政治舞台上消失。

是一颗巨星的那种辉煌的陨落。很多人观看了他的陨落。

我想，那其实是一个没有人格的时代。既没有领袖人格，也没有走卒人格。他却向那些机巧的南方人展示自己纯正的大东北的豪侠人格。在西安的酒桌上，他摔碎了两只杯子，大丈夫一言既出驷马难追，他情愿投进罗网，而且永不言悔。这真是一种尴尬，当他被他称为兄长的南方人关了禁闭，当他的自由被拴着绳索在南方潮湿的季节里迁来徙去，当他知道自己将为那场事变付出一生的代价时，他该怎样为自己是个东北人而悲哀？

他后来的踪影，严严实实地藏匿在那座翠绿的岛上。手中一部《明史》，身边一个女人，就是他的日子。有一天，他读着读着，突然发现历史是人说的，是永远也无法真实的，他便扔掉了那部厚厚的古书，读起了《圣经》。曾经的少帅，曾经的关东骄子，曾经的中国栋梁，步履蹒跚着走向上帝，并向上帝跪下。任何一个中国人，望着他苍老的背影，都应该为这个国家这个民族心痛。他不是生来的基督徒，他是在人世间碰得头破血流之后，是在经过了漫长的等待漫长的煎熬之后，是在对自己的同类失去信心却又想拯救并想自己获救之时，毅然决然皈依上帝的。这是一个人绝望之中的潇洒。与基督同在，与上帝同在，才觉安全，才觉真实，这其实也是人类的

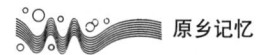 原乡记忆

大不幸。

在台北,他与蒋介石在同一座教堂里祈祷,却从未在那里见过面。他们都是上帝的儿子,在上帝面前,却不知他们各自说了些什么。我想,张学良说的就是他要到2002年才说的话吧?

这世界,有智者的孤独,有王者的孤独,张学良是后者。也许他就该是这样的。他身上王的气息太逼人了,让有的人感觉压抑,感觉紧张,甚至威胁。他不是虎落平阳的那种孤独,而是被人畏之如虎的那种孤独。如今,虽然他已经重新回到山野丛林,虎老威犹在。他仍然不能实话实说,他仍能让这世界因为他的某一句话而翻天覆地。可见这世界是多么脆弱,这世界有多少见不得阳光的东西,而我们每天就在这样一个不真实的世界中过着自以为真实的日子。

夏威夷岸边的老人,你还在想着你年轻时住过的家吗?一位马来西亚华人朋友告诉我,台湾的报纸上曾登过一句诗的上联:烟锁池塘柳。向读者征它的下联,不仅要对仗,还要分别以"火金水土木"为字旁。你读到了这天的报纸,并很快就对出来了:炮镇海城楼。那位朋友对我说,只有张学良能想出这样的句子,他是将军,又是海城人。是的,海城是你父亲的老家,你的爷爷死在那里,你的父亲也险些死在那里。你们一家从辽南走

到辽西,又从辽西走到沈阳。其实东北处处都有你的家,它们因为你不在而一个一个地空空荡荡。这个国家就是你的家,你为它做过,付出过,你理所当然是它的主人。你不回家,是它的耻辱,也是这个家所有的人的耻辱。如果有一天,我能在夏威夷海边与你不期而遇,我会红着脸告诉你,我们都欠着你,欠得太多,可是,回家吧。

然而,你为什么就站在太平洋的那个小岛上,远远地望着世界,望着故国,却不走近一步呢?你真的就是为了向人类宣布一个真相而静静地等在那里吗?或者,你现在仍是一个戴枷锁的人,所谓的自由都是假象?那么,你的小老乡在这里祝你长寿,祝你在主的世界获救以后,在人的世界最终也能够获救。

可是你听过那支著名的萨克斯曲吗?它的名字叫《回家》。每次听这首曲子的时候,我就会想起你,就想落泪。因为,我在等你回家。

我们都在——等你回家。

女人的秋千

我走过许多村庄。它们大都老态龙钟,沉重地匍匐在黑土地上,仿佛并不害怕雪压,更害怕被风卷起。从那些村庄旁边走过的时候,即使在酷夏,也觉得它们仍在防范着严冬,那根僵硬的神经从未松弛过。

就这么向前走着,走到了一个边缘。

在向那个村庄走去的时候,我已在心灵的打稻场上为自己竖起了高高的秋千架。一种欲飞的感觉涨满了我。

春天坐在家中的书房,就知道我会在夏天的某一时刻走到那里,那里有一个并不很大的打稻场,场上有女人的秋千。只有我自己明白,走了这么远,其实就为了它而来。

远方的秋千。

秋千其实是个很老的东西,是一件古玩。远古的人类上树采摘野果或爬山猎取野兽,需要攀援和奔跑。于是就抓住一根粗壮的野藤,身体用力一摇一荡,就能从一棵树飞到另一棵树上,就能从这山飞到对面那山。那根野藤,便是最早的秋千。人类那时还正在茹毛饮血,荡秋千不是为了玩耍，而是为了生存。抓紧那根野藤的大多是男人。

秋千与女人连缀起来，才有了一种特殊的生动。

也并不是所有的女人与秋千在一起都是美的。常在古典的诗里或古典的画里看见深闺的女人坐在秋千上，愁容满面，或肝肠寸断，凄凄惨惨戚戚，虽也听见一声两声娇笑飞出墙外，仍有一些些病态。那是孔府的女人，她们只能在后花园里，想象大门二门以外的世界。孔府的秋千对于孔府的女人，只是一个伴，一件玩具。当它踩在朝鲜族女人的脚下，就成了一种对生命的支撑和托举。

记得我曾在电视里看见过延边朝鲜族女人荡秋千的场面，那个场面曾让我激动不已。它似乎触动了我生命里沉睡的那一部分，从此就有秋千带起的风在那里鼓荡不止。生命的风。

终于，那女人荡过的秋千出现在眼前。

它真的是太远了，一直就躲在长白山北麓那片黑森林里。走到那块打稻场的时候，天阴了起来，四周升起了很大很浓的雾，雾气很快就将四周的房屋和树的轮廓模糊成梦境一般。但我远远就看见了那座熟悉而又陌生的秋千架。雾气从它的空白处穿流而过，它孤单而深情地悬吊在那里，仿佛就在等待着我这个远方的来客。

那里没人。我就坐在那片空地上仰望。

它简单极了。在两根木杆之间垂落下两根稻草绳，稻草绳连接着一块木制的踏板。那踏板与地面有一段距离，为的是让站在踏板上的女人悠荡起来。

我便又想起了电视里那个年轻的朝鲜族女人，想起了她那雪白的衣裙，粉红的飘带，漆黑的发髻。秋千越荡越高，她也越升越高，仿佛是在放飞自己。天上人间，在那一刻肯定已分辨不清了。

古人说，秋千释闷，驱邪。我想，女人在飞起来的那一刻，当然就不会再觉得压抑和沉重了。那铅一样的阴霾，不知什么时候就无影无踪了。一悠一荡，便是大起大落，那脆弱的女人居然可以承受，居然在大起大落之间发出快乐而野性的大笑，说明女人原本就是健康的，仿佛听她在说，如果能飞进天堂，即使落到地狱也心甘。的确，女人是最有宗教感的。秋千是女人的宗教，爱也是。女人对爱的虔诚，使任何人也诋毁不了她们，女人因为爱的无私而永远拥有自己的儿孙。女人身体里的韧，灵魂里的高，让她与男人一样顶天立地。所以，秋千上的女人不但无闷，那种凛然更是无邪可欺的了。

我想，古典的男人有了马之后，把秋千交给了女人。于是女人就让秋千成了自己的坐骑。男人骑在马上喝酒消愁，酒能让他们灵魂起舞。女人站在秋千上忘忧，所以女人天生比男人浪漫。女人在秋千上放纵情感，张扬生命之尊，其实是对旧有的超越和背叛。因为女人从走

关 东 ●

进父系时代就总是内敛,总是克制,举案齐眉,胼手胝足,精神和肉体从未真正地松弛过。女人站在秋千上,才回归为人,才与古典有了距离。秋千是女人做梦的地方。当秋千将矜持的女人托起,她们便风情万种,用身体触摸风,触摸云,触摸无限和空,于是发现了生命最原始的秘密。

美丽的朝鲜族女人呵,古老的秋千,最后被你拥有了,被你悠荡出一个民族的风俗。女人的使命似乎就是创造风俗,并让那风俗永恒。

那个荡秋千的女人或许就住在这个村庄,她或许已经是一个中年妇人,腰身不再那么窈窕,黑发也不再那么稠密。她不会知道,许多年前她在秋千上的表演,曾给远方一个陌生的女人留下多么深的印象,而那女人现在就痴迷地坐在她家乡的秋千下。

雾渐渐消失在黑森林里。周围的景色清晰起来。我没有揭穿一个秘密,就是我并没有坐在打稻场上,面前也没有烟火缭绕的朝鲜族村庄。我在那样的村庄停留过,那里没有我要找的秋千,我才走进了帽儿山下的民俗村。它更像一个大公园,在公园的一角,布景似的有几处古朴的朝鲜族院落,还有一辆木轮的脚踏水车。草坪上,一对老夫妇在跳长鼓舞,两个姑娘正在跳跳板,其中一个此刻就以跳的姿态停留在空中。我站在那里等她从空中跳下,但她就那么凝然不动。

我知道，与秋千一样，跳跳板也是朝鲜族女人的游戏。很早以前，深闺里的女人在跳跳板时看见了墙外的景色和男子，于是她们就通过跳跳板将身体探出去远望。

女人无翅，却总是想飞。

我曾经想加入进去，但那跳板上已经有两个姑娘在跳。那长鼓也牢牢地挂在老夫妇的腰间。于是我试着去踩水车。就在这时，我看见了我要寻找的秋千，我也就坐在了我想象中的打稻场上。

秋千一直空荡着。我终于从地上站起来走近了它。两手抓住草绳，两只脚先后踏上踏板。屏住呼吸，轻轻一荡，我整个的人便被带走了。一个汉族女人，在朝鲜族的民俗村里荡起了秋千。我发现，虽然我的身体不够灵活，我的心在那一刻却轻盈无比。我在飞。

在秋千上，可以看见在民俗村里零零星星走动的人。他们与我一样远道而来，来看自己从未见过的生活图景。不知为什么，飞的快乐突然消失，我看见了他们空茫的脸色，他们的脸色让秋千上的我一下子没了荡的心情。

民俗村是商业操作，而不是那个民族真实的村院。曾经去过海南，从三亚回海口的路上，被导游引领着走进了苗寨和黎寨民俗村，它们标本一般摊在路边，粗糙而花哨，你只能大约知道它们是哪个民族的，导游带你来，就是让你掏钱买门票，让你看已经不太真切的苗家和黎家的舞姿，让你买说不清是哪座山上出的药材以及哪个寨子做的花布兜。民俗一旦以民俗村的形式出现，你便不由得要为那个民族惴惴不安了。汉文明毫无疑问具有同化一切的魔力，然而每个民族都是伟岸的，每个民族都有自己雄奇的个性，他们却自己将自己慢慢地消失在历史的隧洞里。民俗村变成了对自己的纪念，变成了做给别人看的图式。这真残酷。

我不断地给自己鼓满力气，为的是让自己在秋千上待得长久一些，荡得再高一些。但我总也荡不到最高处，每一次都觉得快要接近那个高度了，每一次很快就跌落了下来。

我说过，在看见这个秋千之前，我去过附近的村庄。那个村庄因为曾经来过许多大人物而有一种虚荣的气氛。我在大人物坐过的火炕上盘腿儿坐过，那铺火炕也似乎沾染了一些虚荣。那家的女人很胖，很忙碌。我曾问她是否荡过秋千，她说那是年轻的时候，如今村庄里已经没有秋千。我问她的女儿荡过秋千吗，她说女儿进城去了。我当时就想，城市也许会让那个朝鲜族女孩忘记秋千。

美的秋千，纯朴的秋千，如今不在打稻场上，而在电影厂内景棚一样临时搭建的民俗村里。那天，我就一个人在那里寂寞地荡着古老的秋千，百里千里的寻找，好像就为了有这一次尽兴尽情的荡。

终于有个人走过来对我说，想看精彩的秋千表演吗？体校的女学生会荡给你看。我说，那不是我要的秋千。那人说，那么你走得再偏远点儿，或许能看见你要找的秋千。

那人的话打疼了我心里的一个地方。我悄悄地说，亲爱的朝鲜族女人呵，在我眼中，你与秋千是密不可分的，你的美多半是秋千赋予的。守住你的打稻场吧，它是你以及你的民族的精神家园。假如这世界有一天果真没有了秋千，你一定要在自己的心里竖起它，让灵魂永不止息地飞。

中原

有时候是终点,有时候是起点,有时候是眼前的风景,有时候是终生都在寻找和奔向的境界。

佛　眼

　　生长在中国，从识字开始，就知道有佛。识了很多字以后，佛就无处不在了。及至做了文人，读过经史子集，读过儒释老庄，又有了走山访水的阅历，对佛则是无比地敬重了。

　　你当然看得出，我对佛，只是一种文化上的理解，是一种淡然的熟悉，就像淡然地熟悉窗外那座天天望得见的远山。我从未试着做一次善男信女，也从未因什么不解的疑惑或某种太强的欲望去祈求佛的明鉴和超度。今年3月，为参加一次笔会，我走了上海、南京、苏州、杭州。我是张大了胃口一气吞咽下江南的，许多东西至今消化不掉，却是了断一根情肠，再也不用牵挂江南了。然而，忆江南，最忆那双佛眼。也许是我的灵魂里已漂浮起一张不安的帆，也许是我的生命已对前面那些未可知的东西感到逼仄和惊恐，总之，我一路都在入寺看佛，而且拜佛。我以为我已经由知佛而达信佛的境界了，却不尽然。

　　灵谷寺在中山陵东侧，与中山陵比，像一座农家土院。但是，因为有灵谷塔、无梁殿前呼后拥，灵谷寺自有一份庄严。寺虽小，各殿俱全。这一行文人，学各位香客游人的样子，先掏钱买香，然后找一尊佛敬上，这尊佛当然就是普度众生的如米释迦牟尼。至此还不算完，有人已双膝跪下，磕出三个中国式的头。且每磕一下，嘴里咕噜一句什么。我从未进入过这种氛围，也从未做出这样的仪式，就有一种激动。于是有生以来第一次买香敬佛，也是第一次跪地磕头。第一下磕得十分害羞，第二下磕得十分仓促，第三下才发现姿势不对。因这时旁边来了一位颇有气质的老妇人，她先是在佛前站定，两手合十，仰头凝望一会儿再跪下，又合十，才隆重地磕出第一个头。磕头时又将两只手心翻在上面，以手心托额，如是者三。我再看所有的人，所有的人都是这样严谨这样规范，摆在我面前的，是一本参佛大书，触目惊心。我想学她的样子重磕一遍，旁边朋友却拉住我说，佛祖一定知道你是个新教徒，不会计较，再说，敬香磕头是个形式，心里的感觉才是内容。新教徒？是的，对我而言，灵谷寺确是一个开始。因为是第一次拜佛，也便第一次有了祈语，记得我每磕一次头停下来时，喉咙里似有万语千言，但我没有咕噜出声音，只是那么聚集着情绪，酸甜苦辣混混沌沌的一片，也不管冥冥之中是否有佛接纳。一个事实却是，我匆匆忙忙完成了"新教徒仪式"，匆匆忙忙泄露了连自己也感到陌生的心灵秘

密。原来我并不是偶然进入这个空间的，我对佛是有所求的，在我的潜意识里，有一种自觉。比如这一次以笔会方式的远行，心情苍茫而寂寞，灵谷寺好像是特地在这儿等我上门的，一种亲切感油然而生……

去寒山寺之前，就从佛经上录过一段"寒山问拾得语"：寒山问拾得世间有谤我欺我辱我笑我轻我贱我骗我如何处治乎拾得曰只要忍他让他避他由他耐他敬他不要理他再过几年你且看他……这段话曾让我感叹过佛与人的距离，世间只有佛能无烦无恼无愤无怒，因为佛无血无性，高高在上。人不行，人有七情六欲，人要面子，要平衡，人还要超过别人、压倒别人、吃掉别人，所以没有人能洗耳恭听拾得那些大话。但是我暗地里是着实做了拾得的信徒的，当我决定离开一个人却惧怕命运的时候，它给了我走出那间屋子的全部勇气。这是曾经。所以我是怀着感激来拜访寒山寺的。来了才知，拾得与寒山驻锡寒山寺后，又渡海去了日本，他在日本又建了"拾得寺"。我想，拾得不应该只停留在日本，他应该在世界所有的地方修寺传经，让所有爱生命却惧怕命运的人都成佛，这样，他起码解救了人类的一半或大半，谤人欺人辱人笑人轻人贱人骗人的毕竟少数，在这样汪洋的佛心感召下，或许就把那少数瓦解成粉末了。于是我以一种朝圣的心情，仰看寒山与拾得。没想到，寒山与拾得竟是一副邋遢装扮，我立刻泄气，他们不过是早

中 原

我几百年的佛教徒，原也是凡夫俗子，但无论如何对他们恭敬不起来了。

扭头去西园。它在寒山寺左近，曾经在书中影影绰绰的五百罗汉、千手观音，一下子拉到目前，看得我背心发凉，毛骨悚然。千手观音每只手上都有一只眼，手多法力大，眼多智慧深，所谓手眼通天。五百罗汉都是大嘴巴大肚皮，让他们坐在如此狭小的空间里，岂不是让神仙缺氧？我一路紧紧张张地走着，生怕他们中的某一位因为对生存状态不满而打我一掌。直到这时才明白，我对谁都不相信，佛界里也有庸常之辈，我胸膛里突突狂跳的心，我喉咙里一时半会儿说不清说不尽的话，只能对一个人开启，而且我保证，只有在他面前，我不发抖。

最后去灵隐寺。

这是我迄今为止见过的大雄宝殿中最大最辉煌的一座了，这也是我迄今为止见过的释迦牟尼金像中最崇高最神秘的一座了。在灵谷寺、寒山寺、西园寺，都是佛眼看我，而我几乎从未认真看佛，只管敬香，只管磕头，只管向佛密语心事。现在，我才真正来到了佛祖的憩所，以前不论在哪里见到的释迦牟尼，都不是真身，我千山万水找的，就是他了。因为，就在我仰头一望时，泪水已涌流如注，而且无休无止。我这时对自己却是既明白又糊涂，并不去擦泪，就透过泪水一直去迎接那两束目光，并不断地问自己究竟看到了什么。什么呢？那目光，对我的一切似都了然，既有母性的慈爱，又有父性的温暖，似乎还有爱人的关怀和呵护，直感就是像流浪过后一下子找到了家，找到了家长，便觉委屈……

我也是这时才认清自己的虚弱。人在天地之间，肉体是可以独立支撑的，精神却绝对需要皈依，对纯粹的文明人而言，最能摧残毁他的，不是自然灾害与战争，而是心灵的无家可归。虔诚的佛教徒之所以幸运，是因为有释迦牟尼做他们灵魂的家园，我不能算作新教徒，也不是异教徒，我只是芸芸众生中的一个无家可归者，突然间闯到他面前，感到了一种巨大的孤单，便对他有所求，渴望得到在人尘难以得到的圣爱，我是相当自私和现实的一个俗人。就因为这些，我才站在那里流了足足五分钟的泪。

泪终于流完，我仍一动不动，只是平静多了。然而，事情就发生在我要转身离去的一刹那。我像与一位至亲的人告别一样，又一次抬头去看那目光，感觉竟有些不同。我分明看见，那也是凡人的目光，因为在人世间走过千遍，才显得能包容一切，洞察一切，理解一切。但是，我突然发现，目光既让你亲近，又让你陌生，还隐藏着很深的冷漠，似乎佛祖在普度众生的同时又拒绝众生。总之，含在他目光里的东西太多面太复杂。那一阵儿，我就站成一个转身又回头的定格，足足又愣怔自己中了一个圈套。但我丝毫没有受骗的感觉，如佛祖理解我一样，我也理解佛祖。佛祖未必喜欢千年万年地正襟危坐在那里，耐心地面对红尘中真真假假善善恶恶参参差差的心灵，这对他是一种折磨，因为他早就告诉过众生：净土并不远，就在你心中。而众生却没有看出佛眼的秋波。

　　我的泪其实是坚硬的，它在迷与悟之间流下来，正是时候。

奔去是为了回返

一个人独自行走了许多年,突然间发现自己身上的某个器官不再有那种熟悉而习惯的痛感,而这没有痛感的体验,让我有了从未有过的迷惑和怅然,就像一个角斗士,上场之后却发现没有了对手。于是就回头去找,找那些已经过去却还没有消失的日子,再在数不清的日子里找那些隐约可以想起来的细节。这也许就是人的毛病,平静不下来,总得有点儿事让自己过不去,一旦过去了,大概就是另一种灾难的开始。

记得刚与那个人分手的时候,曾经有许多怕。其中之一是怕孤独。最初是怕过每天的傍晚,下班的铃声一响,心就揪紧了,不想回家,却又不知该往哪儿去。后来是怕过周末,闻邻家饭菜的香气,听他们大人孩子闹哄哄一片,在家里就待不住,逃也似的跑出家门,外面的气氛比邻家更火爆,就想不出活着还有什么意思了。再后来是怕过平时那些小小不然的节日,我恨恨地想,谁给设置了这么多的节日呢?为什么每个月都有节日呢?而且有的一个月还过好几次节,它们个个都像谋杀犯，躲在城市的墙角旮旯，趁我不注意的时候，猛地就冲出来砍我一刀！它们想干什么啊？再再后来，就只怕一个过年了。其实我一直在怕过年，年比傍晚比周末比日常大大小小的节日更可怕，所以我最后一个拿来讲它。

当然是一边怕着一边过了许多个年。许多个年，我没有一个是待在城里。城里的年很空洞，许多人都回老家去了，窗上的红灯笼有表演的意味，街上的鞭炮也极具象征性，因为大红灯笼和鞭炮都不属于城市，而属于乡村。年只比傍晚比周末比其他大小节日有一点好处，我可以像别人一样，回乡下的老家。然而，在乡村的规则里，嫁出去的闺女不能在娘家过大年三十，只能在正月初二回娘家串门。我没有婆家，也不想待在自家，总在三十以前回娘家。十几年都是这样，自己的老娘和兄弟高兴，可弟媳心里怎么想，我哪会知道？所以，一到过年，心里就紧张，就压抑。好在我已经闯过了许多关，只剩下过年这一个怕了。

这个春节，我第一次决定走出去，而且走得越远越好。我约了一位单身女友与我同行去海南。去海南，只想去一个地方，就是天涯海角。我想，一个人，走到了天之涯海之角，感觉肯定不同。那是一种尽头，一个绝处，再也走不下去了，乐或悲，应该在那一刻找到归宿，人生也会变得简单，成了红黑两色，晴朗、纯粹，一定够痛快！就这样，当年的鞭炮还没有响起来，我和女友

就向南方的那个大岛飞去了。

飞机上全都是这个团那个团的人，只有我们俩是散兵游勇，是局外。我们要的就是这种感觉，近乎于冒险。没有预约，没有现成的安排，前方的一切都是未知，一切都由自己去寻找和选择。所以，我们在海口下了飞机之后，才开始找旅游团。没想到，从国内抵达的出口一出来，举到我们面前的牌子便像一片长势疯狂的椰林。哇，等待我们选择的团太多了，多得无法看清任何一块牌子。我们俩干脆谁的也不看，像游击队员似的钻出丛丛椰林。可是，身后总有一块牌子跟屁虫一样，我们走到哪里，牌子就举到哪里。举牌子的人是个身穿黑T恤的小伙子，追我们追得满头大汗。女友可能看他挺顺眼，便回头问价。明知道问也是白问，人生地不熟，又不知道行情，可还是要做做问的样子。小伙子说了什么，女友根本就没有认真去听，只说，我们就是想到天涯海角。看那小伙子的眼神，一定以为看错了性别，以为说这话的是东北的一个大老爷们儿。

其实，所有到海南的人都要去天涯海角，所有的团最终也都要把人带到天涯海角，我们说的话纯属多余。然而，车子开动了才知道忘了件大事，我们选择的这个团走的是东线，而我原来最想走的是西线。走西线可以经过儋州，那里有东坡书院，北宋绍圣四年即公元1097年，苏东坡从广东的惠州迁至海南的儋州，曾在那里度过三年多谪宦生涯,对于苏东坡,儋州可以说是他的仕途绝地。而这间东坡书院,大概就是全岛最具人文意味的景观了。可惜我的女友被这个小伙子给煽呼了,我也被这个只走东线的团给裹挟了。我们坐的旅游车将一直沿着东海岸向南走。走东海岸,不过是为了看独特的海南风光,一路上有椰林,槟榔,黎家,苗寨,对于旅游者,这当然是最好的看点。我没有怪女友,出门在外,随遇而安吧,既然是过年,就把人文什么的放一边去。就这样,我们与另外几个同游者坐在一辆中巴车上,并紧跟在那个小伙子的旗帜下,沿着东海岸走走停停。两天以后,终于走到了三亚,走到了天涯海角。

记得是一个下午,天色有些阴郁,我光着脚停伫在一片如天兽般突兀巨硕的石头之间。我知道,这就是天涯海角了,这就是我千里万里所要抵达的终点了。原以为我面对它的时候会无比伤感,甚至会流出泪水,然而,我什么也没有,只是提着鞋,光着脚,站在温热的沙滩上,平静地观看这些不知来自哪里的石头。它们组成了一片肃穆的人间风景,它们以界碑的阵势排列在海与陆相接处,它们因为高大而成了天与地的相交点。不知是为了阻挡汹涌狂放的海,还是要擎起云暗风低的天,总之,千年万年,它们仿佛是被一道天令判守在这里,永世不得离开。后人也许是因为走到这里就再也不能向前,

而在那上面刻下了几个触目惊心的字,让所有走到它面前的人,既感到安慰,又望而生畏。

仰望那些石头,我完全被一种比伤感更深刻的悲壮给笼罩了,不由得想起了被放逐在西海岸儋州的苏东坡。当年他在大宋朝的时候,一度想放弃诗而从容地做官,后因乌台诗案而遭贬南来,又宁可无官而要诗。他的晚年,就如此这般在离京师最远的地方打发了。岭南的惠州已属地老天荒之处,曾让他写下"此心安处是吾乡"之句,而且还让他写了三首《纵笔》诗,这丁点文人的乐观不想被朝廷发觉了,朝廷不可能让他生活得太舒服,于是就把他贬到了比惠州更荒远的儋州。

我见过一篇写朝云的文章。朝云是苏东坡的爱妾,苏东坡谪居惠州的时候,朝云是他的情感支撑,后来她却因病死在惠州的合江楼谪所。失去了最爱的人,苏东坡已经够伤心了,朝廷却在这时候让他走得更远。这一次,孤单的苏东坡是和幼子苏过一起走。从他给表兄程天侔的信中可以看出,他真是走到了人生的天涯海角:"此间食无肉,病无药,居无室,出无友,冬无炭,夏无寒泉……"可是,苏东坡就是苏东坡,即使遭遇如此的不幸,即使在天涯海角,我在他的文里读出些许的感伤之后,又从他的词里看见了掩饰不住的欣喜。那是公元1099年,大概也是春节前后,他作了一首《减字木兰花·己卯儋耳春词》：

> 春牛春杖，
> 无限春风来海上。
> 便丐春工，
> 染得桃红似肉红。
>
> 春幡春胜，
> 一阵春风吹酒醒。
> 不似天涯，
> 卷起杨花似雪花。

这一年，苏东坡已经六十四岁。翌年，他终于在哲宗死后被徽宗召回。然而，从海南儋州到中原京师，那条路太漫长了，他走到常州就再也走不动了，多才而悲剧的人生就这样惨淡地画上了句号。

记得，苏东坡在惠州曾作过一首《蝶恋花》，词中有"花褪残红青杏小，燕子飞时，绿水人家绕。枝上柳绵吹又少，天涯何处无芳草"之句。我不明白，既如此，为什么还要北归呢？也许，这就是苏东坡的宿命，而宿命就是人自身无法解脱的矛盾，无法超越的局限。

那个下午，在天涯海角，因为想起了苏东坡，而看清了自己。我和他虽隔了千年，却都走到了天涯海角。他是在仕途上被政治和权力所害，我是在情感上被自己的脆弱所逼。他的敌人不可战胜，我却是我自己的敌人。他北归的路上，怎么知道心里不曾流血？我南来的途中即使心再疼痛，不也就是个儿女情长事吗？

大哀默默，小哀喋喋。这天地之间，不知还有多少人像苏东坡一样，把疼痛深藏起来未与人说或不与人说。不说证明其生命强大，不说是敢把人生置于极端。就像海边那些巨大的石头，命运把它们抛在了这里，别人以为是遗弃，它们自己却在绝处获得重生。

整整一个下午，我都在那些城墙般的石隙间走来走去，并不断地伸出手去抚摸它们。也许它们并非我所想象的那样可怜，也许是一个很美的童话，或者一个动人的传说。我试图在海滩上找到关于它们的传说或童话，可海滩上到处都是从四面八方聚拢到这里的人。关于这些顶天立地的石头，只有去读石头上那几个通红的大字：天涯，海角。

天涯，海角。或，天之涯，海之角。或，天涯海角。不论如何解读它们，它们实际上已经不只是一个地理名词。千年万年，不知有多少人向这里走来。它们既超出了地理的意义，也超出了词本身的意义。因为在每个人的内心，都有一个天涯海角。有时候是终点，有时候是起点，有时候是眼前的风景，有时候是终生都在寻找和奔向的境界。

我想，我还会再来这里。再来，不会是以逃离的姿态放逐自己,可能是遇到了新的难题,也可能就是要到一个曾经来过的地方。我发现自己改变了许多,那根曾经敏感的神经已经被这片神奇的石头磨砺得无比坚韧。总之,这是上帝赐给我们的天涯海角。这世间只要有天涯海角,就会永远有人在路上漂泊或急行。

高原反应

一

在7月之前,我对西藏曾一直保持着遥望和倾听的姿势,这个姿势因为青藏铁路全线贯通而被改变。8月的某个傍晚,我与十几位同行者一改过去出门就坐飞机的习惯,先是从大连坐上了去北京的火车,然后又从北京坐上了去拉萨的火车。

我没想到,拉萨竟是如此之小,小得出乎了我的意料。城区内的建筑低矮而陈旧,它们紧紧地依偎在布达拉宫的脚下,更像是一片为朝圣者提供的宿营地。然而,到了拉萨不久,或者说,当我从那节有氧的火车车厢里一出来,拉萨城就以它地理的高度,让我领教了什么叫高原反应。

在拉萨的第一个夜晚,我没有睡眠。吃两粒安定片也无济于事,只要躺下就不能呼吸,任何一个姿势都不会让心脏正常跳动,口干得只想喝水,却并不觉得饿。此外还有难以忍受的头痛,我真担心大脑皮层下那些细小密集的血管突然间炸开，血像雪崩一样破壁而出。第二天早上，几乎是隔世一般与大家在餐厅里相见。我发现，所有的人都沉默不语，要表达什么，就彼此对个眼色，走路和转身，缓慢得像八十岁老人，生怕多耗了各自身体里所存无几的氧。

由于簇新的火车拉来了太多的观光者，布达拉宫每天只接待一千三百人，而且每人只准在宫内停留一个小时。上午十一点整，终于轮到了我们。站在布达拉宫东门入口向上望去，那一面高大的红宫和白宫，感觉它不像是人间所造，更似梦中的天堂。通向它的台阶实在是太高了，我不知道自己能否攀登上去。因为自打从拉萨火车站走出来，我就开始对身体失去了自信和把握。可是，来到拉萨的人，有谁会站在布达拉宫的大门口不动呢！最后，我还是气喘吁吁地登上了这座辉煌的宫殿。可我知道，这多半不是来自肉体的力量，而是受了某种神秘力量的呼引。

据我所知，围绕着拉萨城的大昭寺，西藏境内一共分布有三条转经道，其中八廓街是距大昭寺最近的一条转经道，也是第一条转经道。这条道距离最短，每天在这里转经的人却最多。在这个世界上，他们可能是最虔诚的转经者，口念六字真言，手摇转经轮，在街中间目不斜视地向前走。与我一样从远道而来的人，只不过是些惊奇的转街者，夹杂在转经者中间，一眼就能被识别

 原乡记忆

出来。因为转街者总是比转经者还要多,一不小心就阻挡了转经者的脚步,或碰到了他们手中的转经轮,原以为会招来白眼,可回头看时,转经者已经坦荡地朝前走去。我知道自己动作呆缓,就识趣地紧贴着八廓街两边的店铺走。可是,即使是慢慢地走,慢慢地看,也十二分地吃力,只好不断地停下来,做做深呼吸。记得,在我旁边站着一个南方女子,她看好了一件藏式首饰,与小贩讨价还价大概用力了些,正说着话呢,身体一软,就要歪倒下去,幸好被她的男朋友从后面揽住了腰。心下不免一惊,所幸与我同行的有十几个人,这要是就我自己,关键时刻谁来揽我的腰啊!

其实,现在才来拉萨的人,都属于迟到者。早在二十多年前,拉萨就吸引了无数的诗人、小说家和画家。此后的日子,通向拉萨乃至于整个西藏的任何一条道路,便呈现出一如既往的络绎和拥挤。艺术家的神经和体质一般都有些天生的敏感和脆弱,可他们却隐瞒了高原反应的真相,手下的作品也看不出一点迟钝的痕迹,有的人身子骨和艺术气质似乎还比往常硬派了些。这可能就是拉萨的魅力。艺术家把它给神秘化,它也回馈给艺术家不俗的灵性。

一直喜欢听歌手郑钧唱的那首《回到拉萨》。他是回,而我是来。来到拉萨,来到布达拉。尽管稀薄的空气让我在生理上极不适应,可我对它还是充满了尊敬。

中原 ●

二

在西藏,大家都喜欢看天,然后把大大小小的镜头对准了天。我知道,所有的人都惊异于西藏天空的蓝,云彩的白,更惊异于西藏阳光的强烈。

在我看来,西藏的阳光对女人是一种摧残。女人最怕受伤害的是皮肤。如果说每天的睡眠不足是由里面爆破,从高空辐射下来的紫外线则是在外部轰炸。所以,在西藏停留的几天里,我每天都在计算,由于缺氧,已经杀死了我多少脑细胞;我每天都在照镜子,因为紫外线照射,我是不是在一夜之间老去了十年。总之,那些日子,对阳光的惧怕,也成了我的一种高原反应。

西藏的纬度实际上并不低于内地,只是内地的海拔低于西藏。阳光从天空普照下来,内地因为有云遮雾罩,雨阻风断,再加上一层一层的大气阻隔,光柱便被切割成了碎片,它们在地面上几乎站不住脚,即使站住了脚,也已经失去了杀伤力。西藏因为在高处,距天空太近,阳光在这里保持了原始的亮度和锐利,当它遭遇了与阳光一样没有被磨损的雪峰与高山,就打造出了西藏独有的阳光射线。

但是,西藏的阳光没有温度,它只是刺目的明亮,却并不觉得晒。在高原上行走,只要阳光被一片云彩掩

住，身上立刻就会感到一种夹冰带雪的寒冷。大概正是这种变戏法似的气候，让西藏男人和女人的服饰自成一格。因为阳光强烈，他们不得不将一只胳膊露在了外面，因为会有云彩，那长长的空衣袖随时可被拿过来护住肩头。

于是，我有了一种心得，西藏的阳光，只可以审美，不可以享受。可是，事情就这么奇怪，明明知道西藏的阳光会夺去美肤，却有那么多的女人来西藏。在拉萨街上，我看见爱美的女人将丝巾折叠成了三角，学阿拉伯女人的样子，用三角丝巾把帽檐下的半张脸遮严。有的女人还穿着像防毒面具似的连帽衣，整张脸只露出两个巨大的外星人样的墨镜片。女人与阳光的角斗，如一场很卡通的嬉戏，构成了西藏一景。

在阳光下走路最从容的是藏族女人。她们不论年纪多大，都习惯于戴着欧式的白色宽边遮阳帽。阳光其实无处不在，所以，在帽子下面，仍是一张被阳光晒黑的脸。帽子成了头顶上的一个符号，就像她们的手里摇的转经轮，手指捻的佛珠。戴宽边遮阳帽的女人，一般是城里的女人。牧场上的女人什么也不戴，她们只把辫子盘在额顶，于是，在她们的两腮上，一边烙着一个紫色的落日。从林芝回来那天，我们的大巴车曾在一条河谷停了下来，大家一起去藏民的帐篷里采访。我去的帐篷，只有女主人和孩子在家，女主人的脸呈西方早期油画里的那种黏稠的酱油色，画在她腮边的已不是两个落日，而是两眼井，里面像晒出过几篓盐。在我看来，藏族女人的脸，本身就是被阳光雕刻的作品。那些带着油彩来西藏的画家，不过是娴熟地把它拷贝到了自己的画布上。

这就是西藏的阳光。它不但让女人的皮肤失去了柔和的本色，也让女人的皮肤失去了柔软的质地。那天，与女主人分手的时候，她追着要看我给她和小女儿拍的合影。好在是数码相机，我可以一张一张地翻给她们看个仔细。照片上，这母女俩的脸蛋被我拍得更加惨不忍睹，它们简直就被阳光晒成了一坨坨牦牛粪的颜色。可这母女俩却为第一次在照片上看见自己的真人形象，而嘎嘎嘎地大笑不停。那笑声，也像西藏的阳光，充满了眩惑。

三

不论向西去日喀则，还是向东去林芝，只要坐在了长途大巴车上，我就会因为头疼而闭起眼睛。这正是读书的好时刻，我可以在心里温习松赞干布和文成公主的故事。就我对西藏的了解，好像只有这个故事至今仍悬挂在西藏历史的高空中。

那是公元629年，也就是唐太宗李世民做了皇帝的第四个年头，刚刚登基的第三十三代藏王眼看自家的吐

蕃王朝即将分崩离析——父王被毒死，外敌入侵，内臣与母后各部族纷纷举兵叛乱，于是，这个几乎还是一个孩子的藏王，前后只用了三年时间，万余兵马，就重新统一了吐蕃，并将王都迁到了水草肥美的逻些，从此开启了拉萨古城一千三百多年纷繁而壮丽的文明。这一年，他才十六岁，被尊称为"松赞干布"，意为高深莫测的松赞。在拉萨的红山顶上，也就是如今布达拉宫的最高处，有一个小小的洞室，当年曾是松赞干布定都拉萨最早的居所。这个高深莫测的年轻人，就是从这个狭小寒酸的山洞里，向强盛无比的大唐提出了聘娶皇室公主的要求。遭到回绝以后，恼羞成怒的松赞干布居然发兵向大唐逼婚。先是唐蕃互有胜负，最后则是蕃败。唐太宗却就此看懂了吐蕃强悍的军事实力以及它对于大唐的战略意义。当松赞干布遣史谢罪并再度请婚的时候，唐太宗应允了。彼时，文成公主十六岁，松赞干布二十四岁。在此之前，他已经迎娶了尼泊尔的尺尊公主。

　　文成公主来到了拉萨。当年的红山上，除了一座山洞和一间宫室，以及尺尊公主早先建起的一些房屋，再没有什么像样的建筑，以至于文成公主最为珍贵的一件陪嫁——释迦牟尼十二岁等身金像，竟然只能放置在红山脚下的树林里。然而，拉萨城的建设就在文成公主进藏之后开始了。松赞干布并没有因为有了尺尊公主而减少了对文成公主的热情，他在红山顶上为文成公主筑建了一座巨大的城堡,当初叫红山宫殿(后来叫布达拉宫)。宫殿里面没有佛像,没有喇嘛,只有藏王与王后。文成公主年龄虽小,却贤德而博学,她在拉萨做的第一件大事,就是以五行堪舆之理为尺尊公主建造了大昭寺。短短几年,大昭寺四周就有了十几家接纳各方朝觐者的驿馆,远远近近的人也被吸引前来定居。此后,她又建造了一座小昭寺,供奉她从长安带来的那尊佛像。大、小昭寺以及红山宫殿群,即是拉萨城的雏形,吐蕃王国也自此走入全盛时代。只是美妙的日子很快就告结束,在文成公主二十五岁那年,松赞干布一个人走了。按唐朝规制,做了寡妇的文成公主应该回到长安,可她却执意留在拉萨,因为她带来的种子已经在高原上长出了庄稼,她设计的屋宇已经布满了拉萨,她与这里已经融为一体。于是,在丈夫发誓"为公主筑一城"的红山宫殿里,她的生命又独自支撑了三十年。

这其实也是一个昭君出塞式的故事。一边忍受高原反应的折磨,一边温习这个故事,我对文成公主有了更多一层的喜欢。我想,她从长安出发,一定是先入蜀地,再入吐蕃。蜀道难,难于上青天,蕃道更难,因为它本身就在青天之上。泥道之颠簸,木轮马车之缓慢,让那支浩浩荡荡的送亲的队伍走了整整一年。即使一千三百年前的太阳没有黑子,即使那炽烈的阳光晒不着金枝玉叶的大唐公主,可她怎么说也会因为缺氧而感到不适

 原乡记忆

啊！我真想知道，在这漫漫的一年之中，究竟有多少天是因为公主的高原反应而耽搁在路上？在她胸闷睡不着觉的时候，她是否有过扭头回长安老家的念头？也许她早已看到了自己的宿命，汉蕃和亲已是传统的家法，小女子的那一点儿高原反应与四海归服的大业相比，又算得了什么！遗憾的是，关于高原反应，文成公主没有给历史留下一字半句，我只能是一边随意猜想，一边暗自脸红。

四

据史书记载，文成公主入藏即是佛教入藏的标志。就是说，自文成公主带来那尊佛像开始，西藏渐渐地变成了一块神性的高原。而千百年间，那白色的神殿，五彩的经幡，神秘的喇嘛红，便一直在世界的最高处交相辉映。西藏的土著世代守候在这里，他们一生的使命就是朝圣，用音乐般的诵经声，用通天达地的长跪，围着一座座神山，一片片圣湖，不停地旋转，不停地匍匐。这里既是灵魂的栖所，也是肉身的花园。据说，西藏人没有高原反应。即使心脏因缺氧而变大，脸因日晒而变黑，他们仍然健康无比，快乐无比。他们认为，能做个西藏人，这是上天所赐。

如果确如史书所说，那么西藏人除了要感谢文成公

主，还应该感谢两千五百万年前的喜马拉雅造山运动。因为正是这一场伟大的造山运动，让西藏高出了地球上任何一个地方，让西藏成为世界的屋脊。许多西藏以外的人走向西藏，其实是想让一切关于自然和生命的话题，宗教和终极的守望，艺术和诗的想象，都能在西藏找到最后的答案。可是，作为西藏以外的人，我们也许可以只言片语地描述西藏，却无法真正地解读西藏。不论是来得早，或是来得晚，只要我们从西藏以外的地方来，在我们与西藏之间，就有走不完的路。或者说，我们永远是西藏的陌生人。

我担心的是，要不是高原反应让外来者望而却步，假如所有的外来者都能在缺氧的境况下长久地滞留在西藏，西藏会不会在人群带来的热度里像冰川一样被消解和融化了呢？如果这样，它还是西藏吗？至于未来，我只能说西藏不会像玛雅那样不知去向，也不会在现代文明的巨阵面前陷落于无。即使真有那么一天，西藏一定会以另种样式，依然耸立在高处。

记得，我们曾来回两次翻越米拉山口。它和唐古拉山口都属于五千米以上的海拔。过唐古拉山口，我们是坐在给氧的火车车厢里，过米拉山口，我们坐的却是普通的空调大巴。每次抵达山口顶部，全车的人都在奋力地抵抗高原反应。开车的藏地司机却故意敞开了嗓门，在五千多米的高处唱起了《青藏高原》。

这歌声对我是一个提醒,让我确切地知道了我是谁,我从哪里来,我应该还回到哪里去。我想,除了文成公主可以留下,我和所有的外来者都是它的一个过客。尽管法国人石泰安是世界著名的藏学家,一生中曾无数次入藏考察,并写出《西藏的文明》等几十部重要的藏学著作,他最后仍然要回到自己的国家。尽管山东籍女子马丽华在西藏待了十八年,可在写了一部《走过西藏》之后,也只能依依不舍地从这座高原上离开。还有一个自称马原的汉人,在上世纪80年代的"西藏热"里,曾带着年轻的爱人来雪域高原闯荡,并写出了《冈底斯的诱惑》,如今的他,正在上海过着美丽而繁华的都市生活。因为大家都是过客的身份,所以必然是这样的结局。这何尝不是一种高原反应?

回程改乘飞机。与西藏挥手再见的时候,我在心里对它说,谢谢你赐给我高原反应,让过客们该走的都走吧,只把西藏永远地留在西藏。

井冈山的标语

2010年4月,春雨如约地下了,杜鹃花却没有如期地盛开。就在这时,我来到了井冈山。尽管历史总是以直曲交织的线性方式纵向延伸,但井冈山却以片絮连缀的朵块方式在我眼前点点绽开。

自踏上这片山地的那一刻起,我便格外在意自己的感官反应。井冈山有自己独特的风景和画面,虽然经过无数岁月风雨的冲刷,却至今保持着一种鲜见的沧桑和真实。正因为这样,我的表情始终处于凝视的状态。

不少来过井冈山的人跟我说,井冈山的绿色实在养眼。可我分明感觉,绿色只是井冈山的盖头,更多的人奔向这里,其实是要撩开它梢上的绿,去看它蕊里的红。何况井冈山还有另一个称谓:中国革命的摇篮。所以在我看来,井冈山真正的颜色是红。

比如标语,也许就是井冈山最鲜艳的一种红。人们把井冈山的标语称为红色标语。我想,这大概出于三个理由,一是标语的创作者是红军,涂写者也是红军;二是刷写标语的涂料大多用的是红漆;三是标语的内容是

革命的。井冈山的标语,可以用数不胜数来形容。它们不是几条或几十条,而是成百上千条。凡是红军当年住过或经过的地方,就有标语留在村落古镇的墙壁上。我对这些标语似乎有一种天然的敏感,以至于形成了条件反射,每到一个村镇,只要看到墙壁上的标语,便会怦然心动,直奔而去。

井冈山人告诉我,标语多的村镇,说明当年住的红军也多。在茨坪,在宁冈,在东固,我果真看见了这样的情景。许多村镇的街巷两边、祠堂内外、房前屋后,只要有一片空白的墙壁,就有歪歪斜斜涂抹在上面的一条条标语。我便想,这里当年尽管是革命根据地,白军的围剿却是一次接着一次,而且每一仗都打得相当残酷,在少有的一点儿空隙里,竟然有人一笔一画地往墙壁上写标语,足见标语的重要和威力。对此,我有三点猜测:其一,红军习惯于用标语的方式做宣传鼓动,也只能用标语的方式做宣传鼓动;其二,标语是最简单、直白的政治,不论是红军还是百姓,都能看懂;其三,在那个非常时期,标语相当于另一种子弹。

其实,标语也是一种口号。或者说,标语就是口号,口号便是标语。非要说出分别,只不过是二者的发布方式不同而已——标语是张贴粉刷,口号是振臂呼喊。当年的井冈山,到处都堆满了干柴,只要有人把标语写到墙壁上,马上就能唤起一片大火般的响应。这些留在墙

中　原

壁上的标语，说不定就是红军当年在会场上刚刚喊过的口号。今天的我再也听不到红军当年喊的口号了，只能端看和分享这些写在墙壁上的标语。

我发现，井冈山的标语，字号大小不一，大多用红漆或石灰水刷写，因为在里面兑了牛胶，所以这么多年也不褪色。少量的，也有用墨汁写的标语。可是，时间毕竟过去了七八十年，墙壁上的字迹有的清晰可辨，有的则影影绰绰。站在写有标语的墙壁前，我不知怎么就有了一种幻觉，那一条条标语，仿佛是一支支从不同方向赶来的队伍，或纵或横地悬浮在露天的幕布上，刀光剑影中，个个张大了嘴巴，以默片的姿态朝我振臂呼喊……

标语看得多了，便想对它们做些评断。虽然是站在今天的立场，但历史就是写给后人看的，《百家讲坛》的专家说起古代的皇帝，就像在聊邻居家的小孩，主要是让现在的人以史为鉴。写标语就是做文章，只不过标语属于特殊的文体，想写得好也不容易，需要有一定的文化底子。而红军中大都是泥腿子出身的农民，上过旧塾读过洋书的小知识分子少之又少，在一支队伍里，真正能往墙壁上写标语者寥寥无几。所以，井冈山的标语最大的一个特点，就是不绕弯子，直来直去，想干什么，就写什么。好在这些标语并不是给达官显贵或举子儒生看的，而是给红军官兵和贫苦百姓看的，给白军官兵和地主老财看的。

我想留存这些标语,就用相机拍下了尚可识认的几条,现抄录如下:

消灭屠杀工农的国民党

打倒反动军阀 誓死杀敌

捕杀反动首领 捕杀敌人侦探

红军是为劳苦工农谋利益的先锋队

彻底实行土地革命 配合红军消灭白匪

红军官兵夫薪饷一样

穷人不打穷人

红军是穷人的队伍 欢迎穷人来参加

白军士兵要向压迫你们的长官瞄准

共产党是穷苦人的正(政)党

……

上述标语,虽只是一少部分,也可看出井冈山标语大概的样貌。标语的字体有繁有简,有大有小。有的字写得工整有力,气势如虹,有的字则写得歪歪扭扭,稚如孩童。在一个村庄的祠堂里,我看到一条标语,一共才六句,便有五个错别字:牺牲个人,言(严)首(守)秘蜜(密),阶级斗争,努力革命,伏(服)从党其(旗),永不叛党。甚至还有一条标语,把共产主义的老祖宗——马克思的名字都弄错了:实行马克斯(思)主义!实行共产主义!而不少标语虽然都是大白话,却充满了暴力色彩。望着这些标语,我似乎能隐隐感觉有一股血腥气息正扑面而来。也许是职业的关系，标语中常用的几个动词，如"打倒""消灭""杀敌""捕杀""屠杀"等字眼，读起来着实令人触目惊心。因为在中国后来漫长的岁月里，标语一直在许多场合和许多时刻扮演着重要的角色，有的甚至成为某种政治运动的风向标。一些在井冈山标语里反复用过的动词，至今仍原封不动地套用在某些"时髦"的标语里。标语如一个顽强的生命体，即使在和平的年代里，它的某些基因也难以被完全转换为另一种语言系统。惯性和懒惰，让后来者集体无意识。

在红军标语的留白处，我偶尔还看到了白军写的标语。这说明红军撤退之后，白军就来了，却不知为什么，白军并没有把红军的标语抹掉，而是让他们的标语和红军标语厮混在一起。这几乎是个令人难以置信的细节，却是凿凿的事实。就是说，不论红军白军，原来都喜欢写标语，都喜欢把自己的意志张挂在墙壁上，而且都操作得十分娴熟。

我注意到，在那一面面字迹斑驳的墙壁上，出现次数最多的一条标语，就是"打土豪，分田地"。据说，井冈山的红军最早喊的是"打土豪，筹款子"。毛泽东到井冈山后，改成了"打土豪，分田地"。深谙中国历史的毛泽东，当然知道中国农民的问题就是土地。分到手的钱财，总有用光散尽之时；分到家的土地，却可以

年复一年地耕耘和收获。要想让千千万万的农民跟着红军走,给什么都不如给土地。于是,毛泽东只轻轻地改动了三个字,井冈山下便有了分田分地真忙的动人景象。

应该说,人类最早的身份无一例外都是农民。正因为这群赤膊的农民用手中的新石器敲开了文明之门,才使人类从非历史走向了历史。既然中国的地理注定了中国是一个农耕之邦,农民为吃饱肚子而一次次地揭竿起义,也就成了这个农耕之邦无法逃脱的宿命。回头检索一下,几乎每一次的农民起义,都有一句与之相应的口号,内容又是惊人地相似:陈胜、吴广在大泽乡起义,喊的是"王侯将相,宁有种乎?"——他们第一次把中国农民要求政治上平等的话讲了出来;王小波、李顺起义,喊的是"吾疾贫富不均,今为汝等均之"——他们更有本事,在世界上第一次提出了均贫富的观点;钟相和杨幺起义,喊的则是"法分贵贱贫富,非善法也;我行法,当等贵贱,均贫富"——他们将前面两次起义喊的口号合二为一,成了最早要求财富平均和政治平等的中国农民;李自成起义的口号虽没什么新意,主旨却也是"均田免粮",更有民谚"迎闯王,闯王来了不纳粮";太平天国起义也是如此:"无处不均匀,无人不饱暖。天下人田,天下人同耕。"

然而,一个不争的事实却是,中国历史上不论发生了多少次农民起义,都只是让这个国家损耗了巨大的成本，并没有真正地治愈过这个国家的病体。最好的结局，也不过是给旧王朝以沉重的打击，或加速了新王朝的登基换代而已。统治者之所以害怕农民起义，主要是农民起义的破坏力和颠覆性，在中国还没有一个阶层能够比及。

毛泽东曾说：中国这个国家，离开农民休想干出什么事情来。这应该是他有感而发的肺腑之言。摩尔说过的话，应算是一种站在世界高度的评断：在中国，农民在革命中的作用甚至超过了俄国，他们为最终摧毁旧秩序提供了炸药。写过《经济学》的萨缪尔森则说：人并不总是一声不响地饿死。他的意思是说，当农民穷到没饭吃的时候，铤而走险就是最后的选择。毛泽东之所以要把"打土豪，筹款子"亲自修改成"打土豪，分田地"，就在于他知道中国的土地从来都没有真正公平地分配过。

在那些写满标语的村镇里行走，我也曾有过难以名状的迷惑。井冈山隶属于吉安，而吉安古称庐陵，这里不但是两宋宰相文天祥、胡铨的故里，也是文学家欧阳修，诗人杨万里、黄庭坚，以及《永乐大典》主编解缙的家乡。只一个吉安，史上就曾出过二十一位宰辅、十八位状元、十六位榜眼、十四位探花、近三千名进士，素享"文章节义之邦"的美名。来井冈山之前，我对这一切竟所知甚少。在我固有的印象中，吉安也好，井冈山也罢，就是盛产红军的地方。我所在的城市，几百家旅行社争着在报纸上打广告,有关井冈山的广告语只有一句:红色文化之旅。当我在井冈山与古庐陵不期而遇时,对这一方山水突然间便充满了敬畏和期待。

去富田镇的王家、匡家、陂下和陂头,我依稀看见了庐陵文化的背影。一个村落,就是一门望族,他们却不是这里的土著。原因在于,晋以后的中原,曾经发生过六次因避乱而南迁的事件。迁徙者中有皇亲国戚和王公贵族,也有士人商贾和黎民百姓。流落异乡之后,他们就成了客家人。赣,曾经是客家先民南迁第一地。再向南,就去了闽粤,或下了南洋,再远就漂到了海外。而隐居于赣西南山地和水边的迁徙者,便给偏远的吉安焐出了古雅的庐陵文化。最耐人寻味的是,在这些出过无数朝官和状元的古村落里,我看到了两种截然不同的文化符号:被士大夫们口诵心读的国学和家教,镌刻在古宅和旧榭的屋檐下;而红军当年写下的标语和口号,则赫赫然穿插在古贤们的格言佳句之中。尤其当我看到某条红军标语写在"荣封二代""州司马""科第世家""相国府""书院"之类的宅壁上时,心情更是不由自主地复杂起来。

去陂头村那天,天空飘着淅淅沥沥的小雨。村头高大的青石牌坊,浓荫如盖的古樟树,似乎早就备好了清茶,伫在雨中迎候四方的来访者。这是一座有八百多年历史的古村。村里只住有梁姓一族,其远祖在陕西梁山,举族南迁后,留居陂头的一支自北宋年间就在富水河边开基建宅,如今已历三十代,形成了有五百多户居民的大村。陂头梁氏一直为庐陵望族,永慕堂是其总祠,总祠之下还设有十几座家祠和房祠。庐陵文化的光芒,便闪耀在这些大大小小的祠堂里,门楣上,屋檐下,厅房或藻井间,楹联、匾额、家训、格言等,举目即是。观其内容,不外伦理道德、怀祖励志之类——

联曰:怀仁义以事父母;蓄道德而能文章。

联曰:孝友为立身之本;耕读为起家之源。

联曰:世事让三分天宽地阔;心田存一点子种孙耕。

联曰:观富贵人当观其气概,如温厚和平者,则其荣必久,而其后必昌;

观贫贱人当观其度量,如宽宏坦荡者,则其福必臻,而其家必裕。

楹联也好,匾额也好,其实也是一种"标语",只不过是古人所写。清以前,陂头曾是一个"序塾相望,弦诵相闻"的古村,"人无贵贱,无不读书",以至于"三尺童子,稍知文章",村里至今尚存书院和私塾教舍五座。这个村庄虽没出过进士,却有六个举人,有功名官职者达一百三十多人。陂头村的诗书香气,也吸引了毛泽东。村里至今仍有一间叫"名教乐地"的书院,进入院中,主屋为一厅六房,左侧为边宅,设有小天井、小客厅和两书房。小客厅很雅致,半圆形的门,花格以竹雕装饰,

原乡记忆

走廊的棂门窗口,也有各种造型的雕刻图案,整个边宅像一张大床,中间正对照壁上的鲤鱼跳龙门图画,两边有联曰:

万里风雪三尺剑;一庭花草半床书。

就因为这副对联,这里便成了毛泽东当年最喜欢的住处,而这副对联对毛泽东后来的生活也产生了相当大的影响。不论是战争年代,还是进城之后,在毛泽东的床榻上,始终有一半的地方留给了书。

在井冈山下所有的古色古香的村落里,几乎都有毛泽东的旧居。我就想,毛泽东当年看到的楹联和匾额,肯定要比我现在看到的多。只是不知道,毛泽东是否把它们拿来与红军的标语比对过。如果毛泽东这么做了,会有怎样的感触?没有文化的军队,是愚蠢的军队——毛泽东的这一论断,是不是与他本人曾经在陂头住过有关呢?

在陂头村,我终于看明白了一个事实:庐陵文化在前,根据地文化在后,它们彼此间不是擦肩而过,而是在同一片土地上狭路相逢。看过梁氏前辈刻在厅堂里的对联,再看红军写在墙壁上的标语,我真切地感受到了这两种文化的冲突。在红白对峙的年代,文化的冲突已暂时地被政治的冲突给遮蔽了。当战火硝烟散尽之后,就给我们留下了这样一个略显尴尬的现场:古的文化被肆意稀释践踏,红的文化被放大喧哗。

其实，两种文化都造得灰头土脸。如果想把它们给拾掇起来，修补完好，需要的不止是时间与耐心，还有思想和能力。

中国的许多次革命，似乎总是以文化的牺牲、文明的退步来换取成功。也许这不是革命者的故意，而是始料不及。然而，革命的终极目的，往往就因为这种急促，这种不成熟，而迷失、出错甚或适得其反，半途而废。

看井冈山的标语，更给了我这样一个启示：这个世界只要有太多的穷人，这个世界就不会有真正的安宁。这个世界如果只有富人过得好，而穷人过得不好，这个世界也不可能有真正的进步。穷可以让人滋生仇富之心。仇富之心虽不可谅，其错却并不全在仇富者，被仇视的富有者，是不是有更大的责任？那些古村落里的富有者，以及从古村落里走出去的当权者，大都是饱读诗书、见多识广之士，以他们的眼光和经略，应该想到有一天会发生什么。然而他们是否真正想过呢？

以陂头村为例，我完全可以想象，此村的富有者和当权者在当年会有多少，又有多少所谓的豪绅被划在了被打被分之列。红四军军部设在永慕堂，江西省苏维埃政府设在万寿宫，著名的"二七会议"也是在这个古村里召开的，再看街巷厅堂墙壁上比比皆是的标语，就知道这个村给养了多少红军，他们在这里吃的粮米有多充足！

行走在井冈山的日子里,几乎每天都在下雨。这样的雨已经下了七八十年,居然也没有把墙壁上的标语给冲刷干净。也许,这就是井冈山的标语,有一种井冈山式的坚韧。

离开井冈山那天,雨下得有些大。当我最后一次回望井冈山时,看到的居然还是标语。只不过,它们被浸泡在稀里哗啦的雨水中。雨中看标语也好,至少字迹比晴时清楚。我相信,我的目光停留过的标语,还会被更多的目光所注视、所覆盖。

海外

我们温习到自己扔掉或忘记的东西,觉知了那种可怕的亡失和丢弃。

欧洲细节

斗兽场

走近这座建筑的时候,后背禁不住一阵阵出冷汗。我相信,每一个去罗马的人,心情都会是这样的,既渴望奔向它,去里面看个究竟,又把脚步悄悄放慢了,忽然就想起角斗士惊恐的眼睛和绷紧的肌肉,还有那头倒在地上剧烈喘息的猛兽。夏日的风,从那两排拱形门洞里吹过来,我闻着了一股遥远的血腥气。

地中海岸边,有许多这样圆形的露天剧场。庞贝古城的废墟里就有一座,只不过没有它大,也没有它著名。那一堵环起来的有无数个拱形门的巨壁,几乎就是罗马的标志。在尼禄时代,这里还是尼禄金殿花园里的一个人工湖。这个湖后来被弗拉维奥家族的几位皇帝给填平了,在上面建起一座弗拉维奥剧场。

罗马应该有剧场,因为罗马人是帕瓦罗蒂的祖先,他的美丽的嗓音或许不如祖先的漂亮。这里当然上演过罗马歌剧,可它并没有给后人留下多少清晰的记忆。它的主要用途不是演剧,而是斗兽,以及角斗士之间的角斗。歌剧在后来只是这角斗间隙里插入的花絮。

当年的看客一定很多。那是在公元之初,森林浓密,野兽们或隐或现,罗马人不但要与异族厮杀,还要与野兽厮杀。据说,庆祝竣工的表演持续了一百多天,共杀死五千多头猛兽,并有上百个角斗士丧生。因为这里每次只能容纳五万观众,许多罗马人得耐着性子,坐在家里等着看下一场。在那个时代,人身上也许还有许多部位没有完全进化好,所以才有那么多的人坐在看台上,以观赏的心情,看人与兽相斗,人与人互杀。也许人本来就是残忍的,可以直视人兽厮拼的场面,而且能在这样的场面里疯狂。这说明残忍不光是兽的属性,也是人的天性。否则,怎么解释罗马的女人?她们在这个场面里表现得和男人一样着迷,她们甚至会在短暂的时刻爱上其中的某一个角斗士,并廉价地把热吻抛给那个即将死去的人。只能说,女人身上,其实潜藏着与男人一样的兽性。

快乐和痛苦,都写在这一面墙上。它是人类为自己的童年创造出的一个野蛮的游戏。好莱坞也许是害怕人们忘了人类小时候的故事,居然将那个已经死去的场面再次复活,而且让全世界的文明人重新陷入公元之初的疯狂。也许不光是为了赚取票房,还是为了刺激一下麻木的现代人,他们大概觉得需要唤回人原始的野性,想让我们重返罗马时代。

那个喜欢角斗的欧洲,那个手中总是持着长矛和盾牌的欧洲,已经是翻过去的一页。现在的欧洲人更喜欢晒太阳,喜欢在太阳光下喝着咖啡和下午茶。他们神情慵懒,目光散淡,然而坐姿还是相当优雅。对祖先们的故事,他们在内心里是赞美的,可他们再也鼓不起那样的力量。比起网球拍和高尔夫球杆,那青铜烧铸的剑和长矛都太沉重了。所以,在看这座建筑遗址的时候,他们和我一样,像看别人家的院子。

城 堡

城堡是欧洲的一个符号,像一个提醒你注意的箭头,在我还没有去的时候,它就在我感觉的山顶上耸立着。

它跟教堂差不多坚固,却没有教堂那样的华丽。跟教堂一般古老,却比教堂更神秘。城堡里总是会发生一些异乎寻常的故事。战争,复仇,凶杀,浪漫或绝望的爱情,大都以城堡为背景。所以城堡在我的眼里一直是黑色的夜晚,有蝙蝠飞来飞去,有女人的尖叫,有金属物的撞击和血的喷溅。尽管白天艳阳高照的时候,它像童话里的宫殿,可我对城堡一直怀有这样的恐惧。

这一次,我走过的线路上密布着城堡。它们是意大利的天使古堡,奥地利的萨尔茨堡,英国的温莎城堡。

海 外

德国的城堡就更多。我听说,德国境内有两万多座古城堡,平均每十六平方公里就有一座。城堡最原始的用途并不是享受,而是防御工事,所以欧洲的城堡大多建在美而危险的山崖上。莱茵河两岸悬崖峭壁上的古城堡,如今成了水陆之间一道绮丽的自然与人文景观。人们坐在船上向两岸眺望的时候,却忘了远古的硝烟。

欧洲的城堡太坚固了,它容易让人有野心,面对它,我隐约能感觉出占据者的顽强和争夺者的疯狂。那时候,欧洲大陆上有许多个种族,种族里面又有许多个家族,它们一般都是由弱小而渐渐强大,谁强大了谁就要筑一座城堡,然后仗着它的牢不可破,它的易守难攻,而称雄一方与一时。当家族骤变为诸侯,各路诸侯如丛林密布,彼此继续冲突着,抗衡着,防备着,终于有一天,野心最膨胀的那一个从自己的城堡里杀将出来,一阵狼烟过后,收了无数别人的城堡,作为战利品,分赠给他的儿孙或情妇。这时候,这个占有了许多城堡的人就做了国王,他的下一个目标,仍是远方的那座别人的城堡。

城堡在战时是工事,在日常是享乐的行宫。城堡的主人或许在筑造它的时候就想到了享乐,所以专门选择风光绮丽的绝处,让城堡有一种高高在上的美姿,以便日后享乐的时候可以凭窗鸟瞰,将战胜者的骄恣和得意溢出栏外。然而,他们绝想不到,在世世代代之后,城堡一定还在,人却一定是不知去向。

斯弗尔扎城堡不在山上,而在米兰城中心,在阿尔卑斯山下。它曾经是意大利北部一个家族的永久住所。城堡正面的墙上,雕着这个家族的族徽和族长的塑像。在米兰还是一个城邦的时候,这个家族就是这里的帝王。帝王也有守不住江山的那天,上天总会让他遭逢对手。于是就有各路英雄在这个城堡里穿梭般来去。也许是出于对一个家族的尊重,法国皇帝拿破仑虽下令拆除米兰城,却格外小心地留下了斯弗尔扎城堡。奥地利将军拉德斯基曾经站在这里下令炮轰米兰城,却没有人听他的指挥把四个角落的碉堡全部拆除。它就这样奇迹般地被保存下来了。

这是一座砖砌的城堡。那种古色古香的砖红色,让我想到中国式的老房子。哥特式宽敞的窗户,曲曲折折的城堞,城墙上密密麻麻的枪眼,以及这座外凸琢石砌成的圆形碉堡,既熟悉,又陌生。可它还是属于这里,意大利的米兰。

故　居

我对欧洲的景仰,在更深处并不是它的生活,而是它的人。走在欧洲的街上,反而感觉那些悠闲的今人是陌生的,而那些或埋头埋脸地写作,或披头散发地绘画,或痛心疾首思考的古人,却像是前世就认识。尽管他们已经走得很远了，只把故居留在某个城市的街角，某个小镇的深巷，某个乡村的山坡上，但他们每一个人，都让我尊敬和怀念。不论时光流逝多少年，在我心里，他们的面孔与他们的姓氏一样，一点儿也不会有什么改变。因为他们从来不是干巴巴地苍白地向我伸出一双手，胳肢我或乞求我给他们一点点掌声，而是通过文字、画面、声音、思想，以及这一切后面所绵延的内容，让我不由自主地就崇拜了他们。他们的样子，有点儿像圣彼得大教堂柱廊上排列着的那一群圣徒雕像，以各种手势，各种神态，安详地站在历史的檐头，向下俯瞰着，注视着，并洒下圣水一样的光芒。

在那些耸立的古人中，我最先碰到的是但丁。

他的故居，坐落在佛罗伦萨一条幽暗而狭长的街边。那房子太古老了，石砌的三层楼，窗户高高在上，墙壁是用碎石砌成的，远看却像窑里烧出的砖。佛罗伦萨许多房子都是这种碎石建筑，它几乎成为一种风格、一个时代，本身就有怀旧的色彩。相反，佛罗伦萨喜欢把大石块铺在门前的路上，好像在垒砌那种碎石墙壁的时候用尽了力气，没有心情对脚下的路再精雕细刻，不经意乱放的。

故居的入口在房子的侧边，镶满铁钉的大门只打开了一扇，从那里进去就是陈列室。看管它的是一个驼背老人，他站在门边，却不收门票，只要有人进去，他就

往后退，一语不发。他用一种迷惑的目光看着我，好像在问，你也喜欢但丁？你也能读懂但丁？你走了多老远的路啊！

老人不知道，像我这个年纪的中国人，青年时代大概都读过简装本的外国文学名著，而上世纪80年代以后那些专以写作为生的人，基本上是一边读翻译小说，一边写自己的东西。《神曲》当然是必读的一本书。1300年复活节前那个星期五的凌晨，但丁做了一个阴森而漫长的梦，他在梦里游遍了地狱、炼狱和天堂，由此而写出长达一万四千行的诗歌。这其实是中古时期盛行的一种梦幻文学样式，在但丁的手下，它熠熠生辉了，再无人可以超过，也无人可以模仿。一部《神曲》，划分出两个时代，它让但丁因此成为意大利文艺复兴的先驱。恩格斯这样评价但丁：封建的中世纪的终结和现代资本主义纪元的开端，是以一位大人物为标志的，这位人物就是意大利人但丁，他是中世纪的最后一位诗人，同时又是新时代的最初一位诗人。德国的恩格斯是后来的大人物，意大利的但丁是前面的大人物。在后来的大人物面前，但丁当然是一座高山。

然而，但丁首先是佛罗伦萨人。但丁不可能诞生在别处。没有佛罗伦萨，就没有但丁，没有那一次终生的流亡，也没有但丁。

故居里摆着但丁写的书和后人研究但丁的资料，看不见但丁用过的实物，摆在那里的东西都不知底细，与生命最密切的，恐怕就是这间与佛罗伦萨一样老的故居了。故居是留给人回忆的。佛罗伦萨伤透了但丁的心，它能为但丁做的，也许就是看管好这间故居，让来到的人能具体地想念一下曾经生活在这里的旧主人。还好，墙上那盏铁皮灯还在，门前那眼老井还在，如果但丁的灵魂有一天从炼狱或天堂回来，或许还能闻出铁皮煤油灯熟悉的烟气，还能咂摸出自家井水的丝丝甜味，给这个遍体鳞伤的游子一点儿亲情和慰藉。

有故居，就有乡愁。那是公元1302年，佛罗伦萨政府放逐十多个反对他们的人士，其中就有但丁。他被判放逐两年，并且罚款五千小弗罗林，永远不得担任公职。罪名是贪赃枉法，扰乱共和国和平，反对教皇。对于这种莫须有的判决，但丁所能做的就是拒付罚金。于是又被改判为没收全部家产，终生放逐，如再进入佛罗伦萨，将以火刑处死。但丁从此就成了无家可归的流亡者。1315年，但丁接到佛罗伦萨政府的传信，如果他能忏悔，可以让他回家。但丁想家，却不能向教皇忏悔，于是他再一次被佛罗伦萨政府宣判为死刑。此后，他做过无数次重返故里的努力，包括拿着武器打回去，都没有成功。他一定是急疯了，几乎走遍周边所有说意大利语的地方，却永远也回不了佛罗伦萨。他生命最后的二十年，一直是在流亡中度过的。1321年，在由威尼斯

回拉文纳的途中染了病,客死在距佛罗伦萨很远的那个小城。那凄凉,那悲惨,怎一个愁字了得?

但丁的头像如今被塑在故居的老墙上,塑像上方还挂了一面印着但丁的布像。这面老墙很有艺术气,像一本书的封面。我想,其实故居就是一本书。它既是这本书的开头,也是这本书的结尾。只是少了中间部分,却正好给你一个去想的空间。这样,我们面前的这间故居就太宽敞了,里面装的东西就太多了。整个欧洲,也因为它们有数不清的巨人,有数不清的巨人故居,而显得大气雍容。

雕 塑

石头最初被人类把玩的时候,不过是抛掷出去射杀猎物,或做成锐器砍剁动物的骨肉。人类与石头情感上的亲密,大概是由手指在岩石上画画开始。雕塑则是后来发生的,它是人类手工时代的产物。那个时代的人,喜欢把一切都以手工的方式描述下来,哪怕是在石头上描述,而且最好是在石头上描述,因为它保留得长久,因为最费手工,也最能看出手工的执着和神秘。

最古老的雕塑源起于古埃及的男人石像。在古埃及,每一个死去的人都要做成木乃伊,木乃伊如果被毁坏,未死的人就改用石像作为死者灵魂的家。因为石像比木

海　外

乃伊自然防腐，而且永不变形。古埃及在地中海南岸，古希腊则在地中海及爱琴海北岸，早期的古希腊石像，隐约有古埃及的影子，比如雅典卫城的男人石像，当初也像埃及石像那样直立，呆板。古希腊最终超出了古埃及，它的伟大是不再满足于直立，在公元前的某一天，古希腊人突然给自己的石像加上了动作和神态。先是男人的身体鼓出了肌肉而且倾斜了，然后是女人露出了乳房而且手臂弯曲了。于是就有了维纳斯，有了胜利女神。从那个时刻开始，雕塑由不朽的死亡，一变而成为不朽的艺术。

当雕塑从古希腊进入古罗马，雕塑就成为人间的奇迹。因为当它经过罗马人耐心的模仿，再经过罗马人独出心裁的创造，它简直就光芒万丈了。它让欧洲既有一部用文字写成的历史，还有一部以大理石诠注的历史。你走在它的任何一个角落，只要看见它，它就是欧洲往事。

这是一尊让全世界眼熟的雕像。它来自《圣经》故事。美少年大卫正在山野里牧羊，而非力士人入侵以色列，大卫脱去国王给他披的那身笨重的盔甲，在溪水里捡了几颗光滑的鹅卵石，手里拿着牧羊杖和甩石带，一步一步走近那个大骂不止的哥利亚。哥利亚手中有兵器，大卫手中只有几颗石子，他轻轻一弹，只一颗石子就让挑战者毙命。大卫于是成了英雄，而且当上以色列王。

原乡记忆

眼前的大卫刚刚放下牧羊鞭,正要去和哥利亚决斗。他以孩子的方式,将甩石带藏在身后,随时准备将那颗致命的石子射出去。大卫的这个姿势,被米开朗琪罗从公元1503年一直定格到现在,在无数个世纪里,没人能够更改,它已经成为人类共同的记忆,成为一种不朽和永恒。尽管我知道佛罗伦萨老宫门前的这个大卫雕像是复制品,原作被收藏在距老宫不远的学院画廊里。可我即使看过了那个大卫,还是要来这里,再看看这个大卫。因为大卫不应该站在屋子里,他就应该站在光天化日之下。

我发现,只要有大卫的地方,就有无数纷至沓来的脚步。大卫的美,其实就在于他能以这样的姿态,直接而鲜艳地站在世俗面前。欧洲在中世纪之前是神的时代,文艺复兴之后才是人的时代。大卫原本只是脱去了国王给的盔甲,应该是穿着自己那身牧羊人布衣的。可在米开朗琪罗眼中,大卫就是这个样子,身体是挣脱的,裸露的,上面洒满了阳光。大卫代表了一种美的尺度,昭示着那个时代的理想,米氏就是要通过大卫,让人的肢体完美地展开,让人像神一样圣洁。艺术家的初衷,并没有被后来的人误读,凡是来看大卫的人,似乎已经忘记大卫是一尊雕塑,而把他当成了一个真人,就在他们之中。我看见,那些有着不同的肤色操着不同语言前来看大卫的人,以及这尊被看的大卫,心里心外,与头顶

这片蓝天一样，晴朗无遮。

美，就是这样，可望而不可即。

城　徽

我不知它有多高，看它的时候，我需要用力地仰起头。柱子的顶端，卧着一头狮子，面朝东方鼓起双翅，振振欲飞的样子。它是一个神话，镌刻在威尼斯的上空。

威尼斯，亚得里亚海湾里的一群小岛的名字。它们曾经是孤单的，散落的，风雨飘摇的，也许太需要有一种东西来凝聚和支撑，于是就有了这个神话。圣徒马可在埃及传教时遇害，在埃及做生意的威尼斯商人偷偷地拿到了他的遗骨，放在猪肉下面蒙混着过了海关。当他们与马可一起回到了威尼斯城，远远地看见天空中有一头飞翔的狮子。威尼斯人认为这是神谕，是上帝派给威尼斯城的保护神，他们忍着悲伤，在看见飞狮的海岸上建起一座圣马可教堂，并把飞狮铸在教堂前广场的立柱上。

飞狮从此就成了一枚金色的图章，印在威尼斯城的额头，让所有来到这个广场上的人不停地抬头打量。其实大家都在找一种久违了的感觉。神话是乡村题材，城市原本就是远离神话的地方，威尼斯却完好地珍藏了它，并让它在这里美丽如初。我相信所有走进威尼斯的人都因为这个而感动。我甚至觉得，每一个城市都应该有属

于自己的神话，就像威尼斯。它让城市在华丽之中含着一种质朴，嘈杂里面有一丝甜蜜。如果一个城市的历史浅短而苍白，有它还可以添一层神奇与深沉。

威尼斯是幸运的，飞狮恰巧在它失去圣徒马可的关头出现，这对它既是一种安慰，也是一种拯救。更重要的是，飞狮让威尼斯与别处不同。走到这里的人，看见飞狮，就知道这是威尼斯，而不是佛罗伦萨，也不是罗马。威尼斯人好像也在尽力地不让你迷失，不论是教堂的雕塑，还是酒吧的壁画，甚至小餐馆的勺子上，小旅店的窗上，到处都张贴着这头可爱的飞狮，他们让飞狮做了这个城市的总统。

在欧洲，许多城市有自己的城徽，许多家族有自己的族徽。徽是一种标记，让人好识别。徽是一个名牌，让人尊敬。徽还是资历，它背后有很长的历史。看那个被威尼斯擎举起来的飞狮，我觉得人类还没有走得太远，依稀还有人神相伴的影子，还有森林沼泽的气息。欧洲是盛产神话的地方，最老的神话出产在古希腊。古希腊告诉我们，神话时代早于英雄时代，远古的原野因为有了英雄而变成厮杀的战场，人类的童年从此就结束了。这头飞狮也许是最后一只眷顾人类的神兽。也许它已经飞走，半路上又掉头返回，给人类留下一条神话的尾巴，不让人类忘记曾经有过的美好。

不知为什么，我希望有一天它能飞在我的天空上，成为我生命里的神话。也可以不是飞狮,而是飞熊、飞鹰,哪怕是一只蝴蝶或蜻蜓,就是不要空白。不一定是拯救,也可以就是相伴。

可是,这世界已经不再混沌荒凉,不再有神秘之所,不可能再有什么神灵之物飞上天空,也不可能再有什么神灵之物降落到地面,在人群的四周,还是熙熙攘攘的人群,什么样的神会喜欢与人共舞呢?

我担心,威尼斯的飞狮有一天会不会因为厌倦而突然飞走。

广　场

中国从近代才开始有广场,中国的广场有点儿像翻译小说,总不是原汁原味。或者说,中国的广场有模仿的意思,就像商店里卖的西洋油画,是中国人照着描出来的。中国过去没有广场这个词语,中国只有院子的概念。不论衙门还是民居,一律都包围在院子里面。院子是北方人的叫法,南方人叫天井,可见其幽深与封闭。

中国古代城市的格局是院子大,巷子深,街窄。紫禁城是中国最大的院子。不但院子大,墙也高,也厚。院子的好处是不公开,院子里发生的事院外的人很少知道,所以院子给人一种神秘的感觉。中国式的院子影响了中国人的精神气质和行为方式,比如内敛,含蓄,婉约,

闪烁,遮掩,欲说还休,犹抱琵琶半遮面。

广场是欧洲的土产。欧洲的广场和中国的院子其实是同一种东西,广场是没有围墙的院子,欧洲人叫它宽街。它因为敞开而不独属于谁,因为无遮而让欧洲人善于演讲。古罗马元老院就袒露在广场上,刺杀恺撒的计划也是在广场上蓄谋的。它的用场不是给你保守秘密,而是让你知道得更多。

我发现,欧洲的房子墙皮很厚,房子的门与门前的广场却是零距离。没有过程,没有铺垫,从大教堂或修道院里走出来,从王宫或市政厅里走出来,一迈步就在众目睽睽之下。欧洲人最讲究隐私,欧洲却盛产广场。谁都可以在广场上停留或路过,有什么话拿到广场上说,有什么好东西拿到广场上摆设,包括男人和女人接吻。广场很符合欧洲人高大的长相和开朗的性格,他们好像特别需要在广场上晾晒自己的肤色和脚步,晾晒祖宗的家底和虚荣。查理曼大帝和威廉一世的青铜像,拉斐尔和米开朗琪罗的雕塑,拿破仑军队从埃及抢来的方尖碑,至今仍在广场上闪闪发光。

在欧洲,广场像城市的肺,在你走累了的时候可以呼吸;像城市的目光,在你感觉逼仄的时候可以向四面八方看去。那些石铺的广场已经被马蹄和车轮碾轧了千八百年,现在的人不论踩在哪里,都可能与伯爵夫人或洗衣妇的脚印重叠。城市有多老,广场就有多老。因为有太多的广场，欧洲人喜欢坐在广场上喝咖啡。那种不急不躁，那种闲适和优雅，也与那个无所不在的广场有关。

广场是一本翻开的书，几乎每一个广场都有往事。往事最多的广场大概是巴黎的协和广场。这个奇异的广场相继叫作路易十五广场、大革命广场、路易十六广场、家具贮藏室广场和香榭丽舍广场。1793年冬日的一个上午，路易十六在这个广场被推上了断头台。1997年夏天的一个傍晚，戴安娜王妃从立兹饭店乘车路经这个广场，几分钟后，她便如一片黑羽，消失在塞纳河隧道的桥下。

有张照片是威尼斯的圣马可广场，当年拿破仑攻占威尼斯之后曾走进这里，他把圣马可广场比喻为欧洲的客厅。拿破仑不但想在这间客厅里多坐一会儿，还想把自己的画像雕刻在广场一侧的建筑上，因为他看见那里刻满了欧洲著名人物的头像。可是，那里始终留了一个空，路易·波拿巴却再也没有回来。

广场像一张白纸，许多的悲剧，许多的喜剧，重叠着写在上面。走在欧洲的广场上，感觉欧洲是露天的。想看到什么，就能在广场上遭逢。

歌 剧 院

欧洲人至今不能接受卡拉OK，也包括VCD和

DVD。男人必须西装革履,女人必须长裙曳地,大家正襟危坐在歌剧院或音乐厅,至少也应该是电影院。欧洲人不喜欢流行,而喜欢经典。在欧洲的城市里,歌剧院是一个重要的公共空间,它仅次于教堂和市政厅。在维也纳,歌剧院就是它的全部,或者说,维也纳就是一座歌剧院,这个城市别的一切不过是一幕歌剧的布景或道具。如果维也纳是土地,歌剧就是种子,而莫扎特贝多芬施特劳斯等等就是一群农夫。这个夜晚,我知道我来到了一个陌生的城市,我将坐在这间有包厢的歌剧院里,试着体验一个国家的传统,一个民族的习惯。

这个穿古装的男孩子,正站在歌剧院的门口及楼梯口,负责向观众手里散发节目单,或给观众指点座位。他那身华丽的古装打扮,一下子把我带到了一百多年前,或者更远的时光。我被他指引着向剧场里走的时候,有一种恍如隔世的感觉。楼梯的扶手,曾经被那个时代的人无数次抚摸过,走廊和天花板上的灯光,照过那个时代人们的脸,大厅里背景音乐的曲子,是那时候的人一首一首谱出来的,今晚演出的歌剧的本子,也被那个时代的人不知表演过多少遍。时间好像一直定格在1869年。那是罗马式的歌剧院落成后的首场演出,剧目便是莫扎特的《魔笛》,莫扎特本人就坐在那架棕红色的三角钢琴前。音乐起,大幕揭开……

据说,在第二次世界大战中,这座歌剧院绿色的楼

海 外

顶曾被美军飞机误以为是火车站,从空中扔下炸弹给炸了,只剩下断壁残垣,几乎所有的装饰品、道具、歌剧谱、服装,统统都被烧掉了。然而,维也纳是一个不能没有歌剧院的城市,那场战火熄灭后,维也纳人用了长达十年的时间,在原址重建国家歌剧院。1955年初冬的那个晚上,新的国家歌剧院终于竣工,并首场演出贝多芬的《菲德里奥》。也许这一天让维也纳人等得太久了,剧场里的掌声几乎要把楼顶鼓破。这就是维也纳,歌剧和音乐已经是它的脚步和心跳,已经是它的红酒和面包。

维也纳有许多传统是玛丽亚女王给铺垫的,其中就有音乐。是她让奥地利在日后成为音乐之国,让维也纳的空气里都跳荡着五线谱。我想,这个生了十六个孩子的女人,一定爱唱歌,爱跳舞,爱做游戏。她给孩子们唱的摇篮曲,一定是维也纳森林的风光。她用女王的心胸把舞台给搭起来,让海顿、莫扎特、贝多芬、舒伯特、勃拉姆斯以及施特劳斯家族一一登场。那些小夜曲、圆舞曲、进行曲、交响曲,于是就在多瑙河上和维也纳森林里旋转,蹦跳,飞来飞去。坐在歌剧院里,我突然就明白了他们为什么至今仍敬仰自己的女王,为什么至今还保留那样传统的穿着打扮,他们是以这种方式,展示一种遗产,怀念一个时代。

玛丽亚没有坐过这里的皇帝包厢,她去世的时候,国家歌剧院还正在建设中。后来,包厢里的主人是她的

 原乡记忆

子孙。长幔和座椅是枣红色的丝绒，镶着金色的边穗。皇帝和平民同在一座歌剧院里看演出，不同的是位置。剧场是圆形的，像一个巨大的天井，一层一层地排上去。最上面是站位，那是平民听歌剧的地方。歌声和乐曲也是一层一层地飞转上去，最后传到平民的耳朵里。音乐没有等级，人却有。莫扎特一定不是这么想的，所以才会在美泉宫给女王跪下，请求女王把女儿嫁给他。女王在这个问题上没有站在音乐一边，在她眼里，音乐虽然重要，却没有帝国重要，她的女儿只能嫁给欧洲的国王。可怜的莫扎特，他用音乐美化了这个国家，却始终挤不进这个国家的上流社会。即使维也纳每一寸土地都飘荡着他演奏的曲子，在王公贵族的眼里，他始终是一个寒酸的琴师。以至于在他死后，人们也只知道他的音乐好听，却至今找不到他安息的地方。

　　眼前这个小伙子，让我忍不住想起了莫扎特。记得我在维也纳买过一种莫扎特牌巧克力，包装纸上的莫扎特，就戴着这种古怪的金色发套。

旅　馆

　　这间旅馆有一个非常好听的名字，天鹅。一只白色的天鹅正在要飞离的时候，被雕塑家凝固在门楣的上方。也许是为了留住它，也许想说明这是一个多么美丽的地

方，雕塑家用肥绿的水草将天鹅环绕起来，做成了一个窝的形状。我站在门前端详了很久，心想，这间旅馆的主人不过是叫雕塑家给旅馆设计一个标志，为的是让漂泊者和旅人路过的时候就决定在这里住下来，那雕塑家竟然把漂泊者和旅人雕塑成自由飞翔的天鹅，把旅馆形容为一个温暖的可以依偎的草滩，这也太含蓄了吧？有意思的是，雕塑家的艺术之心居然被这间旅馆的主人认同，居然就让作为旅馆的标志一直保留到现在。不知道旅馆的生意是否红火，这只天鹅至今仍然洁白，至今也没有飞走，就说明了一切。

去欧洲的那些天，几乎一路上都在住这种古老的普通的小旅馆。我不明白，欧洲人过去也长得人高马大，旅馆为什么那么窄小呢？房间小得只够放下两张床，旅行箱都没地方打开。也许过去一个房间只住一个人，而现在是旅游的时代，就显得拥挤了。天鹅并不是我们入住的旅馆，它不但古老，而且著名。我走到这里的时候，看见门口坐着几个中国人。有人仰起头望着，还有人正往跟前走。原来马克思和燕妮当年曾经在这里住过，那本著名的《共产党宣言》就是在这里写成的。那几个中国人一定知道这个典故，才特地到天鹅旅馆门口坐坐，说不定还进去看了。中国人对马克思，有一种说不清的亲近。

天鹅旅馆的对面还有一家旅馆，叫鸽子。1852年，

法国大文豪雨果曾在那里住过。导游说,雨果的《巴黎圣母院》就是在鸽子旅馆写的,我曾信以为真。回来一查,他说错了。《巴黎圣母院》写于1830年7月底,出版商催逼得很紧,只给雨果六个月时间。据雨果夫人阿黛尔说,他买了一瓶墨水和一大块厚厚的灰色羊毛披肩,把自己从头到脚裹了起来,把其他的衣服都锁在别处,免得自己忍不住要跑出去,仿佛蹲监狱一般。最后,雨果终于赶在出版商戈斯兰规定的时间内交稿。写作地点,当然是在巴黎。不过,雨果的确在布鲁塞尔住过,在鸽子住过,而且先后在这个城市住了十五次。后来在布鲁塞尔市中心的街垒广场有了一套自己的房子,他和家人在那里大约住了四百天,写他的《恐怖之年》。

走到这里我才明白,马克思和雨果为什么都选择布鲁塞尔。马克思的故乡在德国的特里尔,那个小城处于布鲁塞尔东南边境,到布鲁塞尔比到柏林还近。法国也不远,在布鲁塞尔正南方向,所以雨果一走就走顺了脚,到布鲁塞尔像到外祖母家串门。可以想象,当年的布鲁塞尔旅馆里住满了政治家、作家、艺术家,这样的大人物多得碰腿,会是怎样一番热闹。

最有意思的是,那天我在街上买了一份中文报纸,左下角居然刊登了法新社的一条最新消息,题目是《百年后布鲁塞尔向雨果认错》。消息说:

海 外

　　1871年5月30日，客居布鲁塞尔的法国大文豪雨果，因提议在他家里接待流亡的巴黎公社社员而被比利时驱逐出境。一百三十一年后，布鲁塞尔市政府向雨果致敬，在雨果故居正面设立了一块纪念碑。在这块镀金的纪念碑上刻着雨果的两行文字：我觉得我是全人类的兄弟，我是接待所有的人民的东道主。布鲁塞尔市长在揭幕仪式上致词说，比利时承认它驱逐雨果的错误。

原来，雨果当年在比利时《独立报》上曾刊出一封公开信，表示愿意把他在布鲁塞尔街垒广场四号的房子作为流亡的巴黎公社社员的避难所，因而引起一场事故。1871年5月27日夜里，有人持木棍和石块，到雨果的家里攻击他。5月30日，比利时国王莱奥波德二世就签署了驱逐雨果的命令，并禁止他将来返回比利时。雨果真的就再也没能走进这个国家，再也没能走进他在街垒广场上的那所房子。比利时人虽然早就感觉到了不对，却直到今天才认这个错。然而，这个历史的错，人家毕竟认了而且改了，毕竟没有忘记曾经犯过的错。这种良知，这种精神，就让我感动，我把这张报纸收好并带了回来，作为欧洲之行的珍藏。

　　天鹅和鸽子都坐落在布鲁塞尔大广场。广场是长方形的，周围是一个比一个辉煌的建筑。有教堂、市政厅

和国王公寓，还有面包师、弓箭手、船夫、细木匠及箍桶匠等各商业行会楼。天鹅这座楼原是肉商行会总部，鸽子则是画家行会总部。那是17世纪。天鹅和鸽子改成两家小旅馆，是19世纪的事。

宫　殿

这世上除了自然的造物，就是人工的造物。这世上之所以有人工的造物，因为自然的造物已满足不了人的需要。人工的造物之所以有时候比自然的造物还要好，因为人能由着自己的性子，人能巧夺天工，想要什么，就可以造出什么，想要什么样子，就能造出什么样子。比如，人是有许多欲望的，欲望是很人性的。人因为有权利欲，就为自己造出了皇冠，权杖，宝玺，宫殿。当一个人做了帝王，这些人工的造物就会一齐上阵，帮助他把绝对权威扩张到顶点。

我听说，在路易十三之前，这里一直是皇家狩猎场。四周是大片大片的森林，距巴黎却并不远，驾着马车，听两支莫扎特的曲子，就走到市中心了。有一天，路易十三做出一个决定，要把狩猎场改建为国王的宫殿，可他却没有等到入主凡尔赛宫的那一天。

凡尔赛宫的第一个主人叫路易十四。接下去是十五和十六，一共有三个叫路易的国王住在这里。不论过去

海 外

还是现在,凡尔赛宫是宫殿的极致。然而,极致就是尽头。极致的凡尔赛宫,最后坍塌在路易十六手中。法国发生了大革命,他和王后一起被革命群众砍掉了脑袋。那个可悲的玛丽王后,就是奥地利女皇玛丽亚的女儿。玛丽亚喜欢让自己的儿女与欧洲各国的皇室联姻。玛丽刚刚做了几年凡尔赛宫的女主人,转身就成了那场大悲剧的女主角。

在凡尔赛宫,不论走到哪里,眼睛里看见的只有路易十四。他站在墙上的画框里,样子很怪异,头上戴着白色的卷发套,脚下穿着一双女式舞鞋。据说路易十四爱跳舞,当年曾有人图谋杀他,他为了麻痹对手,就装疯卖傻,一天到晚只知道跳舞。路易十四的假面一直戴到二十二岁,他突然间正经起来,并以政变的方式上了台。那时候,王宫仍在巴黎城内,路易十四身边只留四个大臣干活儿,其余的大臣就让他们住在郊外凡尔赛宫里吃喝玩乐,其实是把他的政敌以这种方式架空或软禁在这里。两年以后,路易十四入主凡尔赛宫,他把想推翻新国王的大臣和贵族们也拉来跟他住在一起。让他们什么也别干,就在游戏厅里打桌球,打不好的就关起来,于是凡尔赛宫的大臣和贵族们都蜂拥着去学桌球,蜂拥着往路易十四布下的陷阱里跳。

由路易十四导演的凡尔赛宫故事不止这些。他还在宫里举行大型宴会,国王和大臣贵族在一个桌上吃,把

巴黎的平民们叫来站在旁边观看。路易十四把这种官吃民看起名叫"唤醒味觉",一餐要喝五种酒,两道凉菜,两道热菜,一顿饭要吃五六个小时。过去的法国人吃饭用手抓,从路易十四开始改用刀叉。这其实是另一个陷阱,另一场由路易十四执导的剧目。那时候,整个法国危机四伏,路易十四不过是以这个方式稳定人心。虽然花了大价钱,法国却在年轻的太阳王路易十四率领下,走进最为辉煌的时代。路易十四,为凡尔赛宫写出一个传奇。

我来的时候,阳光正照着凡尔赛宫金色的墙壁。蓝天白云在高处,俯瞰着几千间楼阁和窗子。墨色的森林像宫墙一样环绕在四周,守护着这里的宁静和华丽。昔日的主人已不知去向,那香气四溢的豪华晚宴,那乒乓作响的桌球,那夜夜旋转的舞会,也如烟尘一样消失在时间的隧道里。孤独的宫殿,雕像般坐落在巴黎郊外,成了巴黎的典故。

可是在法国人心中,凡尔赛宫永远是法兰西的象征。即使它有一天倒塌了,也永远照耀着他们的生活。在欧洲人眼里,凡尔赛宫则是一个中心,一种技巧。远在奥地利的玛丽亚女皇一定是看得眼馋了,她不但把女儿嫁到这里,还模仿着它的样子造出一个美泉宫。美泉宫只是一个法国式庭院,与凡尔赛宫相比,那庭院可太小了。其实,这世界任何一座宫殿,都是凡尔赛宫的陪衬,因为它的主人是路易十四。在 18 世纪那个时代，路易十四让整个法国成为了世界的宫殿。

不知为什么，拿破仑虽然当上了法兰西皇帝，却没有入住凡尔赛宫。他那么狂妄，却与约瑟芬小心选择了枫丹白露。凡尔赛宫里里外外，只有一张拿破仑加冕礼画像（同样的画像有两幅，另一幅挂在卢浮宫）。也许因为他是拿破仑·波拿巴，而不是路易十七？也许他认为路易十六的阴魂还在宫殿里游荡，他不想让做鬼者的叫声扰了他和约瑟芬的好梦？可是，这世间哪一座宫殿会是安静的呢？

凯旋门

来到巴黎，不可能越门而过。尤其是这座门，它站在沙佑山丘的最高点，站在星形广场的正中，巴黎最美的那条大道一直通到门下。你绝对绕不过它，而只能走向它。更重要的是，这座门与一个巨人的名字纽系在一起，与一个时代的烽烟和荣辱萦绕在一起，虽然有门而无扇，你不由自主地就会用目光去仰叩它。

巴黎有许多座大大小小相类似的门。它们像一颗颗美痣，星散在巴黎雪白的肌肤上。其实它们并不是那个人以及那个时代的原创，而是一种发扬光大式的模仿。凯旋门最早的诞生地是罗马。在罗马斗兽场附近，我看

见过那座古老的君士坦丁凯旋门。公元312年，君士坦丁大帝为最终战胜自己的敌人马克森提，建了这座凯旋门。那是人类的英雄时代，胜利不仅需要精神的狂欢，还需要以物质的方式彪炳。君士坦丁凯旋门上面铭刻的字迹，至今还能看得清清楚楚。浮雕人物的伟大表情和姿态，也好像呼之即出。精美的科林斯式柱子，虽支撑了近两千年，却让君士坦丁凯旋门始终以一座门的姿态，站立在古罗马的废墟里。

这一场发生在十几个世纪后的模仿，缘于拿破仑。这个从科西嘉来的小个子皇帝一直崇拜恺撒和奥古斯都，他的野心和雄心，就是像罗马大帝那样建功立业。每打一个胜仗，巴黎就有一扇门鼎然而立并开启。在巴黎，门的意义已不止是门，而是一个国家的标志式建筑，一个人的个性与追求。拿破仑把这座门命名为雄狮凯旋门，始建于1806年，拿破仑已经在巴黎圣母院的圣坛前加冕为法兰西第一帝国皇帝。为了庆祝他在欧洲大地上的百战百胜，也为了迎娶那位美丽的奥地利公主，他决定在沙佑山丘上建一座世上最大的凯旋门。这是拿破仑一生中最春风得意的时刻。在中国，这叫洞房花烛夜，金榜题名时。然而，当雄狮凯旋门1836年落成的时候，这座门的主人却早就死在圣赫勒拿岛上了。

看见凡尔赛宫，就会想起路易十四。看见凯旋门，就会想起拿破仑。拿破仑知道自己终有一天从这个世界上消失，身后也许还会留下骂名。在他功高势强的时候，并不在乎欧洲人看他的眼神是迷醉或是愤恨，他只尊重自己的意愿。1806年前后，他不但建筑雄狮凯旋门，还模仿着君士坦丁凯旋门，在卢浮宫门前建了一座。在旺多姆广场，还模仿着古罗马皇帝图拉真，竖起一根图拉真记功柱。他的目的只有一个，就是要让自己不朽。雄狮凯旋门，其实是拿破仑的另一个名字。

在巴黎，走到任何一个角落，都可能与拿破仑时代的遗物相遇，翻开任何一本书，都会撞见拿破仑那睥睨一切的目光。他的骄傲和自信，他的争强和好胜，几乎侵犯了所有的人，可他却以此征服了整个欧洲。在卢浮宫，我曾经久久地站定在拿破仑加冕的那张画像下。不是欣赏画家的技巧，而是在揣摩被画的拿破仑。他居然让教皇坐了冷板凳，自己给自己戴上皇帝的桂冠，然后又亲手给约瑟芬戴上皇后的桂冠。这种不伦不敬，只有拿破仑能做得出来。然而，宗教感极强的欧洲人，却并不对他追究计较。欧洲人对拿破仑所有的缺点都宽宥包容。即使有滑铁卢，也无法改变对拿破仑的崇拜。英国人让威灵顿将军住进伦敦一号，并为他修了一座威灵顿门，以奖赏他打败拿破仑。即使这样，也无法遮掩失败者拿破仑的光辉，也没有多少人记住威灵顿。小个子的拿破仑，以一个大人物的个性魅力，在欧洲人心里站成了一座高大而永久的门。

我听说，雨果的父亲是拿破仑时代的将军，因为死后没有获得拿破仑的承认，名字没有镌刻在凯旋门内壁的名单上，曾令雨果十分生拿破仑的气。法国人爱雨果，一直记着这件事。雨果死后，特地让他的棺柩在凯旋门下停灵一夜。这是凯旋门的故事。我想，有凯旋门在，许多美好的东西都会因为它而得到永恒。

那天，我穿过人行横道，站在大道中央安全白线里边，想从正面仰看它。可是，我的视线被两个年轻人挡住了。两边车流交错着浩荡，他们则站在安全白线里面长长地拥吻。车已经开过去了，绿灯亮了又灭，他们一直就站在那里深吻。我只好把他们的故事也编在凯旋门下，如果这一场爱情是在旅行中发生的，那就祝他们凯旋。

教　堂

当飞机在意大利的罗马落下，当我穿过那些密集的国家和城市，我终于知道我的眼睛里为什么只有教堂。它像一种神圣的植物，一株一株地深种在这片绿色的湿润的泥土里。它像一种无形的阴凉，覆盖了所有的山野和城市，并决定着所有人的心跳，表情，行为方式，包括用餐前的祷告，走路的姿态，婚纱的白和丧服的黑。它还像日光下月光下灯光下的影子，不论你向哪里转身，都将被它牵扯，或与它遭遇。在城市中央，在山顶之上，

海 外

在人烟并不稠密的乡村，它都是最高的那一处，让人一眼就望得见。几乎没有什么能够遮挡，也没有谁可以忽略或拒绝。

这世上只有一个上帝，却筑造了那么多教堂。它的大大小小，它的无所不在，曾让我有一些不适应，因为此前我从没有走进过教堂，我只熟悉佛寺。中国的佛寺大多建在深山老林中，距人间远，距世外近，朝圣者进香许愿或祈求平安，需要跋山涉水日夜兼程，所以我虽然熟悉它，却没有几次走近它。欧洲的教堂就建在城市和乡村最热闹的地方，亲切可靠，再世俗不过，就像邻家的院子，随时随地就可抬脚走进去。

我发现，欧洲的城市很少有玻璃幕墙式的高楼大厦，人们像信守一种默契，把所有的高度都让给教堂。这样的景象在乡间或小镇更为突出，在很远的地方，就可以看见哥特式或巴洛克式小教堂的尖顶，那尖顶就像一只高举起来的手掌，上面带着家人般的温度。我就想，从这里走出去的人不是流浪，而是旅行。因为他们不论走到哪里，内心始终飘扬着那只温暖的手掌，不论走出去多久，终究要再回到自己的小镇，自己的乡村。这里是家园，是归宿，这里有人在等。

教堂有大小之分。几乎每一个城市都有一座或多座著名的大教堂。它像一件祖传的珍宝，一件有来历的文物，被络绎不绝的旅游者观赏把玩之后，还要再当成风

景拍照一番，这让大教堂原来的意义变得模糊不清。欧洲人看上去乐得这样，他们早已不像祖先那么严谨执拗，端着老贵族的架子不肯放下。欧洲人的日子比过去显得寂寞，用教堂吸引旅游者不是一件坏事，生活有时候真的需要一点儿喧闹。城市里更多的是小教堂。许多欧洲人喜欢去旅游者走不到的小教堂做礼拜。小教堂之多，有点儿像中国的街道居委会。因为距家很近，欧洲人把它当成走出家门后的另一个家。欧洲人的一生都与这另一个家息息相关，新生儿的洗礼，年轻人的婚礼，死者的葬礼，平日里的祈祷和忏悔，都要在这里完成。基督教是时间宗教，一个人的生命从开始到结束，都要经过教堂。教堂在那里永远是一种守候的姿态。

记得那天我从巴黎圣母院的正门向里走去，大厅的右侧有几间忏悔室，门是百叶式的木帘。其中的一间，百叶木帘拉在水平的位置，凳子上坐着一个女人，低着头，一动不动。在她的面前，站着一位穿着白袍的神父。他个子高大，正在对那个女人说什么，说得非常激动，两手有力地上下比画着，却听不见声音。不知为什么，我在内心里羡慕这个女人，羡慕她有一间可以去忏悔的密室，有一个可以说心里话的神父。不论是否获得拯救，最危急的时候，她能为自己的心找到出口，总是一种万幸。我甚至想，每一个人都应该为自己的心灵设一间教堂，遇到困境而无告的时候，就安静地走进去，哪怕自己做自己的神父。

我一路上都在看教堂。我曾经很想随着一支娶亲的队伍走进教堂里去，亲耳听一听神父怎样为那两个年轻人祝福，然后在教堂门前的草地上参加鸡尾酒会。曾经很想悄悄地加入一个送葬的人群，看那个死去的人被安葬在教堂里，尽管与他素昧平生，也愿意跟他的亲属一道往那个深棕色的棺木上扔几枝鲜花。我知道，我其实是因为喜欢教堂而喜欢那些仪式。生活里的确需要有一点儿仪式。仪式让生活精致，优雅，而且神秘。否则生活就太平淡太潦草了。

然而，我至今也不是哪一种宗教的信徒。我只是觉察到我需要一种有宗教感的生活。因为人的一生总会遇到某种困境。我可能并不害怕物质的困境，而更害怕精神的困境。当它来到的时候，我希望能有一种东西将我引领和拯救。

铁　塔

巴黎的历史是石质的。那些石板石榫铺设的道路，在岁月里磨成了铁，没有人能撬动一下。那些石制的砖砌的建筑，在时光里变成了文字，已经是书里的风景。它方方正正，垛成各种格局，像一个固定了的阵容，不能随意拆除，也不能随意加入。城市的样式是前人完成

的，后面的人只管进来住，连它的蛛网都不要捅破一张。巴黎让所有的人像信守诺言那样，不许有一点儿背叛。只有拿破仑除外。巴黎最后一稿，出自拿破仑的手笔。

埃菲尔先生是后来者，他硬要给巴黎塞一个楔子。不用大理石，而是改用钢铁，将一个铁制的塔强加给了巴黎。那是1886年，巴黎因为主办世界博览会，需要一个纪念性的建筑物，于是就向全法国征集设计方案。工程师埃菲尔，给巴黎设计出这么一座铁塔。

在19世纪末，它曾经是整个世界的高度。20世纪末，它仍然是巴黎的高度。这个高度是由铁铸造的，只有铁能把人的欲望高举起来。铁在一夜之间颠覆了大理石，颠覆了城市。巴黎人火了。巴黎人接受革命，却接受不了埃菲尔塔。它惹怒了巴黎的贵族和上流社会，也惹怒了巴黎的作家和艺术家。他们认为这个塔破坏了巴黎的美，损害了巴黎的盛名。巴黎是一个具有讨论空气的城市。人们联名写信反对建这个塔。一个退休军官向法院提出控告说，铁塔塌下来压了我的房子怎么办？尽管这样，政府仍然站在支持一方，埃菲尔本人也出来解释。这个塔最终被巴黎人认同了。

一直不能接受的只有作家莫泊桑。这个怪物样的塔，被他视为眼中钉。我能理解，顽固不化，其实也是一种爱的方式。然而，在一个充满变数的时代，旧的东西必然给新的东西让地方。这种让不但是精神的，还将是物质的。塔是一支笔，将陈旧与新鲜划分开。塔是一把锹，将巴黎的沉醉搅醒，也将巴黎的未来预告。这把锹是掘墓用的，旧的东西只是因为害怕被埋葬，而本能地抗拒。我想，莫泊桑不一定拒绝新，可他一定比任何人都怀旧。旧是他小说里的背景，没有了旧，也就没有了故事的现场。他不过是想完整地保留记忆，保留对巴黎的感觉，让它们像塞纳河水一样取之不尽。

许多的人，只要说到埃菲尔塔，就会说起莫泊桑。在那些人眼里，莫泊桑是可笑而且可悲的。在我眼里，他或许是最可爱的。即使是现在，这个塔也只是在时间的作用下被我们熟悉了。它的意义就是铁，就是高度。登上塔顶，可以任意俯瞰巴黎。可我并没有觉得它伟大，我却通过它看见了巴黎的伟大和浩瀚。这样想，我甚至觉得它悲哀。它是巴黎的标志，却永远也融不进巴黎。孤立，格格不入，像扎在巴黎嗓子眼里的一根鱼刺。

那天午夜，从红磨坊看演出回旅馆的路上，又一次经过埃菲尔塔。塔内的灯光映照出它身体的全部线条，像巴黎姑娘的大腿，放荡，性感，每一根血管都看得清楚。我感觉它正朝着观众撩起裙子，在它的腿下，战神广场变成了蒙马特区的夜总会。

原乡记忆

大　道

　　这里过去曾经是一片沼泽。1667年，勒诺特尔设计并建造了这条名叫"大道"的宽马路。1709年，它被改名为香榭丽舍大街。我却喜欢叫它香榭丽舍大道。在这里，街与道本来是一个意思，可我总认为还是有些细微的区别。街比道显得窄，像舞台，有一种隐约的韵味。道却是宽敞无遮，像广场，上面洒满了阳光。

　　因为它连着一个广场，一座凯旋门，所以站在这里可以目睹世界上最伟大的身影，可以浏览法国历史上最关键的镜头。拿破仑当年曾经无数次地从凯旋门下走进这条大道，住在大道两边楼房里的老贵族们，穿着燕尾服，戴着礼帽，倚在敞开的窗子，然后从梧桐树的缝隙里，为那个趾高气扬的小个子皇帝鼓掌。年轻的伯爵小姐，华衣彩服，将头发盘出各种花样，因为暗恋着波拿巴，而咬牙切齿地嫉妒那个坐在他身边的幸运的奥地利公主。这可能就是大道留给巴黎的幸福和忧伤。

　　大道是巴黎最时尚的地方。最早的房主都是巴黎的名门望族。香榭丽舍六十八号，当年曾经被基督山伯爵买去。我想，真正的贵族不会卖掉这里的房子，那一定是个衰败破落的子弟，或者就是曾经陷害过基督山伯爵的仇人，面对咄咄逼人的复仇者，不得不拱手相让，然

后悄无声息地退出并消失。现在的香榭丽舍大道,虽然已不再有过去那种贵族气息,却一直与别处不同,优雅,雍容,上流,有身价。它仍然只属于一部分人,仍然是巴黎的经典,巴黎的橱窗。这里聚拢着众多著名的品牌店,它们像参加竞赛的选手,却永不退出场地。

大道像巴黎的胸膛,敞开在那里,不拒绝你走进它的内心,也不阻止你表演花样。在它身上,既有一种高贵的上流姿态,还有一种宁静的平民气息。粗粗走过的时候,觉不出它有什么特殊。只有认出商店门口的名牌,或是闲坐在街边的咖啡馆,看时髦的人看得眼花缭乱,才知道它有多么不同。香榭丽舍让我爱上了巴黎和巴黎人。巴黎是世界的舞台,巴黎人是世界级大师。因为巴黎具有把一切都变成艺术的魔力。在别的地方会被认为是发疯的举动,在巴黎就会被称为创造。十多年前夏日的一天,路经香榭丽舍大道的人突然发现,这条世界上最漂亮的大道整个儿变成一片金黄色的麦田。一垄垄穗粒饱满的麦子,连根带土被移植到车水马龙的大道上来,巴黎一时间变成了飘着麦子香气的乡野田园。原来这是法国政府教育部、文化部、农业部和巴黎市政府联手搞的,为了让五谷不分的巴黎市民了解天天吃的面包从何而来,这些单位居然以这种方式,组织了一场名为"巴黎麦收"的示范行动。我至今仍记得在那张照片上看见的情景:蔚蓝的天空,白色的凯旋门,大道两侧绿树如栅,

中间却是一片齐胸高的海洋般的麦子。那金色的成熟的麦穗,像铺在地上的火焰,都能闻见烤面包的香气了,与巴黎人身上喷洒的香水是两种味道。这是巴黎的浪漫,也是巴黎的严肃,即使是执政者,也不生硬地强迫你接受说教,而让你快乐而志愿地走入麦田。

巴黎当然不止这一条大道。大道上上演的节目也不止这一个。就在我离开巴黎不久,那条三公里长的大道上,一夜之间突然就变成了鹅卵石和沙子铺成的海滩。上面有棕榈树、沙滩伞、帆布躺椅、更衣间,还有露天酒吧。男男女女们真就像在地中海边度假那样,戴着墨镜,换上泳装,抹匀了防晒油,找一张躺椅,或就地铺上浴巾,做日光浴状。这次行动名为"把马路还给行人"。大道成了公益宣传板,成了官员们发布政令的立体书本和文件。巴黎太人性了,在这样的城市里当个市民,可以体验意想不到的幸福。

去过巴黎,我就知道了,没有疯狂劲儿,没有想象力,没有风情万种,就不是巴黎。路易十四是太阳王,他把巴黎的街道也设计成放射状的。巴黎人走在洒满阳光的大道上,灵感的火花怎么可能不飞舞迸溅。

左 岸

左岸是一个方位名词。这个名词,只属于塞纳河。

我在巴黎市区里转的时候，塞纳河像一根绸带，始终牵扯着我的目光，拴绊着我的脚步。巴黎所有的景致，几乎都分布在塞纳河的两岸。凡尔赛宫因为隔得远了一点儿，路易十四差人挖了一条长长的河道，让塞纳河水七拐八拐地流到他的皇宫门前。

巴黎因塞纳河而生动。它给巴黎的繁华和喧闹注入了多少香氛和彩雾，为巴黎的早晨和夜晚稀释了多少化不开的浓稠。塞纳河因巴黎而高贵。巴黎在岸上。映在水里的是爱丽舍宫，卢浮宫，埃菲尔塔，凯旋门，香榭丽舍大道，巴黎圣母院，协和广场，巴黎歌剧院。它们像童话里的星星和钻石，把塞纳河的眼睛晃晕了。水流到这里，仿佛走不动，也仿佛是不想离开。

还没去巴黎的时候，就知道塞纳河有一个左岸。左岸在右岸的对岸，它是被贵族们遗弃的地方，当巴黎的贵族们离开左岸挤入右岸，左岸就成为另一种贵族的天地，他们是学者，诗人，艺术家。于是左岸与右岸就有了一种天然的区分，左岸就有了右岸所没有的东西。左岸的咖啡馆。左岸的画室。左岸的旧书摊。左岸的大学城。左岸的教堂。左岸的树林。还有左岸的幽静。这里是圣日耳曼街的哲学家们口若悬河的地方，是萨特和波伏娃谈情和写作的地方，是索邦大学的青年学生用拉丁文用功苦读的地方。艺术家们则喜欢坐在左岸的丁香树下，支起画架，将右岸的奢靡和污浊涂抹在画布上。

因为左岸的自由和包容，所有流浪到巴黎的艺术家都聚集在左岸，这里一时间曾挤满了衣裳奇特、胡子怪异的人。他们佩戴着用纸和树皮制作的领带，将短裤套在上身当衬衫，用金表换一双破烂拖鞋，经常喝得酩酊大醉。大醉之后的一顿喷发，就有惊人的作品问世。

这是左岸的奇迹，粗茶淡饭，破衣烂裳，成就左岸最辉煌的时代。左岸记得，毕加索初到巴黎的时候十九岁，他还不知道左岸未来会成为艺术的中心。1900年，一幅画还抵不过一杯啤酒、一杯热咖啡或者一块蒜蓉面包。可是塞纳河很快就熟悉了毕加索那矮胖的身材，炯炯有神的黑眼睛，长长的刘海，以及他那支短短的欧石楠根烟斗中冒出的淡灰色烟雾。从美国来的邓肯女士与其一群追随者，则在左岸任何一个地方都可以翩翩起舞。在这里，似乎每个人都能寻找到快乐，找到艺术的原创力。这当然是老一辈子的左岸。

左岸与右岸有两种不同的风情。右岸是成功者挥金如土的乐园，左岸是年轻人想入非非的温床。许多人在左岸做梦，在右岸圆梦。许多人抵制右岸，向往左岸，是不想让生命慵懒，坏掉，不想让生活停滞，混乱。然而，在去巴黎之前，我看见了艾尔斯肯的《左岸之爱》，我才知道，1960年代前后的那一股世界性风潮也袭击了左岸。这里不再是想象中的净土，也有不可思议的东西发生着。艾尔斯肯拿着相机，以一个充满激情的观察者身份，徘徊在左岸咖啡馆一带的夜生活里，抓拍那些在阴影中跳舞喝酒吸毒的年轻人。女孩子们把眼圈涂得很黑，看上去比实际年龄老得多。男孩子们也在艾尔斯肯的左岸场景中生动出镜，他们像一群无家可归的被放逐者，在左岸的空气里播散着汗臭和精液的味道。我承认，被艾尔斯肯捉住的，是上一辈子的左岸。

那么，这一辈子的左岸是什么样子？左岸对巴黎曾经有启蒙的意义，当高大的埃菲尔塔在左岸竖起，巴黎一下子就从古典走进了现代。只是，现代来到巴黎的时候，左岸也改变了。岸上留下太多美丽而颓丧的记忆。我其实就是为了那些记忆，而来寻找这一辈子的左岸。

这是一个白天。左岸的白天太寂静了，位于第六区圣日耳曼大街的植物咖啡馆尤其寂静。罗兰·巴特经常光顾这里，在这里构思他的自述，偶尔与他的男友会面。罗兰·巴特也许是左岸最后一位大师级人物，多少有一点儿孤单和怪异。

因为外面的光线太强，一个绅士样的男人选择了屋内这扇窗。看他的年龄和长相，肯定不是罗兰·巴特；看他的气质，也许是个戏剧家或诗人什么的。这里的确适合构思，也适合像萨特与波伏娃那样的交谈。不用担心有人来打断，来到左岸的人都爱说话，也乐意倾听。我在门口找了一个位置坐下了。虽然没有人说话，可我居然有一种倾听的感觉。我听见这间屋子里有许多种声音在发出，在交叉。虽听不懂他们说什么，却非常熟悉里面的内容。

因为那些内容，我在书里读过一百遍了。

墓 地

在港版电视武打片里，经常能看见一个人的老爹或老妈被仇家杀死了，他跪在一堆新起的土包前，发誓要为爹妈报仇。这个土包，就是中国式的坟茔。它已经成为一个标志性的文化符号。在中国乡村的洼地或山野上，到处都可以见到这样的小土包。在中国城市的周边，小土包却是渐渐地少了，倒是白花花一片石碑的公墓多了起来。然而，不论是乡村的土包，还是城市的公墓，那种卑琐和拥挤的埋葬，让我对死亡始终充满了恐惧。

我从不掩饰我对欧式墓地的好感。它也许就在城市之中，被树木环绕，疏朗得像一个公园。那死亡了的肉体在土里安然地栖息，灵魂却如天堂里的鸟，卸下了原罪的翅膀洁白如雪，飞累了，可以随意在静谧的林间草地上徜徉。与墓地相关的还有死亡仪式，这也是我所喜欢的。死神降临的时候，身边有神父给亡灵做祈祷。这种祈祷一直从床边做到墓地，直到那个油着亮漆的棺盖被土埋住，鲜花在上面赫然开放。因为死去与活着一样优美，神圣，而且有尊严，所以欧洲人面对死亡非常从容。

海 外

在巴黎的日程很紧，巴黎可看的地方又太多，所以我没有时间去看巴黎那几座著名的墓地。记得，当我站在埃菲尔铁塔向北遥望的时候，我看见了圣心大教堂附近的蒙马特高地。我知道，那里有一座公墓，里面埋葬着茶花女和小仲马。那个凄美的故事已经在那块高地上凝冻了一百多年。我还知道，茶花女在十五墓区。她死后仍然是一个平民，姓名是缩写，被圈成一朵洁白的茶花。小仲马葬在二十一墓区。他死在茶花女之后许多年，仍回到他的贵族沙龙里。那一段刻骨铭心惊世骇俗的爱情，最后却像茶花一样凋零了。

无数的人写过拉雪兹神父公墓，所以我对它一点儿也不陌生。那里埋葬了太多的名人，那些人生活在另一个巴黎。因为那里面也分区和街道，也标着门牌号码。巴尔扎克，莫里哀，肖邦，欧仁·鲍狄埃，这些大家们也许常常在街上碰面，说不定还一起坐在咖啡馆里悠闲地聊天。他们为19世纪的巴黎创造了无数的辉煌，现在该是他们享受拉雪兹神父公墓好景色的时候了。

我只去过拿破仑墓，在塞纳河左岸。巴黎的墓地，只有它被列在参观内容之内。这里原是一所荣军院。1670年，路易十四为安置退伍残疾军人，建了这座圆顶建筑。1815年6月18日，拿破仑兵败滑铁卢之后被流放到圣赫勒拿岛。1821年5月5日，死在狱中，遗体被葬在圣勒赫拿岛的山谷之中。因为拿破仑曾在他的遗嘱

中说，我愿我的身体躺在塞纳河畔，躺在我如此热爱过的法国人民中间。所以法国人多次与英国人交涉，要求取回拿破仑的遗骸，并派拿破仑的儿子安维王子漂洋过海去寻找父亲的埋葬地。然而，直到拿破仑逝世十九年后，他回到巴黎的梦想才得以实现。1840年12月15日，巴黎市民倾城出动，早早地就涌到塞纳河边，站在灵车经过的街道两旁，迎接这位历史巨人的亡灵。拿破仑生前没有看到凯旋门建成，巴黎人特意让他的灵柩从凯旋门下通过。他做梦也没想到，自己是以这种方式凯旋。

这是一个建筑群，拿破仑墓就在这座高大的圆屋顶下。那个油亮的紫红色的六层棺椁，放在地下墓室里。墓室分上下两层，上面一层环绕着六间圆阁，分别安放拿破仑的两个弟弟、一个儿子以及手下四位元帅的骨灰瓮。下面一层是用大理石建造的圆形墓穴，拿破仑的棺椁放在正中央。墓室四周还有十二座胜利女神雕像，每个雕像代表一场光辉的战役。法国人太宽宏大量了，明明是一个失败了的皇帝，却给他这么大的面子。这样的民族，让拿破仑无法不爱，这样的国家，让拿破仑没有理由不回来。

记得我在一本书里看过，拿破仑最后一次离开枫丹白露宫的时候，门外站满了等着看他狼狈相的外国使节。他没有去见这些幸灾乐祸的面孔，而是径直走向卫队的士兵，只跟他们说了两句话，他爱法国，爱巴黎。拿破仑或许是害怕法国人不知道他的心情,所以才在遗嘱里又重申一遍。其实法国人最了解他们的拿破仑,法国人不可能背叛他。后来的事实证明,即使是英国人、比利时人也没有忘记他。这个世界上,恐怕只有他一个人虽败犹荣。在滑铁卢遗址,失败者拿破仑至今仍然高耸在天地之间。

酒 吧

狄更斯酒吧。看样子就很古怪,我在伦敦极少看见这种风格的建筑。有一点儿中式,有一点儿英式,砖墙和瓦顶都呈黑色,木制的廊柱和围栏也一样,黑得难以分辨。它站立在那里,像一块在岁月里烧焦了的木炭,颜色永远也变不过来了。

那块白色的牌子上,写着狄更斯的名字。略显潦草的字迹,在黑色的背景里格外醒目,像一面小小的旗帜。狄更斯当年曾经坐在这里写小说,而且与船工和矿工们坐在这里喝酒谈天,就给了酒吧主人以他名字命名的理由。

在酒吧的旁边,竖着几只布景样的旧桅杆。曾经远航过,如今却不能再扬帆了,只是在做老伦敦的象征。这里是常青藤码头,泰晤士河上的水手,当年就是从这里上岸,然后走进酒吧。他们中有人也许就和狄更斯一

起喝过酒,给狄更斯提供过素材。在桅杆附近,也许就有《大卫·科波菲尔》《双城记》《老古玩店》里的场景。它们和酒吧是一样的颜色,被伦敦上空的煤烟熏成浓黑。

我站在酒吧门前的小广场上,不想很快就走进去。此前我已经被感动过许多次。我在别处也看见过类似的情形,人们以各种保守的怀念方式,将作家、艺术家的名字或画像,像胸针一样别在城市的衣襟上。他们并不是生活在几十年前,而是几百年前。与他们不是梦里相见,而只有在作品里相见,或者在博物馆里相见。时间一个世纪又一个世纪地过去了,以为会被遗忘,却总有人将那些伟大的名字排列成队,不但编辑在历史的书页里,还散布在街头巷尾。而那些伟大人物的灵魂,似乎从来就没有走开过,反而像一支支洁白的蜡烛,照着现在的人,以及他们的生活。现在的人也似乎愿意把自己夹杂在这样的队列里,既有仰仗的意思,更有一种自励的精神。欧洲人脸上的表情总是很优雅,其实是尊重那些名字的结果。那些名字,就是一本教他们如何优雅的书。

来这儿的人,大部分是伦敦市民。他们是这里的常客。这里安静,朴素,还有一种古老的诗意。都说英国人保守,说他们喜欢在过去的时光里浸泡自己,或者让自己去抚摸发黄了的岁月。一边怀旧,一边确认,正是这间酒吧的调子,也正符合英国人的心情。

海 外

我直接上了二楼。吧台上只有一个年轻的小伙子在照顾,他穿着白衬衫,系着蓝围裙,正给坐在吧台对面的几个男人沽酒。这里不像我想的那样,没有什么特别,砖墙上挂了几幅小油画,木制的桌椅上,没有遮盖什么布,也没有摆什么花瓶,光光亮亮的,擦得很干净。要什么酒,说一声就送来了,很是家常。中国人不是这么开酒吧的,中国人怕别人看不出这是酒吧,就把酒吧布置得像破烂市场,像博物馆,像五星级酒店,就是不像酒吧。也许是学来的缘故,骨子里就有一些紧张。

因为想在这里坐一会儿,我也要了杯啤酒,找了一个临窗的位置。旁边是一对中年夫妻,他们都不说话,各自喝着啤酒,在看当天的报纸,样子像坐在自家的客厅里,而不是酒吧。时间是下午,来喝酒的人不多,也就不显得嘈杂。我使劲地想找到一个在电影里看见过的醉汉,或者疯狂的年轻人之类,却没有一点儿痕迹。那种安静,像上个世纪初的无声片。我想,到了晚上,它总会热闹一下吧?

咖啡馆摆在街上,酒吧深藏在室内。咖啡馆喝的是咖啡,酒吧喝的是酒。这就是我给它们分辨出的不同。欧洲人家里的房子够大了,厨房也够大了。可他们待在家里的时间很少,吃东西也简单。他们对吃要求得不高,更在乎喝。晚上是酒,早上是咖啡,手里总要有一只杯子。冰箱里一定还有几桶橘子水。就这样,回到家里喝,出了门更要喝。所以街上到处都有喝东西的地方。

狄更斯不会想到，当年他喝过酒的酒吧，一百多年后，生意仍然这么好。一个从东方来的女人，喜欢它的黑，喜欢它的气味，竟然坐在他坐过的地方，喝了他喝过的酒。这世上有许多人读过狄更斯的小说，读过的人只要走到这里，就会像我一样走进来。

酒吧的主人虽不是狄更斯，他的精神遗产，却在这里占着股份。

博物馆

在欧洲，博物馆多得像是一种风气，一种竞赛。所有的城市，都喜欢将自己的过去以及别人的过去，装在橱窗里或钉在墙上，关进它们特制的大屋子。无论到哪个城市，总有无数条道路通向博物馆。大小不一，分门别类，想看什么，就有什么。昨天以前发生的一切，都叫它们给收藏了。

有一个作家朋友，去欧洲不看别的，专门看博物馆。她认为这是欧洲的经典，也是人类的经典。看过博物馆，就不用再看别的了。在巴黎，仅只是艺术，就有收藏古代版的卢浮宫博物馆，收藏近代版的奥赛博物馆，收藏现代版的蓬皮杜艺术中心。在阿姆斯特丹这一个城市，就有二百多家博物馆。走在街上，一不小心就让它碰了腿。欧洲人不舍得扔掉一件发霉的东西，除了摆在家里，就让它待在博物馆里。欧洲人像有恋物癖，活物是狗和猫，死物是博物馆里的老东西，想念了，就进去抚摸一下。

他们也抚摸别人的东西。几乎所有的历史博物馆里的藏品，都是从古埃及来的。古埃及是人类文明开始的地方，没有古埃及，就不会有那么长的人类史。没有古埃及石像，就不会有古希腊雕塑，同样也就不会有古罗马的模仿。也许因为古埃及被欧洲人掠夺一空，才有了欧洲日后的辉煌。我在《埃及艳后》里看见了当年地中海上的舰船有多么忙碌，士兵们不但将巨大的石像搬到了船上，还将壁画和珠宝一并装进箱子，每一次征服，都有载不尽的战利品。

欧洲人不怕别人说，他们把抢来的东西大摇大摆地放在博物馆里，而且还光明正大地放在广场上。梵蒂冈大教堂前的方尖碑，就是古罗马军队从尼罗河边抢来的。那几座金字塔太巨大了，如果能搬动，欧洲人也绝不会给埃及人留下。

我在大英博物馆看见了一块石碑，那上面刻着古希腊文、古埃及文和古拉丁文。它被称为镇馆之宝。因为欧洲人通过石碑上的希腊文和拉丁文，破译出了埃及文。这块石碑也是战利品，法国兵在埃及挖战壕的时候发现了它，于是就被他们抢夺回来。

大英博物馆是以世界文明版块来区分的，埃及，印度,中国,希腊,分布在不同的大厅里。每一个大厅,都是一座高耸入云的山峰。像走进一片海洋,历史在这里以石头和金属的质地出现,以陶瓷和丝绸的方式展示。

奇怪的是,我已经没有了它原该属于谁的概念,它属于所有的人。博物馆其实是一种责任,它要把散佚的历史碎片捡拾起来,缝合起来,让人类回过头去,看自己的来踪。

最应该被收藏的是人。欧洲还有许多以一个人的历史为题材的博物馆。因为他是个伟大的人物,他在某一方面给人类做了值得纪念的好事,就有人为他专设博物馆。但丁,歌德,巴尔扎克,贝多芬,他们出生或居住过的地方,就是博物馆。

我在意大利还看见了一个被历史收藏起来的城市,它叫佛罗伦萨。它不但对欧洲具有意义,而且对世界具有意义。诗人,画家,雕塑家,将佛罗伦萨变成了人类精神的宝藏。世界从那里迎来了曙光,人类从那里再次重生。所以它的每一块石头,每一棵草,都必须被小心呵护。佛罗伦萨不是物质的城市,而是精神的世界。

欧洲人选择的是一种生活方式,与过去为伴,在历史里徜徉,不论他们在路上将走多远,他们一定要背着这个巨大的包裹,哪怕走得缓慢一些,也决不放下。其实,整个欧洲都是一座博物馆。

最后一片野性草原

尽管我是一个特别喜欢旅行的人,不去非洲却是我给自己设定的一道藩篱。在近二十年的出行记录里,曾去过欧洲、美洲和大洋洲的许多国家,可我从未制订过非洲旅行的计划。

在我的印象中,非洲不是随便可以闯入的地方。那里靠近赤道,阳光炽烈,或大漠无边,干燥而死寂,或水深草长,荒凉而神秘,只有动物和土著可在其中过着相守相安的日子,对于没有任何经验的外来者,那里绝非一个安全之所。这并非出于个人偏见,而是我的脑子里有一根不喜欢冒险、不习惯刺激的神经。

如果说还有什么障碍,那就是非洲的生存状态让我紧张,也让我心疼,不想走到近前去直面它。21世纪,非洲向这个世界传达出了前所未有的人道主义危机。干旱与瘟疫,引发的是饥饿与疾病;贫穷与动荡,引发的是政变与抢劫。一直是许多探险家、旅游者心向往之的非洲,如今或许成了地球上的最令人不安的角落。我不是戴安娜,面对病苦的非洲难民和儿童,可以拿出巨额

善款,我也不是朱莉,可以领养黑人孤儿。如果看见了那些骨瘦如柴的生命,我只会为自己的无奈而落泪,为自己的无能而羞愧。

与许多小资女人一样,我想专门去一次西班牙和葡萄牙,然而这两个大西洋岸边的国家一直被我留在计划里,当有一天买了机票成行,我会从西班牙转道摩洛哥,就算我去过了非洲。我承认,这是受了《北非谍影》(即《卡萨布兰卡》)的蛊惑,在短暂的行期里,我将在里克酒店坐上片刻,喝一杯味道纯正的咖啡,听黑人钢琴师弹那支令人无限忧伤的曲子。由亨弗莱·鲍嘉和英格丽·褒曼一起演绎的爱情与战争故事,当年曾揪紧了多少女人的心啊。

非洲另一个吸引我的地方,就是乞力马扎罗山了。最早是通过海明威的小说知道它,其后是通过小说改编的电影望见了它。土著视之为神山,外来者称之为非洲之脊。我认为,把乞力马扎罗留在这里,实在是造物主对非洲大地的眷顾。尤其是覆盖在山上的那些雪,在太阳的烘烤下,已经石化了的雪花,便暗暗融解成白色的乳汁,灌溉着这片隐有亘古之谜的大陆。

达尔文曾断言,非洲是人类的摇篮。此说一出,整个世界都怔住了。心潮平静之后,便有无数的好奇者向非洲走来,肤色与种族各不相同的人们,像回到同一个祖先背井离乡的老宅后院,在乞力马扎罗山下,寻觅生命最初的讯息。

从非洲东部的大裂谷就可以看出,火山和洪水,曾将山川的肌肤撕扯得千疮百孔,自然与造化,却让这里变成了母亲强健的子宫。正因为这样,广袤的非洲大草原,在乞力马扎罗雪山的滋养下,不只有人类在歌声中起舞欢唱,更有动物在奔跑中嘶鸣吼叫。

曾几何时,非洲成了艺术家放飞奇思异想的地方,成了科学家考量生命与生态的露天教室。《乞力马扎罗的雪》,读者中最多的应该是中国人,因为当年的中国很少有人敢走得这么远。《动物世界》,观众最多的也应该是中国人,因为中国的纪录片制作商舍不得出太大的价钱,也就没有谁会为一个镜头而在草丛里耐心地蹲守。

据我所知,中国也不断有人去过非洲。早些年是国家派的援建铁路工程队或支非医疗队,在马季和唐杰忠的相声里,已经把它们渲染得广为人知。现在去非洲的人多了,面孔也复杂了起来,有的是去做生意,有的是去旅行。在旅行的队列里,有一队行迹特殊的人物,他们不是闲着没事儿来看非洲的玩家,而是背着专业器材来拍非洲的摄影家。他们不止来一次两次,而是一次又一次。他们的拍摄对象不是人,而是那些尚未绝种的非洲籍野生动物。坐着电车去动物园,这是小时候的故事,打着飞机来非洲大草原,这是懂得珍惜之后的选择。

非洲大草原以自己的丰腴，犒赏了这些以相机快门辛勤捕猎的劳动者。于是，在我的手中，就有了这本比收获稻穗还有成就感、比挖出金块还有财富感的《灵性原野》。

然而，看着画册里的主角们，我突然有一种疑惑。在这个地球上，有成千上万种动物，有成千上万种植物，人类夹在动物与植物之间显得特别怪异，或者说特别多余。尽管有进化论之说，将人与猿扯在了一起，可我总觉得有点儿生搬硬套，人类更像是另一个星球的来客。这个地球正因为人类的插入，变得越来越拥挤，也越来越退化，人类却每天都在谈论着UFO，生怕外星人入侵。

难道不是吗？在这个地球上，非洲已经是最后一片仍然保留着野性的草原。也可以说，非洲大草原是地球上的"阿凡达"。与我同龄且同属相的卡梅隆之所以能拍出这样一部鸿篇巨制，一定是在非洲大草原获取的灵感。尽管现在的非洲已只能差强人意，毕竟还有比别处更生猛的兽群，更洪荒的水野。

直到今天，非洲之主仍是动物，而不是人类。食肉的狮子和猎豹，食草的大象、犀牛和野牛，它们有一个声震天下的称号：非洲五霸。我想，现在的非洲大草原已经见不到史前动物，也见不到冰期动物和远古动物。因为全球性的气候变暖、环境污染，带来的是种的退化，性的温和。山中无老虎，猴子称大王。在野兽家族的图谱里,大概只有它们身上还能表现出凶猛的气质了。

对我而言,虽然不敢去非洲,却可以通过这本画册看见非洲。画面是一种特殊的文字。长焦全景,这是摄影家对非洲的宏大叙事,近焦特写,这是摄影家对非洲的细节描述。看《灵性原野》,以前由距离产生的陌生感,似乎已荡然不存。猎豹、狮子、长颈鹿、斑马、羚羊、火烈鸟、大象、野牛、狐狼、鳄鱼、鬣狗……像在温习书本上学过的功课,也像怀旧般逛了一遍动物园,对着画册,我仍能一个一个叫出它们的芳名。

最震撼的场面,应该是角马大迁徙。镜头竟然拍出了油画的效果,那些奔腾的角马就像是听到了拿破仑的号令,正以排山倒海之势向敌阵冲去。这说明,如今的非洲大草原,仍可看到令人欣慰的生态,仍有数量如此密集的角马。每年的春夏之交,一定会有百万只角马如激情澎湃的风暴和潮水一般,离开坦桑尼亚的塞伦盖蒂大草原,驰向肯尼亚的马赛马拉大草原。它们出发的地方是旱季,而它们去的地方正值雨季。它们就在这雨与旱之间来回地穿越。

然而,在肯尼亚的安博塞利国家公园,据说有连续五年滴雨未落的记载,从这个意义上说,角马大迁徙不啻是一场求生之战。在摄影家的镜头里,曾记录下这样的细节:在大迁徙的沿途,有的角马因为啃吃了干硬的草根和泥土,肚子便越胀越大,与同行的伙伴们也越来越远，最后只能在它们的身后悄然倒下。不出多久，就吸引来了成群的鬣狗和秃鹫。

在大迁徙途中，还有更令人不忍卒睹的场面。草原上河流大而湍急，有的角马的冲刺动作稍稍慢了一点儿，就会被等在这里的鳄鱼一口咬住，不知有多少鲜活的生命就此没有了彼岸。也许因为知道河里隐藏着巨大的危险，角马们在向河对岸冲去的时候，几乎使出了全身的力气，动作夸张，如临大敌，大迁徙也因此多了一种在别处见不到的震撼，摄影家们也因此奢享了一场视觉盛宴。

当马赛马拉的秋天到了，它们就会再沿着原路回到湿润的塞伦盖蒂。虽然失去了那么多成年的角马，可是在这场大迁徙中，还会孕育出几倍于死亡的小生命。也许，这就叫物竞天择，生生不息吧。

摄影家的镜头，拉长了我的目光。这本《灵性原野》至少告诉我这样一个事实：在这个世界上，野生动物已经越来越少，在非洲大草原上，却还有这么多食肉或食草的天使。想与动物永远为伴的人类啊，如果爱，可以去造访，脚步却不能太重。摄影家弄出的最大声响，不过是快门的咔嚓，而它已经是非洲动物们耳熟能详的摇篮曲了。我能接受以摄影的方式呵护非洲。不带走一片叶子，一缕云彩，给产床一样的非洲留足种子。

布鲁日的红

在此之前，曾多次去过欧洲，只知道欧洲有一座城市叫布鲁塞尔，却不知道还有一座城市叫布鲁日。也许是它所在的国家太小了，记得我在布鲁塞尔停留了半天，不过是站在大广场上拍了几张照片，与撒尿童打了个招呼，就转身去了旁边的法国。也许，比利时是漫游欧洲的一个过道，偏居一隅的布鲁日因此受了一般旅行者的冷落。

这是一次水城之旅，我走到了很有可能一生都走不到的地方。如果用一个词表达初见布鲁日的心情，就是惊喜。它就像被隐藏在欧洲贵族古堡里的秘密，一个被遮蔽在公爵夫人长裙下的私房，当它们和她们都作了古，布鲁日便在蓝天丽日下，站成了灵光乍现的童话。

在我的阅读体验里，中世纪的欧洲是一块以神为本的大陆，也就是但丁所说的地狱。然而，彼时的欧洲却站立着两个惊世骇俗的城市。一个在东南部的亚得里亚海岸边，名叫威尼斯；一个在西北部的北海岸边，名叫布鲁日。在人性被压抑得透不过气的中世纪，它们是欧

洲的一对深眸,即使也在教会和教皇的管制之下,却因为暗受海水的滋养和抚慰,依然炯炯有神。

就是说,在欧洲在黑暗中煎熬的时候,布鲁日曾以自己的方式自己的荣耀温暖过它。公元13世纪至14世纪,布鲁日是欧洲的商贸中心。它坐落在弗兰德平原上,罗亚河在流入北海之前,被布鲁日善意地挽留了一会儿,通过那条人工开掘的运河,在鹅蛋形的小城里九曲回肠。布鲁日就此引来了无数的商船,它们沿着缠绵悱恻的运河,驶入布鲁日城内一座座湿滑的码头。

然而,在地理大发现时代,布鲁日与威尼斯一样,由骄子衰落为弃儿,当大西洋沿岸有了更多的港口,这两座靠运河发家的中世纪水城瞬间凋成明日黄花。所幸还有运河不离不弃,因为它的长流不息,布鲁日不但没有失血,反而把自己保养得细皮嫩肉,一座完整无损的中世纪小城,就这样不失优雅与尊严地呼吸到了今天。

此次欧洲之行,巴黎是第一站,然后坐火车去比利时的布鲁日。看过了巴黎再看布鲁日,就像看过一场华丽的歌剧,再来欣赏一支小夜曲,或者刚刚吃过一顿法式大餐,再慢慢享用一小块不可或缺的餐后甜点。陌生的布鲁日,首先在视觉上给了我一种猝不及防的冲击,马上想起女儿在高中时代写过的一篇作文,题目就叫《红》。红虽然是她最不喜欢的颜色,她却在文中给了"红"一个极为准确的判定:它是颜色的领袖,也是领袖的颜色。借过来用一下,布鲁日的颜色是红,红就是布鲁日的领袖。

我在皮埃尔·勒窦的油画里看到,自公元9世纪布鲁日建城,这个城市的建筑师就选择了红。后世曾有人给出了一个猜测性的理由,说这里是近海平原,不缺少泥沙,石头却属于昂贵的奢侈品,所以楼房的墙壁只能是用红砖砌筑,坡式屋顶也是清一色的红瓦,就连日光下的暗影,都是黑里透着红。

不得不相信,因为这就是我眼前的布鲁日。这种来自中世纪的红,不只闪耀在建筑的表面,而且蔓延在大街小巷,比如咖啡馆遮阳的篷布,行人闲坐的桌椅。随着季节渐凉,站在河岸和街头的树,也红成一把把火样的木质大伞。

我想,布鲁日之所以执着地烧制红砖而不是青砖,或许还与夏天的北海和运河太蓝了有关,与这里冬季的风和雪比别处早到有关,与中世纪教皇身上神圣的红袍有关。这片穿过几千年的红,既是布鲁日的地理,也是布鲁日的命运。

布鲁日山墙。这是我从一位法国建筑师那里听来的新鲜术语。的确,布鲁日山墙既是一种独特的建筑符号,也是整个小城最抢眼的红。可以说,布鲁日的红与布鲁日的山墙一起,拓印成了布鲁日的城市胎记。在运河两岸,相挤相挨的哥特式布鲁日山墙,如富有节奏感的波浪一样连绵起伏，好看极了。它其实是一座坡屋顶式建筑的立面，三角形的两边，呈阶梯式，齿状上升，于是勾勒出了曼妙的天际线。然而，布鲁日山墙并不是毫无内容的平板，上面肯定有或是神话或是花草题材的砖雕，它们与山墙一起，凝固成布鲁日的建筑图腾，让布鲁日的红更有一种无法复制的美感，一种不可捉摸的神秘。

蓝色的运河给布鲁日平添了生动和灵气，可它仍然是一个陪衬，并没有伤害布鲁日的红，也没有抢了布鲁日山墙的风头。它是布鲁日的红不小心裂开的缝隙，或者说是看布鲁日山墙倒影的镜子。在布鲁日城内，只有两种交通方式，一种是石铺的路，上面跑现代的汽车，还跑古老的马车；另一种是水做的路，运河让布鲁日有了水城之名。布鲁日即桥的意思。正是水的川流不息，桥的凝然不动，让布鲁日深沉而又飘逸，妙趣百转，风情万种。因为可看的景色太多，站在布鲁日街头或桥上，所有的人都高举着手臂，不是喊口号，而是让相机带走美。

在布鲁日，除了享受赏心悦目的红，无所不在的水，还可以享受一种特别少见的宁静。尽管城内有熙熙攘攘的游客，有大大小小的汽车，有几十个码头和上百只游船，我却只听到了两种声音，马蹄的嗒嗒声，以及钟楼的报时声。尤其是与心跳同一节拍的铁掌与石的撞击，听着就让你忍不住要怀几个世纪前的旧。

海 外 ●

呵呵，布鲁日。一个可以过慢生活小日子的城市，一个可度长假做白日梦的城市。如果你真的喜欢这里，千万不可一个人来，因为面对它会生发许多奇思异想，即使是想说个人的小隐私，也需要旁边有个人在听啊。在城里逛累了，最好去玫瑰码头，那里有一座角度很好的桥，桥头有几家小咖啡馆，坐在那里可以摄取小城最美的风景。圣母大教堂和钟楼，在布鲁日的上方指向高空，并与低处的山墙、广场、鱼市、河道、树木一起，强调着布鲁日的红。

无法想象，一座只有十多万人口的小城，却用红颜色的砖瓦，堆砌出了许多项世界文化遗产。走遍了小城，我始终没看到有人在拓宽街道，有人在拆旧房子。山墙还是当年的山墙，运河仍是当年的运河，今天的人对它们只有崇敬，不做一丝惊扰。

我就想，古老的布鲁日之所以保持了不变的红，可以识别的红，其实是在告诉我，前人创造的历史，被后人悉心呵护了，即使时光再不留情，一以贯之的文化因为没有发生意外断裂，自然就有了与布鲁日相伴终生的红。

韩剧里的客厅

我有一个习惯,每次去什么地方,走之前一定要做案头准备。这个冬天去韩国也是一样,只不过两个半岛相距得太近,大连这个半岛满街都是韩国服装和韩式料理,车站广场也随处可以碰到说韩语的人,此行凭空就少了那份应有的紧张和兴趣。好在至今未衰的韩剧热曾留给我一个心结,早已把想写的题目拟好了,文章却一直没有写出来。我想,这次去韩国,至少可以为完成此文找到点儿感觉。

前年秋天,忠清北道的文学同行曾来大连访问。今年的冬天,大连的文学同行算是一次回访。也许大连之行给忠北的同行留下了太深的印象,当熟稔的面孔再次相晤,竟有一种久别重逢的亲切。可在相互表达喜悦的时候,大连的十几个作家只能用眼神和手势,韩语一句也不会,忠北的作家诗人却大都可以说简单的汉语,而且能很快学说汉语并听懂汉语。在酒店住下之后,大家互相发了一通感慨,说到了韩国始知中华文明的源远流长,汉文化在韩国作家诗人眼里有多么神圣。

海 外

在韩国逗留了一周的时间，不论在清州，还是在济州、首尔和仁川，一路上最深的印象，就是韩国人对礼节的看重。彼此说话要用敬语，相晤要鞠躬，斟酒要摆出手势，席地而坐，姿态要端正，每个人都像是现实版的韩剧表演者。一招一式，他们已习以为常，我们却要现学现卖，一顿饭吃下来，把大连的几个先生累得东倒西歪。我就想，礼的发明地本来在中国，如今却反了过来，源头成了溪流，先生变为学生，心里实在有些纠结。

如果说，诗人和作家都是知书达理者，他们在待客上的严谨和讲究在情理之中。可我发现，在韩国的几天里，这样的修养和礼貌，在不同身份的人身上都可以看到。比如在街头或公园里拍照，不论男女老少，只要看到你举起相机，再匆促的脚步也会骤然停下，而且面露微愧之色，直等到你拍完了，他们再点头行个礼，穿过你的面前继续走路。我马上就有了说不出的感动，并在心里暗自为某羞惭。在中国的景点里，极少看到这样的关照，没有人管你是不是站在那里照相，只管昂首阔步往前走，于是照片里总会有许多不相干的脑袋。不知什么时候，曾经附着在肉体之上的那些婉约和优雅，被清洗得纤毫不见。祖先们谆谆教导的那些话，都让外人给学去了，自家的子孙已经忘得一干二净。

在我们的车上，有一位韩国小导游。他的打扮非常时尚，待人接物却大方得体，工作很专业，甚至还称得

上十分敬业,不但会说中国的普通话,而且会说四川话和广东话。与他交谈得知,在韩国家庭里面,长子婚后也必须与父母住在一起,并负责给父母养老送终,家里的房产也因此由长子继承。次子婚后则要出去独立生活,房子也要自己买。这个小导游在家里是次子,我问他,你甘心吗?你认为公平吗?他说,没什么呀,这是韩国的传统呀,所以我要拼命地工作,挣钱给自己娶妻买房子呀。一个年轻人,对传统竟有如此的认同,令我在惊异之外,还给了我另外的帮助,就是他在话语中透露出了一个消息。我由此知道,在韩剧里为什么会有那么多三世同堂的家庭,家庭里面为什么总会有一个以老祖母为中心的客厅。

前几年,韩剧开始在中国发烧似的热播,至《大长今》则达到了高潮。尽管许多剧的播出时间被有意安排在深夜时分,尽管剧情的节奏缓慢到了令人窒息的地步,许多人却点灯熬油地看到凌晨,天亮坐在办公室里,一边打着呵欠一边还在交流着看剧心得。更有意味的是,喜欢韩剧的人各个年龄段的都有,干什么职业的都有,男男女女老老少少,几乎都成了韩剧的铁杆粉丝。我女儿就是最典型的哈韩族,她在自己房间的墙上贴满了韩剧明星照,长长的头发要到韩潮店里漂染,保湿化妆品也是非韩国产不用,就差没穿韩式松糕鞋了。不穿也是因为她小时候缺钙,走路总是爱摔跤,怕那厚底儿在冰

海 外

雪地面上不牢靠。

　　韩剧最火的那一阵子,我正在北大访学长住,每天只要打开北京的电视和报纸,各路媒体也都在炒谈韩剧。我发现,北京人虽然喜欢看韩剧,可在他们的喜欢里似乎还夹杂着一丝迷惑和妒忌。这很可以理解,国家电视剧制作中心在北京,国内最著名的导演和最叫座的演员,几乎都住在北京的高级别墅或高档公寓里,全国各地写电视剧的人也都往北京跑。我曾去过梅地亚宾馆一楼的咖啡厅,那里每天都坐满了操着各地方言的人,桌上或椅子上一定有个大包或袋子,里面装的是厚厚的电视剧本,这些人一个个像摆地摊的小贩子,坐在那里等待着买家。总之,北京是一个盛产电视剧的城市,如果让韩剧抢了国产剧的收视率,那就等于让北京在这个行当里没有脸面,它能不急吗?

　　至于说迷惑,我自己也未能例外。有一次,碰巧在电视里看到一档关于韩剧的访谈节目,几位影视研究专家坐在嘉宾席上侃侃而谈,尤其对韩剧走俏的原因进行了条分缕析。尽管很专业,可我觉得他们都没说到点子上。因为说到最后,我仍然是糊涂的。后来有媒体采访我,问我是否喜欢韩剧,为什么喜欢韩剧。我说,我只是偶尔看看韩剧,并不是非常喜欢韩剧,而是它有一样东西耐人寻味。也可以说,最吸引我眼球的就是韩剧里的客厅。那次采访之后,一直想把它写成文字,却在忙乱中

搁置了。

与小导游此番交谈,其实是印证了我的感觉。因为一直保留了长子养老的传统,所以韩国大都是三世或两代同堂的家庭结构,因为韩国女人喜欢劳动,身子骨结实,寿命比男人活得长,就成了家中最有话语权的老祖母。于是,全家即使是坐在非常现代化的客厅里,祖孙三辈仍长幼有序,和睦相处。所有的观剧者都看到了,老祖母虽是大家长的角色,可她在许多事情上并不守旧,偶尔还会新潮一把,晚辈们虽在她面前彬彬有礼,却丝毫没有窒息感;中年夫妇上有老下有小,夹在中间的他们虽事业有成,却需要忍辱负重,无怨无悔,堪称典范;年轻一代出了家门是时尚男女,回到家里则是孝子贤孙。当然,也会有冲突和不快发生,可是在互敬互爱的大前提面前,一切都能化险为夷渡过难关。在韩剧的客厅里,晒的是天伦之乐,家庭之暖。

三世同堂的家庭结构,既让客厅里的故事多而复杂,也让韩剧编得长而好看。它就像一幅风俗画卷,把韩国人的日常生活、世态炎凉囊括其中。我终于明白,礼节和伦理作为一种传统之所以能在韩国延续至今,就因为它的文化链条始终没有被人为地割断,它的文化生态始终保持着足够的养分。而我之所以喜欢看韩剧里的客厅,其实是在这间客厅里温习到了自己扔掉或忘记的东西。推而广之,韩剧之所以在中国如此叫座,是不是也如我一样,反观自己的现实处境,共同觉知了那种可怕的亡失和丢弃呢?

在首尔逗留期间,我们曾专程参观了韩国民俗馆。其中的一个馆,名叫《韩国人的一生》。我注意到,韩国小孩子满周岁之后,最早识认的文字,竟然是"孝、德、忠、信、礼、义、廉、耻"八个汉字。那是个星期天,馆里的参观者一半以上是小学生,不是排着队伍由老师领着,而是家长们拉着孩子的手,并充当解说员。在美术馆,在博物馆,也都是这样。我想,这可能是韩国家庭惯有的教子方式,家长与孩子一起过星期天,家长是孩子的星期天老师。这一点与中国完全不同,中国家长不会带孩子去这样的地方,而是要把放学的孩子送到各类家教或特长班里。中国孩子的脑瓜或许聪明绝顶,举止行为却可能显得少教无礼。我相信,带孩子来民俗馆,至少是韩国家庭惯常的生活方式。否则,怎么会有那样一间客厅呢?

三世或四世同堂之家,在中国的乡村和城市曾普遍地存在着,老舍当年就曾为此写过一部著名的小说。然而,现在的中国,这样的家庭虽然也有,城里却鲜能见到,乡下可能多一些,大概也名存实亡,因为子一辈孙一辈都去城里打工,只剩下老人守在炕头和地头上了。再说,不论城里或乡下,即使有这样的家庭结构,也不会有韩剧那样的客厅。没看到吗,中国的许多晚辈已经不知道该如何跟长辈说话，许多长辈也不知道该如何与晚辈相处。与礼相系的孝，与孝相连的悌，与悌相随的贤，与贤相映的德，在这个拥有五千年文明史的礼仪之邦，已然变得生疏和淡漠了。

文化的自戕，必然造成文化的自失。我的怅惘也正在这里。韩剧里的客厅，的确照见了中国的一个现实，在许多家庭里面，传统的美德正在消解无踪，随之而来的也许就是粗鄙和无知的大行其道。我就想，说不定哪天，一向以文明古国自诩的中国人，会尽失颜面。这绝非庸人自扰。

创伤记忆与读城伦理

王 侃

一

2005年仲秋某日,我第一次到大连。是夜,同行的师友聚在一起商议次日一早去旅顺口,去看"大狱"。因为舟车劳顿,我们到达大连时已倦意深浓,但在商定借出差的半日罅隙去旅顺口探访"大狱"时,众人还是挣开倦容,露出莫名的兴奋。不知为何,我对他们谈论"大狱"的口吻和表情有些介意。翌日,他们去旅顺时,我在大连的街头跟人学胶辽官话登连片。那是一次被从内心里拒绝的旅行。无论如何,在那个曾名马石津、都里镇、狮子口的地方,如此粗陋的行程不免失之轻佻,何况,怀着视其为历史或建筑奇观的旅游心态探访"大狱",对于知识者来说必是一种严重的错。

对于治中国新文学史的学者而言,"旅顺"或"旅顺口"当是一个醒目的文学史地标。一个发生在日俄战

争时期的"看杀"事件,在紧要处催生了中国新文学的一个巨匠,并因此造就了新文学史上延绵至今的"鲁迅传统"。与这个巨匠和这个传统相关的,是黑暗的历史旷野、颓圮的文化废墟,是忧愤的思想表情、激越的批判动作,以及"两间余一卒"的孤拔形象、"荷戟独彷徨"的美学气质。归结起来,新文学史上的呐喊或彷徨,都与近代以来痛彻神州的民族创伤直接相关,与令人窒息的羞耻感直接相关。新文学产生于这样的历史境遇,并表述了这样的历史境遇。在进入新文学的每一个路口,我们都应该时刻准备着与这样的"痛"和那样的"耻"劈面而遇。

但是,让人咂摸不透的是,在后来有关那个"看杀"事件的各种叙述中,"仙台"总是会被提到的,"旅顺"却不再被提起,仿佛日俄战争悬于半空,从来不曾落于某片具体的土地。有关那片土地的山川风貌、地理水文、历史沿革以及街巷市井、民俗人情,对于大多数的新文学阅读者来说,一直是个虚空。旅顺无疑比"七子"中香港、澳门等地更有"历史",但因为某种原因,它却被"历史性"地淡忘了。一个旅顺口,半部近代史——这样的说法一点不虚夸,正所谓"一山担两海,一港写春秋"。但这样的说辞如今只被印在当地的旅游手册上,在不起眼的角落,供粗心的游客随意忽略。如果你不去那儿,你有可能看不到这些原本灼烫的说辞;你去了那儿，读到了这些说辞，却有可能沿着旅游业的修辞，仅仅将旅顺的历史视作一堆冰冷的死物。

当然，更令人生厌的是，眼下的中国，有许多类似《读城记》这样的小资读物，城市的命题在汹涌的消费趣味和隐秘的买办心理的驱动下被分解，被从与耻辱相关的深重历史中剥离出来，然后进行无痛化的解读。那些绚烂至极的丽辞华藻，貌似优雅的娓娓讲述，故作妙趣的插科打诨，使城市陷落于无边风月。谁能保证，此刻没有人埋头于一堆食材资料中正写着《舌尖上的旅顺》这样的轻佻书籍？我甚至可以推想，他可能从来就不曾来过旅顺，今后也未必打算来；他可能只需要一个月，就能让书稿爬上印刷和装订的流水线，然后带着支票埋头于另一堆食材中。

不过，值得庆幸的是，时隔多年，我可以携上一本《旅顺口往事》出发，重启久遭搁置的旅行。

二

如一般所见，《旅顺口往事》是历史散文。"历史"在进入文学性的表述系统时，不仅仅意味着史料的筛选和重组，也不仅仅意味着要被赋予美学的外表，这同时也意味着"历史"与作家之间的生命关系被打通。具体来说，这意味着作家要将自己的血管与历史血脉接通。

一方面,历史会因此在作家内心激发思想与情感的回响,使其难以自抑,流注笔端;另一方面,作家也会用自己的心血去融化那些几成冰川的历史块垒,使其在当下的讲述中变得鲜活,触之有生命的温度。

素素自己写道:"我不是一个民族主义者。阅读甲午战争史,却把隐藏在我身体内部的民族意识给激荡了起来。我终于知道,在这个世界上,民族其实是一个人的血统或身份证。它无法被删除,也不可能被屏蔽。"我想,这是素素的个人写作在与历史遭遇后的又一次自我发现。之前,从《流光碎影》到《独语东北》,每一次与历史相互缠绕的文学表达,使她完成了一次又一次的精神与风格的蜕变。但老实说,不是所有的作家都能在已然开启的文学方向上成功蜕变,因为在恢弘的历史血脉的激荡下,气血亏虚的作家会早早休克。我相信,《旅顺口往事》对于素素来说也是一场艰难的跋涉,正如她自己坦言,写旅顺口,让她"由此知道了,什么叫不能承受之重"。表面上看,《旅顺口往事》有着与《独语东北》相似的构思和笔致,多从有代表性、象征性的历史事件和历史遗迹落笔,逐渐洇染开去。但《独语东北》最终注视的是历史中的人性细节,而《旅顺口往事》则关乎"血统或身份证",关乎耻辱和疼痛,它是在耻辱和疼痛的折磨下对历史细节的重新发现与重新叙述。

因为这有确定指向的"重新发现"和"重新叙述",

创伤记忆与读城伦理 ●

素素显然思量过全书的讲述节奏,并知晓其间的抑扬顿挫。当然,这无疑也基于素素对旅顺口五千年历史全局的了然,基于由她自己厘定的对于历史价值轻重的权衡。全书凡四卷,各卷篇幅相近,但力量分布不一。就我的阅读而言,我最为喜欢的章节是这本书的《卷二·重镇》。在《卷一·古港》的追述里,是"鱼香和米氛的缠绵",是"理还乱的乡愁",尽管也有烽烟,有战乱,有国殇,有殉难,但追述的笔致总体上是文学性的。但《卷二·重镇》的讲述则有调式上的显著转捩。这一卷的讲述从"大坞"始,至"万忠墓"迄——这是一个完整历史叙事的结构,由一个耀武扬威的军事神话开始,最后由一个血腥惨烈的屠城之耻结束。关于"大坞",关于这个开启旅顺口"重镇"历史的近代军港,素素有一个精妙的比喻:"我一直想,在当年的旅顺口,大坞是什么?想来想去,我认为它更像是旅顺口的子宫……旅顺口的许多东西,既因它而生,也因它而存在。"很明显,素素清楚地知道,这才是她真正要着力讲述的"旅顺口往事":当旅顺口由一个"古港"而为"重镇"时,它才真正进入现代中国人的历史记忆,它撼人的悲剧性,它的"不能承受之重",也自此开始。对这一卷的阅读,才真正让我对素素油然而生敬意。因为,对从"大坞"到"万忠墓"的贴切讲述,不仅需要有对"痛"和"耻"的本能、锐利的敏感,同时还必须承受住在披阅和写作过程中无

时不在这样的"痛"和那样的"耻"中泅渡的心力交瘁。素素在这本书的序言中说:"读旅顺口,心脏常常感到窒息般的闷。写旅顺口,手有时会抖得敲不了键盘。"我想,这是素素在进入"旅顺口往事"时身心遇刺的结果。而这个遇刺者,如今向我们讲述目不暇接的遇刺场景,页页惊心——1890年的大坞、丢盔弃甲的炮台、不能一日守的城池、溃不成军的甲午海战、屠城的血海,以及长崎的失格、黄海的白旗……

旅顺口的"历史形象"似乎就应该这样被文学所记载:"原只是一道地理的口子,却成了这个国家内心一道永难愈合的伤口,只要想起来,就血流如注。"这是素素对于旅顺口、对于旅顺口往事的带有文学修辞的概括,这也是旅顺口的永难挣脱的文学宿命。素素的出色,在于她对这个宿命的认知极为透彻,然后,秉承这样的认知,勇敢、坚韧、谨慎地将旅顺口的历史交付给文学。

三

《旅顺口往事》的写作历时四年。四年时光,说长不长,说短不短。但对于这样一本书来说,重要的不是时光的长短,而是时光中的付出,包括是否与旅顺口一道剖开心扉,切开血管,将心比心,以血试血。

如果说,《流光碎影》式的写作还可以让文学性去覆盖和装饰那些历史静物的话，那么，在写作《独语东北》时，素素肯定感觉到了文学性所无法遮掩的知识短板，感觉到了用所谓的文学性去遮掩知识短板的窘迫——毫无疑问，《独语东北》最精彩的篇什不是"历史叙事"，而是素素对亲历事物的经验式体悟。但《旅顺口往事》却让人有一种知识性的踏实感。从"古港"到"重镇"，到"要塞"，再到"基地"，精当的谱系设计体现了她对于"总体历史"的理论预想；而从"郭家村""牧羊城"到"三里桥""友谊塔"的烛幽发微，则体现了她对"事件历史"的辛勤检视，以及她据事直书的方法论态度。后者是实证主义的显著影响，前者则有"年鉴派"的清晰影子。除此之外，大量的田野考据也坚实地支撑了素素这本书的关键讲述。无论是在史海中与旅顺口遭遇，还是因为旅顺口而纵身史海，若非勇气，若非以血试血的壮怀激烈，但凭文学的扁舟何能轻逸涉渡？读《旅顺口往事》，有时会有一丝恍惚，仿佛在旅顺口的每一处街角，每一道山梁，每一个岙口，每一尊塔碑，我都看到了素素的身影：柔和、沉静，却并不孱弱。的确，《旅顺口往事》让人看到了素素对旅顺口每个角落的深切抵达，对卷帙浩繁的史料的勤勉披阅，对艰深史学理论的不懈钻研，以及由此形成的对于旅顺口的历史经纬和地理坐标的沉定把握。这是一个作家对于一个城市的历史态度，对于一段历史的生命态度。这样的态度虽非苛求，

但我肯定，对于今天的中国文学和今天的中国作家来说，这样的态度并不具有普遍性。

有学者称《旅顺口往事》是一部旅顺口地方知识的百科全书。我深以为然。这样的结论显然得之于这本书为我们所打捞和呈现的丰饶的历史细节。一般人对旅顺口的了解仅限于普泛、狭窄的公共知识，限于近代以来与战争相关的、局部的历史记忆，除此之外的知识常付之阙如。我承认，我就属于此类。或有知道从马石津到旅顺口的地名更替线索的，但罕有知晓始自"郭家村"的沧海桑田，罕有知晓鲜卑、契丹、女真以及渤海、大辽、金国在这里的风云际幻，以及耶律倍去国的忧伤、袁崇焕戍边的悲壮，以及马云、叶旺、刘江、黄龙等一长串名字背后的渺远故事。即便我们知晓一百年前在这里发生的两次惊世之战，知晓《马关条约》《旅大租地条约》，但也未必有人知晓修筑"重镇"的贪腐账目，溃不成军时的慌不择路，甚至，列宁的姐姐、姐夫随俄军抵旅时的洋洋得意。我也承认，在读完《旅顺口往事》前，我对百年来的旅顺口的历史于细节处基本无知，哪怕我和许多人一样，认定是"旅顺口"、是旅顺口的"看杀"催生了一个我们视如偶像的文学巨匠。

不用说，一个作家在如此密匝的历史细节中浸润日久，必会生出史学情结，她会在考证、分析、究诘的反复中努力寻找价值方向，形成历史判断。对于近代以降骤然发生在旅顺口的林林总总，素素写道："听起来像《天方夜谭》，看上去却是《资治通鉴》。"在"天方夜谭"和"资治通鉴"之间，文学和历史显露了彼此的分野。每当这样的对峙发生时，素素会不自觉地站在"历史"一边。她写大坞，没有凭吊，而是用史家的理性，解密一个军事神话所以破碎的玄机；她写炮台，抑住感伤，却是用史家的逻辑，穷尽了"一朝瓦解成劫灰"的命数；她写海战，不事渲染，但是用史家的冷静，掐灭了通往胜算的所有念想。在俄国人将旅顺口描绘成"远东的啤酒馆"的想象里，素素越过了其中的浪漫，擒住了帝国的野心，却"历史地"意识到这野心的不可阻遏。素素在这本书里的所有讲述，最后统统指向一个清晰的判断：决定旅顺口命运的，不只是它的地理，更是它不得不存在其中的历史。对这些章节的阅读，有时会让我暂时忘了素素的作家身份。实际上，这本书的大部分文字里，已看不到素素早期散文里对于文学性的那种刻意。我在一篇见诸网络的访谈文章里看到，素素坦承这本散文集是"无技巧"的。这和我们通常在各种历史/文化散文中举目可及的斐然文采与神采飞扬确乎不同。我猜想，素素或许做过"技巧"的努力，但是，每当此时，她都会迅速发现，在"旅顺口往事"面前，所谓"技巧"，终不过是一种矫情。

四

"旅顺口"作为一个特定的历史意象,牵涉近代以来世界格局中的东亚与西方的政治对峙,纠缠着殖民与反殖民的国家争衡,以及国际共运史框架中的盟派关系。这一系列的历史命题既深刻又复杂。对这一系列命题进行全面、精确和深入的阐述,肯定不是文学的使命。《旅顺口往事》的历史讲述有着属于文学的命题取舍,以及最终只能停留在文学里的历史情怀。

对于大多数作家来说,支持其写作的精神立场的通常是人性原则与伦理意识。素素也不例外,只不过在面对"旅顺口往事"时,这样的"原则"和"意识"会在史学情结背后沉潜,但它们会是最终发挥作用的力量。而素素在这本书里表现得与众不同的是,她的人性原则总是会很快捷地过渡到伦理审决。

在有关"万忠墓"的章节里,素素一方面提醒自己不要狭义地解读万忠墓,不要在"爱国主义"的层面上轻估了它的意义和重量,相反,要将这场由日本入侵者发动的屠城血案上升到人性灾难的高度来理解:"发生在旅顺口的这一幕,岂止是大清国的耻辱,更是整个人类的悲剧。"但是,另一方面,当屠杀的细节被不断援引之后,素素的声音明显变调:"说到底,这是一个国家对另一个国家的谋杀。"她坚定地认为:"1945年秋天,裕仁天皇口念的降书,只不过是强咽的一口恶气。尽管耻辱的投降让日本军人脱下了沾血的作战服,尽管他们日后穿上了干净而体面的西装,甚至系上了雅致的印着和式花纹的领带,大和民族骨子里的嫉妒和好战,仍让他们的邻居以及爱好和平的人们不敢安睡。"我们很容易辨认出,素素最初试图从"人性""人类"出发的发言,折向了"国""族"立场的提审。

在如今的旅顺口,太阳沟的殖民遗迹,已在景观美学的强势修辞下成为无关伦理的旅游胜地。当年,殖民者肆无忌惮地依据自己的需求和想象塑造了这个城市的面貌,无论是俄国人建的欧式市区,还是日本人修的关东神宫,都是殖民者给我们这个民族刺下的墨黥。素素写道:"在旅顺口,这是一个纯粹的欧式市区,不准中国人在这里居住,只许中国人在这里租用店铺。如果中国人想在这里经营旅馆,也只能给欧洲人住。这是典型的殖民地特征……华洋分处,种族隔离。"可能是与这些年的史学训练有关,大多数时候,素素是个平和的讲述者,文字素净,语气淡定。即便如此,我还是能感觉到她强抑的愤懑:"(殖民者)用抢来的钱,买啤酒、音乐和新潮的泳装,再闭上眼睛做怀乡的梦。这样的好日子,旅顺口却只能站着旁观,因为这个要塞属于殖民者。"在写到"曾经的大清铁岸,如今成了日本人美化

自己的战迹地"时,她拟想,当年途经此地的梁启超若非醉去,定当失态至极——这何尝不是素素的自况?

在有关"记忆"的研究中,人们常要面对这样的问题:人以什么理由来记忆?因为所有的记忆都有确定无疑的伦理或道德向度。文学,尤其是与历史结盟的文学,是古老的记忆形式。如果我们要借此询问素素的这部历史散文是"以什么理由来记忆",我想说的是,必是一种基于民族伦理的强烈焦虑驱动了她最为内在的写作动机,也正是在民族伦理的向度上,这部历史散文选择了"痛"与"耻"的写作面向,实现了"创伤记忆与民族关怀的结合"。

毕竟,百年已逝。也许,我们已经开始面临记忆断代的境况。如今,我们该如何向涌向旅顺口的国人讲述表忠塔、太阳沟给我们造成的伦理尴尬?或者,仅仅将它们视为旅游景观而公然规避其中的伦理难题,从而在关于旅顺口的讲述中滤去有关"国""族"的一切命题?——或许,这已经是当下旅顺口的某种记忆状态,因为素素不止一次地暗示过今人对"耻"与"痛"的漠然:"我知道,现在的年轻人不太关心这个,历史毕竟是个沉重的话题,他们只想娱乐身体。"更不要说不久前发生的对于战舰残骸的商业打捞与低俗买卖。

无论如何,记忆的起因是为了抵抗遗忘。如何将创伤性的历史记忆重新注入当下的公共记忆,接续历史记忆的代际链条，我们需要有文学和伦理学的重新考量。就此而言，素素和《旅顺口往事》皆可谓典范。

其实，人都是生活在历史之中的，只是一般而言，大多数人都以为自己外在于历史。而作家的职能之一，就是以文学的方式将我们重新带入历史，让我们意识到，"历史"是我们呼吸的空气，是我们行止的规矩，是我们可以生存以及如何生存的最终依据。

《旅顺口往事》让我再次明白了这个道理。

© 素素 2014

图书在版编目（CIP）数据

原乡记忆/素素著.—大连：大连出版社，2014.10
（"字码头"读库）
ISBN 978-7-5505-0757-9

Ⅰ.①原… Ⅱ.①素… Ⅲ.①散文集—中国—当代
Ⅳ.①I267

中国版本图书馆CIP数据核字(2014)第189174号

原乡记忆
YUANXIANG JIYI

出 版 人：刘明辉
策划编辑：刘明辉 张 波 卢 锋
责任编辑：张 波 杨 钟
封面设计：林 洋
版式设计：张 波
封面绘图：王天用 洪 羽
责任校对：李 莹
责任印制：阎 骋

出版发行者：大连出版社
　地　　址：大连市西岗区长白街10号
　邮　　编：116011
　电　　话：0411-83620442　0411-83620941
　传　　真：0411-83610391
　网　　址：http://www.dlmpm.com
　E-mail：dlszhangbo@163.com
印　刷　者：大连美跃彩色印刷有限公司
经　销　者：各地新华书店

幅面尺寸：130 mm×195 mm
印　　张：10.875
字　　数：217千字
出版时间：2014年10月第1版
印刷时间：2014年10月第1次印刷
书　　号：ISBN 978-7-5505-0757-9
定　　价：29.00元

版权所有　侵权必究